KB041572

민왕

이케이도 준 장편소설
이선희 옮김

민왕 民王

정치꾼 총리와 바보 아들

소미미디어
Somy Media

차례

* 일러두기
이 책의 주석은 모두 옮긴이 주입니다.

프롤로그

총재 선거가 막바지에 접어들었다.

내각 지지율이 밑바닥을 헤매는 가운데, 다나베 야스시 총리가 돌연 사의를 표명한 것은 지금으로부터 약 3주 전인 9월 1일의 일이었다.

"잠깐 할 말이 있네. 시간 좀 내주지 않겠나?"

총리 관저*로 달려간 무토 다이잔은 너무나 놀라서 잠시 할 말을 잊었다. 다나베의 입에서 "그만두겠네"라는, 생각지도 못한 말이 튀어나온 것이다.

"총리, 잠깐만! 아무리 그래도 두 명 연달아 임기 도중에 정

---

* 일본 총리에게는 관저와 공저가 주어지는데, 관저는 집무실이고 공저는 가족과 사는 집이다.

권을 내던지는 건 곤란하잖나?"

다나베의 전임 총리였던 안자이 시게루도 일 년 전 9월에 갑자기 사임해서 국민들을 어이없게 만든 적이 있다. 게다가 안자이는 가을 임시국회에서 소신표명 연설을 한 다음에 사임한 터라, 국민들은 황당함을 뛰어넘어 입을 다물지 못할 정도였다. "도대체 그 연설은 뭐 하러 한 거야?"라는 비난이 쏟아지는 것도 당연했다.

즉시 민정당民政黨에 거센 비난이 쏟아졌고 지지율은 급락했다. 얼마 전에 있었던 참의원 선거에서 제1야당인 헌민당憲民黨에게 역사적인 참패를 기록하며 과반수를 빼앗긴 결과, 중의원과 참의원*에서 각각 제1당이 다른 '뒤틀린 국회'가 태어나게 되었다.

그런데 안자이의 뒤를 이어받은 다나베마저 취임한 지 일 년 만에 총리대신 자리를 내던지겠다고 하다니. 도저히 제정신으로 들을 수 있는 이야기가 아니다. '적의 코앞에서 도망치면 총살이야!'라는 말이 목구멍까지 솟구쳤으나 가까스로 집어삼킨 뒤, 다이잔은 잠시 침묵했다. 다나베를 어떻게 설득해야 할까?

"난 너무나 지쳤네. 부탁하네. 그만두게 해주게."

다나베는 지금이라도 울음을 터트릴 듯한 얼굴로 미간에 깊

---

* 일본의 국회는 양원제로, 중의원과 참의원으로 나누어져 있다. 중의원의 임기는 4년, 참의원의 임기는 6년이다.

은 주름을 잡았다. 그 모습을 본 순간, 다이잔은 어금니가 욱신 거리기 시작했다. 충치가 있어도 치과에 갈 시간이 없다.

다이잔은 치통을 참고 간사장답게 근엄하게 말했다.

"문제는 내가 아니라 국민들이잖아? 국민들이 어떻게 생각하 겠나?"

그러자 밋밋하고 넙데데한 다나베의 얼굴 안에서 힘없는 눈 동자가 이리저리 흔들렸다.

"안자이 씨에 이어 총리 두 명이 일 년도 못 돼 정권을 내던 지는 거네. 민정당 총재이자 내각 총리대신으로서 그런 짓을 해도 된다고 생각하나?"

"그건 나도 알고 있어. 누구보다 잘 알고 있고, 그래선 안 된 다고 생각하네. 하지만 도저히 더는 못 하겠네."

그는 힘없이 말하고는 약간 발끈하며 덧붙였다.

"지금의 정국을 극복할 자신이 없는 걸 어떡하나? 임시국회 에서 헌민당이 또 저항하리란 건 불을 보듯 훤한데, 그때 내가 총리라면 싸울 수 없잖나?"

"지금 그런 얘기할 때인가? 그럼 누구라면 싸울 수 있다는 건 가? 애당초 국회는 이미 뒤틀렸고 말이야."

다이잔은 그렇게 말한 뒤, 타이르듯 부드럽게 덧붙였다.

"이런 상황에서 키를 잡은 사람은 누구라도 고생할 수밖에 없네. 그렇게 마음이 약해서 어떻게 정치를 하려고 그러나?"

마음을 이해하지 못하는 것은 아니다. 연립을 해야 할 민련당民連黨에게 약점을 잡힌 채, 임시국회의 소집일 하나도 마음대로 정할 수 없다. 총리라는 자리에 있으면서도 민련당의 동의가 없으면 아무것도 할 수 없는 자신의 처지가 지긋지긋한 것이리라.

"자네가 사임한다고 해서 지금 정권이 껴안고 있는 문제가 해결되는 게 아니잖나?"

"하지만 구라모토 헌민당 대 다나베 민정당이라는 구도는 바꿀 수 있잖아?"

다나베는 도망치고 싶어서 억지로 짜낸 평계로밖에 들리지 않는 말을 했다. 구라모토 시로는 헌민당 당대표인데, 참의원 선거의 약진을 발판으로 지금까지 다나베와 격렬한 설전을 펼친 논객이다.

다이잔은 어금니를 악물고 솟구치는 울분을 억눌렀다.

"이보게, 눈앞의 구도를 바꿔서 뭐 하려고? 그만두면 그 즉시 패배야. 자네가 패배하는 게 아니라 민정당이 패배하는 거라고!"

"난 패배하지 않기 위해서 그만두는 걸세."

궤변이다. 억지다. 이미 생떼를 쓸 수밖에 없는 것이다.

다나베는 떼쟁이 어린애처럼 입을 꾹 다물고, 검은 테 안경의 안쪽에서 간절한 눈길로 다이잔을 바라보았다.

설령 잘못 판단했을지라도 다나베에게는 한번 결심하면 물러서지 않는 어린애 같은 면이 있다. 어떻게든 설득해 결심을 바꾸게 하려고 했던 다이잔의 마음이 포기로 돌아선 것은 이때였다.

다이잔이 못을 박듯이 말했다.

"취임한 지 겨우 일 년이네. 자네의 정치 인생에서 총리 자리에 앉을 기회는 두 번 다시 없을지도 몰라. 이렇게 좋은 기회를 임기 도중에 내던져도 후회하지 않겠나? 그런 생각까지 다 하고 나서 결정한 건가?"

다나베는 가슴을 활짝 펴고 대답했다.

"물론이네, 간사장. 내가 그런 것도 생각하지 않았을 것 같나? 심사숙고를 거듭한 끝에 결론을 내린 걸세. 이 다나베 야스시, 한 입으로 두말하는 남자가 아니네."

다이잔은 다나베를 뚫어지게 바라보면서 생각했다.

'이 자식, 지금 누구 앞에서 거짓말이야? 취임 연설을 할 때 성심성의를 다해 직무를 끝까지 수행하겠다고 한 사람이 누구지? 벌써 까맣게 잊은 거야?'

"알았네."

다이잔은 두 손으로 무릎을 탁 때리고 일어섰다. 원래 한번 마음을 먹으면 빨리 결단을 내리기로 유명한 사람이다.

"그렇게까지 그만두고 싶다면 더는 말리지 않겠네. 정무조사회 회장을 비롯해 핵심 인물들에게 말해도 되겠나?"

"부탁하네."

이제 다나베에게선 한 나라의 총리다운 위엄은 털끝만큼도 찾아볼 수 없었다. 다나베를 내려다보는 다이잔의 몸속에서 섬뜩한 위기감이 구석구석까지 퍼져나갔다.

두 명이 연속으로 정권을 내던지다니……. 무책임하다는 비난을 받아도 어쩔 수 없다. 오랫동안 일본의 정당정치를 이끌어온 민정당에게 국민들은 얼마나 실망할 것인가! 국민들이 등을 돌릴 가능성도 배제할 수 없다. 다나베의 사임으로 민정당은 창당 이후 처음으로 절체절명의 위기에 직면한 것이다.

그와 동시에 다이잔에게는 상상도 할 수 없는 좋은 기회가 찾아왔다고 해도 과언이 아니다. 당내를 둘러보았을 때, 지금 다나베 정권을 이어받기에 어울리는 정치가는 무토 다이잔밖에 없기 때문이다.

이건 신이 내게 주신 절호의 기회일지 모른다…….

관저의 같은 층에 있는 관방장관의 집무실로 향하면서 다이잔은 두 주먹을 불끈 쥐었다.

이제 다나베는 끝났다. 다음 총리 자리에 앉을 사람은 나다! 이 다이잔이다!

다나베 총리의 갑작스러운 사임으로 열린 민정당 임시 임원회에서, 민정당 총재의 선거 실시가 정해진 것은 날짜가 바뀌려고 하는 한밤중의 일이었다.

그 이후, 전 법무장관을 위원장으로 하는 민정당 선거관리위원회에서는 9월 10일 선거를 공지하고 9월 22일 투·개표하는 것으로 일정을 확정했다.

선거 일정을 공지한 날, 총리 후보에 입후보한 사람은 다이잔 외에 두 명이 더 있었다. 모테기 파派를 이끄는 모테기와 하야시다 파의 마쓰다이다. 그렇게 시작된 민정당 의원표 225표와 지방표 300표를 합친 525표의 쟁탈전은 모레 투표일을 앞두고 막바지에 접어들고 있었다.

"이봐, 상황은 어때?"

자신의 사무실에서 다이잔은 아까부터 연신 시계를 흘끔거리며, 안으로 들어온 보좌관 가이바라 모헤이에게 물었다. 이름에서는 전근대적 느낌이 물씬 나지만, 올해 서른두 살밖에 되지 않은 가이바라는 정치가를 꿈꾸는 사람이다. 나중에 어딘가에서 의원으로 출마하기 위해 열심히 경험을 쌓는 중이다.

"지방표는 과반수가 확실합니다. 문제는 의원표인데, 다케다 파의 동향이 아직 베일에 싸여 있습니다."

이런 선거전에서는 민정당 의원들과 당원들의 표심이 당락을 좌우하는 만큼, 마지막 순간까지 마음을 놓을 수 없다.

처음에 누가 말했는지는 모르겠지만 나가타초*에는 한 가지 격언이 내려오고 있다. '화재는 최초의 5분, 선거는 최후의 5

---

* 국회의사당과 총리 관저가 있어서, 정계를 뜻하는 말로 통용된다. 한국의 여의도 같은 곳이다.

분이 승부의 갈림길'이라는 말이다. 더구나 누가 어느 후보자를 지지하느냐는 것은 내각 인사에도 영향을 미치는 중대사라서 한시도 눈을 뗄 수 없다. 이런 상황에서 가장 믿을 수 있는 사람이 바로 가이바라다. 선거의 미묘한 사정까지 전부 꿰뚫고 있는 그는 올바른 예측과 고찰을 통해 정확한 결론을 이끌어내는 걸로 유명하다. 선거 참모로서 천부적 재능을 가지고 있어서, 아직 나이는 많지 않지만 다이잔이 만난 그 어떤 정치가보다 표의 흐름을 잘 읽는다.

그런 가이바라가 진지한 얼굴로 말했다.

"의원님, 마쓰다 의원은 적이 아닙니다. 제 조사에 따르면 마쓰다 의원에게 들어오는 의원표는 20표 남짓, 지방표는 들어와 봐야 10표 남짓이라서 상대가 안 됩니다. 애초에 마쓰다 의원 쪽에서 보면 이번 총재 선거는 어디까지나 얼굴을 알리기 위한 것이고, 본인도 당선되리라곤 생각하지 않을 겁니다. 문제는 모테기 진영입니다."

"의원표에서 60표쯤 갈 것 같나?"

그렇다면 상당한 접전이 예상된다.

"아마 그렇겠지요. 지방표의 예상 득표수는 거의 비슷하니까 승부는 의원표에서 나지 않을까 합니다. 그 의원표 말입니다만, 의원님의 예상 득표수는 85표입니다. 마쓰다 의원에게 20표가 간다고 했을 때, 나머지 약 60표가 당락을 좌우하겠지요. 문제는 다케다 파의 표입니다. 지금은 시로야마 의원의 영향력

14

에 매달릴 수밖에 없지 않을까 합니다만⋯⋯."

시로야마 가즈히코는 민정당의 거물 정치인으로, 다이잔도 속해 있는 시로야마 파의 우두머리다.

"다케다 의원님은 그렇게 만만한 분이 아니야."

가이바라가 진지한 얼굴로 맞장구를 쳤다.

"속마음으론 본인 파벌에서 총재 후보를 내고 싶으시겠지요."

다케다 고조는 좋게 말하면 민정당의 정치적 조언자이지만, 실제로는 노회함의 대표적 인물로 손가락질을 받는 한심한 정치가였다. 원래 다이잔과 같은 2세 의원으로 정계에서는 꽤 명문가 출신이다. 예전에 총리를 역임했을 때는 '이리저리 미꾸라지처럼 빠져나가며 변명만 늘어놓는 다케다 타령'이라는 말을 들었고, TV를 비롯해 매스컴 앞에서는 번지르르하게 말을 잘하지만 정작 조언을 구하면 잔소리가 많아서 귀를 막고 싶을 정도다. 그런 탓에 다케다 파에 있던 유능한 의원들은 대부분 말을 갈아타서, 지금 곁에 있는 의원들 중에 총리를 할 만한 사람은 한 명도 없다. 다이잔만 해도 예전에 다케다 파의 문을 두들겼지만 그 후에 시로야마 파로 갈아탄 사람이다.

시로야마 파가 아니면 85표나 되는 조직표를 얻기 힘들었겠지만, 이제 와서 예전에 등을 돌렸던 다케다의 안색을 살펴야 하는 것은 여간 거북한 일이 아닐 수 없다.

예상한 대로 표를 달라고 부탁하러 간 다이잔에게 다케다는 과거를 들먹이며 이러니저러니 잔소리를 늘어놓았고, 그 바람에 시로야마가 두 팔을 걷어붙이고 중재에 나서기로 했다.

다이잔이 아까부터 연신 시계를 흘끔거리는 것은 그 둘이 오후 7시에 아카사카의 요릿집에서 만났으니, 이제 슬슬 이야기가 끝날 무렵이었기 때문이다. 회담 결과에 따라서 총재 선거의 행방이 크게 달라지는 것이다.

다케다가 오기를 부리며 모테기 쪽에 표를 주겠다고 말할 수도 있다. 그러면 다이잔이 민정당 총재, 즉 총리가 될 수 있는 기회는 적어도 몇 년 뒤로 미뤄야 한다.

가이바라가 걱정스러운 얼굴로 입을 열었다.

"실은 약간 마음에 걸리는 말을 들었습니다. 최근에 모테기 의원이 다케다 의원님과 몇 번 밀담을 나누었다고 합니다."

다이잔은 눈을 크게 뜨고 무의식중에 소파에서 몸을 내밀었다.

"그게 정말인가? 내가 왜 몰랐지?"

"몰랐으니까 밀담이지요."

"아! 그런가?"

다이잔이 고개를 끄덕이면서 물었다.

"밀담의 내용은?"

"그것까지는 모르겠습니다. 단, 어떤 형태로든 합의를 했다면 정보가 흘러나오지 않았을까요? 거기서 정해진 게 없으니까 정보가 흘러나오지 않았겠지요."

"그건 그렇군……."

다이잔은 기나긴 탄식을 내뱉은 뒤, 조용히 눈을 감고 배 앞에서 손가락을 깍지 끼었다.

선거 때마다 일본 전역을 뛰어다니며 뜨겁게 연설하는 다이잔에게 기다리는 것만큼 괴로운 일은 없었다.

영감탱이, 부탁해.

마음속으로는 시로야마의 설득에 기대하지만, 상대가 상대이니만큼 쉬운 일이 아니라는 것은 어느 정도 예상이 되었다.

끈질기게 기다린 다이잔의 휴대폰이 울린 것은 저녁 9시가 훌쩍 넘은 시각이었다. 화면에 나타난 시로야마의 이름을 보고 다이잔은 마른침을 꿀꺽 삼켰다.

"오래 기다렸지? 이제 얘기가 끝났네."

차 안에서 전화를 거는지, 항상 기운이 넘치는 시로야마의 목소리가 흐릿하게 들렸다.

"노고가 많으셨습니다."

어떻게 되었냐고 묻고 싶은 것을 참으며, 다이잔은 일단 위로의 말을 입에 담았다.

"잠시 할 말이 있네. 지금 내 사무실로 와주지 않겠나?"

순간 긴장감에 휩싸인 다이잔은 "지금 당장 가겠습니다"라고 말한 뒤, 통화 종료 버튼을 눌렀다.

"가이바라, 가자!"

다이잔의 모습에서 상대가 시로야마란 걸 알아차린 가이바라는 이미 일어나 있었다.

"좋은 얘기인가요?"

다이잔은 찜찜한 얼굴로 대답했다.

"그건 아직 몰라. 그걸 확인하러 가는 거야."

지금 다이잔이 할 수 있는 일은 별로 없다. 시로야마를 믿고
천명을 기다리는 것, 오직 그것뿐이다.

다이잔이 3번가에 있는 사무실로 뛰어들자 시로야마는 이미
와서 기다리고 있었다. 새하얀 와이셔츠 차림으로, 술기운으로
불그스레한 얼굴 앞에서 부채를 파닥파닥 부치고 있었다. 시로
야마는 다이잔의 얼굴을 보자마자 일어서서 "이리 앉게"라고
말하며 두 사람에게 소파를 권했다.

"지금 다케다 의원을 만나고 왔네."

다이잔은 숨을 멈추고 다음 말을 기다렸다. 이렇게 당연한
말로 이야기를 꺼내는 것이 시로야마의 연극적인 면이자 나쁜
버릇이다. 설득이 상당히 힘들었다는 것은 짙은 피로가 스며든
표정이 말해주고 있었다.

"모테기 의원은 이미 세 번이나 다케다 의원을 찾아왔다고
하더군. 하지만 나와 다케다 의원이 어디 보통 사이인가? 우리
는 세 번이나 볼 필요 없지. 이야기는 한 번으로 충분하네."

이 말이 무슨 뜻인가? 가이바라가 다이잔의 옆에서 두뇌를
풀가동시키며 마른침을 집어삼켰다.

"다이잔, 내 말 잘 듣게. 모레 총재 선거에서 다케다 파의 표는 자네에게 갈 걸세."

시로야마를 바라보는 다이잔의 긴장된 얼굴 안에서 환한 웃음이 퍼져나갔다.

"감사합니다!"

깊숙이 고개를 숙인 다이잔을 향해 시로야마는 도로족* 의원의 우두머리다운 큼지막한 손을 내밀었다.

"다이잔, 축하하네. 자네는 모레 민정당 총재가 될 걸세. 다음 총리는 자네로 정해진 거야!"

* * *

전등이 밝게 켜진 실내는 밀담을 나누기에는 너무나 환했다. 창 밖에는 조명이 켜진 국회의사당의 실루엣이 떠올라 있었다. 오후부터 휘몰아친 강풍이 휩쓸고 지나간 하늘에는 도심에서는 보기 드물게 아름다운 별들이 몸을 떨며 빛을 뿌리고 있었다.

저녁 9시가 지났음에도 실내는 낮의 사무실처럼 사람들이 뻔질나게 드나들었다. 연신 전화나 휴대폰 벨소리가 울려 퍼지고

---

* 국토 교통성이 담당하는 공공사업에 대해 영향력을 행사하는 의원. 특히 도로 정비를 추진하는 의원.

말소리가 끊이지 않았다. 그 모든 것이 민정당 총재 선거의 행방과 관련이 있음은 단편적으로 들리는 단어를 통해 알 수 있었다. 무토, 하야시다 파, 시로야마…… 혼돈 상태에 빠진 민정당 총재 선거가 막바지에 이르면서, 무토 다이잔의 차기 총재 당선이 확실해지고 있다.

팔걸이의자에 앉아 있는 사내도 아까부터 휴대폰을 들고 누군가와 이야기하고 있었다. 그는 통화를 마치더니 마법이라도 쓰여 있는 카드처럼 휴대폰을 바라보고 나서 얼굴을 들었다.

"많은 사람들이 예상한 대로 차기 총재는 무토 다이잔이 될 거야."

사내는 나지막한 목소리로 말한 뒤, 잠시 말을 끊고 권위적인 태도로 상대를 노려보았다.

"이제 자네 차례야. 앞으로 무토 일당의 움직임을 보고해주게. 우리 손으로 일본을 바꾸는 거네."

"제가 힘이 될 수 있다면요."

소파에 앉아 있던 자는 잠시 생각하고 나서 덧붙였다.

"그런데 정말로 그렇게 할 수 있을까요? 저기…… 당신의 계획 말입니다만."

사내가 대답했다.

"물론이지. 이건 망상도, 공상도 아니야. 현실적인 계획이지. 자네에게 피해가 가도록 하지 않을 테니까 자네는 그저 정보만 전해주면 되네."

"그런데 그건 제가 아니더라도 되잖아요?"

당황함과 망설임이 의문이 되어 그자의 입을 뚫고 나왔다.

"우리 계획에 찬성하는 사람들 중에 의심을 받지 않고 무토 일행의 정보를 얻을 수 있는 사람은 자네뿐이야. 우리 손으로 일본을 바꾸는 거네."

사내의 말에는 거부할 수 없게 만드는 압박감이 담겨 있었다.

그자는 잠시 생각한 후에 대답했다.

"알겠어요. 최대한 협조할게요."

제1장

아버지와 아들

1

"이 무토 다이잔, 이번에 국회의 지명에 의해 송구스럽게도 어명어새*를 받아 내각 총리대신에 취임했음을 보고드리는 바입니다. 이 나라의 민주 정치를 견인해온 위대한 선인들의 말석에 자리하는 자로서 성심성의를 다해 국민을 위해, 사회를 위해, 그리고 일본을 위해 헌신할 생각입니다.

일본은 전쟁이 끝나고 헤이세이** 시대인 지금에 이르기까지, 유례를 찾아볼 수 없을 만큼 빠른 속도로 부흥해 경제대국으로 성장했습니다. 국민들의 생활 수준은 몰라보게 향상되었고, 전

---

* 御名御璽. 일왕의 이름과 공인(公印). 일왕의 서명 날인.
** 平成. 일본의 연호. 1989년~2019년.

쟁이 없는 평화로운 사회에서 풍요로움을 누리게 된 것은 새삼스레 말씀드릴 것까지도 없습니다.

그런데 그 풍요로움의 한쪽 구석이 터지기 시작하면서 사회 곳곳에 악영향을 미치기 시작하더니, 기존의 시스템으로는 대응할 수 없는 문제가 발생하고 있습니다. 저출생과 고령화 사회의 도래, 계약 사원과 파견 노동자의 증가에서 볼 수 있는 경제 격차의 문제, 국제사회의 분쟁, 나아가서는 환경 문제. 전부 다 지금 방법을 찾지 않으면 때를 놓치게 되는 중대한 과제들입니다.

이러한 총체적인 난국에서 정권을 담당할 자로서, 저는 일본의 전통을 중시하며 누구나 안심하고 살 수 있는 밝은 사회를 만들기 위해 매진하겠습니다.

일본을 진심으로 사랑하는 한 정치인으로서, 한 국민으로서, 또한 내각 총리대신으로서 저에게 주어진 직무를 완수하고, 국민 여러분과 함께 새로운 일본과 풍요로운 미래를 개척해나가겠습니다. 부디 이 무토 다이잔을 믿으시고, 민정당과 민련당이 함께 협조해서 만들어나갈 정부를 기대해주시기 바랍니다.

해내겠습니다. 도망치지 않겠습니다. 싸우겠습니다.

국민 여러분을 배신하지 않겠습니다. 그리고 국민 여러분과 함께하겠습니다.

이 무토 다이잔, 국정을 위해 몸과 마음을 모두 바칠 것을 맹세하는 바입니다."

소신표명 연설을 마친 무토 다이잔을 향해, 민정당 의원을 중심으로 뜨거운 박수가 쏟아졌다. 그것에 호응하는 그의 만족스러운 표정이 한순간 미묘하게 일그러졌다.

아야야.

충치 때문이다.

무토 다이잔은 치통을 참으며 의원석을 향해 고개를 숙인 뒤, 총리 자리에 오른 만족감을 온몸으로 음미하면서 천천히 연단에서 내려왔다.

2

"다이잔, 모두해산*하는 줄 알았네."

국회에서의 소신표명 연설이 끝나고 총리 관저로 다이잔을 찾아온 시로야마는 입을 열자마자 그렇게 말했다.

"연설 도중에 '조서**'가 도착했습니다'라는 말이 나올까 얼마나 조마조마했는지 모른다네. 덕분에 낮잠을 못 잤지 뭔가?"

시로야마의 말투에 살짝 아쉬움이 묻어 있는 것은 마음의 한 구석에서 중의원 해산을 기대하고 있었기 때문이다.

"지금 선거를 치르면 이길 수 있다고 생각하시지요?"

---

* 冒頭解散. 국회를 열자마자 해산하는 것.
** 詔書. 일왕이 발행하는 공문서. 국회 소집, 중의원 해산, 총선거 시행 공시 등을 할 때 발행한다.

다이잔이 예상한 대로 시로야마는 진지한 얼굴로 고개를 끄덕였다.

"이길 수 있네. 이길 수 있고말고! 다이잔, 이것 좀 보게."

그렇게 말하며 시로야마는 오늘 자 석간신문을 내밀었다. 그곳에는 신문사에서 실시한 긴급 여론조사 결과가 실려 있었다.

민정당의 무토 다이잔, 헌민당의 구라모토 시로. 두 사람 중 누가 더 총리대신에 적합한가 하는 질문에 대해 다이잔의 지지율은 45퍼센트, 구라모토의 지지율은 20퍼센트로 되어 있었다.

시로야마가 다이잔을 치켜세웠다.

"역시 각료 명단을 직접 읽는 퍼포먼스가 좋았네. 요즘 말로 끝내주더군. 다들 그걸 보고 '우리의 다이잔!'이라고 찬사를 보내던데? 역시 아키하바라* 계야."

"너무 그러시니까 몸 둘 바를 모르겠습니다."

다이잔은 솟구치는 웃음을 가까스로 억누르며 얼굴 앞에서 손을 휘휘 내저었다.

일주일 전에 각료 명단을 발표할 때, 다이잔은 그 명단을 직접 읽었다. 관방장관이 읽는 관례를 깨고 이례적인 퍼포먼스를 보여준 것인데, '소탈한 무토 방식'이라는 이름까지 붙으며 반응은 상상을 초월했다. '우리의 다이잔'이라는 말은 예전에 "만화와 애니메이션은 세계에 자랑할 수 있는 일본 문화다!"라고

---

* 게임과 만화, 애니메이션의 메카로 불리는 지역이다.

공언했던 다이잔을 응원하기 위해, 아키하바라 젊은이들이 내건 플래카드다. 이것이 신문에 실리면서 다이잔의 인기를 끌어올리는 데 한몫 톡톡히 했다.

"지지율이 그 가증스러운 구라모토의 두 배일세. 다이잔, 잘했네."

시로야마의 히죽거리는 웃음에 찬물을 끼얹은 사람은 가이바라였다.

"하지만 이 여론조사 결과를 자세히 들여다보면 다이잔 총리님을 지지하지도 않고, 구라모토 의원을 지지하지도 않는 중도층이 35퍼센트나 됩니다. 그들이 구라모토 쪽으로 기울면 눈 깜짝할 사이에 역전되고 말 겁니다."

"가이바라, 쓸데없는 소리 말게!"

시로야마는 버럭 화를 내고는 곧장 다이잔을 향했다.

"자네 생각을 말해보게. 국회는 언제 해산할 건가?"

자신을 뚫어져라 보는 시로야마를 향해 다이잔은 조심스럽게 말했다.

"솔직히 말씀드리면 지금 타이밍을 노리고 있는 참입니다."

아무리 시로야마가 민정당을 좌지우지하더라도 국회를 언제 해산하라고 지시할 수는 없다. 국회 해산 시기는 총리인 다이잔의 전권 사항인 것이다. 더구나 다이잔도 국회 해산을 뒤로 미루려고 생각하지는 않았다.

하지만 국민의 신임을 물을 필요가 있다.

이것은 민정당 의원뿐만 아니라 모든 의원이 가지고 있는 인식이 아닐까?

참의원 선거에서 참패한 뒤 제1당 자리에서 밀려난 민정당에 비해, 기세가 오른 헌민당은 민의를 반영하지 않는 중의원은 즉시 해산해야 한다고 큰소리를 쳤다. 물론 신문에서 이런 여론조사를 실시하는 것도 '곧 해산'이라는 관측이 있어서이므로, 허세를 부린 소신표명 연설과는 반대로 무토 정권이 장기 정권이 되리라곤 당사자인 다이잔도 생각하지 않는다.

다이잔은 신중하게 입을 열었다.

"너무 빨리 하면 지난번 참의원 선거의 전철을 밟을지도 모르잖습니까? 그렇다고 너무 늦어서 타이밍을 놓치면 곤란하고요."

"잘 알고 있군."

시로야마는 그렇게 말하고 셔츠의 가슴주머니에 넣어두었던 쥘부채를 들었다. 부채에는 시로야마 가문의 문장紋章이 들어 있는데, 부채를 부치는 모습이나 풍모는 야쿠자가 무색할 정도였다.

"참의원 선거는 자폭이나 마찬가지였네. 물론 헌민당 의석이 늘어났지만 그건 헌민당이 승리한 게 아니라 우리가 패배한 거지. 자네도 그렇게 생각하나?"

다이잔은 고개를 끄덕였다.

당시 총리였던 안자이 시게루가 깨끗하게 해산했다면 지금 국회가 이렇게 뒤죽박죽이 되지는 않았을 것이다. 설사 중의원 선거에서 패배해 정권을 빼앗길 위험성은 있어도, 상대는 얼간이들이 모인 헌민당이다. 어차피 반년쯤 지나면 이런저런 문제가 드러나서 국민으로부터 비난을 받을 것은 눈에 뻔히 보였다.

"선거에는 용기가 필요한 법인데, 안자이에게는 그게 없었네. 다나베도 마찬가지였어. 타이밍은 곧 기회이고, 기회는 여기저기 굴러다니는 게 아니지. 국민들은 지금 자네에게 크게 기대하고 있네. 무토 다이잔이라면 뭔가 해주지 않을까 하고 말이야. 지금 해산하면 이길 수 있네. 이기면 헌민당 녀석들도 입을 다물 수밖에 없겠지."

"그렇게 간단히 되리라곤 생각할 수 없습니다."

가이바라가 또다시 찬물을 끼얹는 말을 하자 시로야마는 오만상을 찌푸렸다. 누구나 인정하는 좋은 머리를 가진 가이바라이지만 남의 말허리를 자르는 버릇이 옥에 티라고나 할까?

"지금 총리님이 인기 있는 건 틀림없지만 그렇다고 선거에서 압승할 정도는 아닙니다. 정책을 통해 좀 더 점수를 벌고 나서 선거를 치르는 편이 좋지 않을까요? 지금은 경기도 밑바닥을 헤매고 있고요."

"뭐, 언제 할지는 자네에게 맡기도록 하지."

시로야마는 쥘부채를 소리 내어 접고 나서 허리를 들었다.

"하지만 다이잔, 최대한 정국을 내다보고 자네에게 주어진 역할을 해내게. 다시 말하지만 지금의 자네라면 이길 수 있어. 부탁하네."

시로야마다운 격려의 말이었다. 그는 하고 싶은 말을 마치고 재빨리 자리에서 일어나 밖으로 나갔다.

남겨진 다이잔은 어이없는 표정을 지었다.

"이거야 원. 소신표명 연설을 한 지 얼마 되지도 않았는데, 벌써 해산 이야기를 하다니. 가이바라, 이게 말이 된다고 생각하나? 문제는 신문이야, 신문! 왜 해산을 부추기는 거야?"

선거 관리 내각. 전국지인 마이아사 신문의 사설에서 무토 내각에 붙인 호칭이다.

"해산해서 이기면 총리님이 다시 총리님이 되십니다."

가이바라가 표정 없는 얼굴로 위로했다.

"지면? 그러면 신문의 사설처럼 선거만 하고 끝나는 삼일천하가 되어버리잖나?"

"누구보다 강인한 총리님께서 그렇게 비관적인 예측을 하시다니……."

"비관적이 될 만도 하지. 이런 건 정치가 아니야."

다이잔은 그렇게 말하고는 의자에서 기지개를 펴며 깊은 탄식을 내뱉었다. 치아의 통증은 사라지기는커녕 점점 더 심해지고 있다.

나이도 많지 않은 주제에 정치를 잘 아는 사람처럼 가이바라가 말했다.

"하지만 선거는 정치인의 생명이니까요. 어떻게든 국민들이 무토 내각은 기존의 정권과 다른, 품격 있는 내각이라고 여기게 만들어야 합니다. 그러면 민의는 크게 움직일 겁니다."

그런데…….

그때 문 밖에서 사람의 목소리가 들리는가 싶더니, 노크도 하지 않고 한 남자가 헐레벌떡 뛰어들었다. 관방장관인 가리야 고지였다. 그는 말처럼 기다란 얼굴에 맺힌 구슬땀을 황급히 양복 소맷자락으로 닦았다. 얼굴은 새빨갛고 동작은 몹시 허둥거렸다.

"다이 씨, 큰일 났습니다. 에미 장관이!"

맹우인 가리야는 다이잔을 '다이 씨'라고 부르고, 다이잔은 가리야를 '가리양'이라고 부른다.

"에미가 왜?"

다이잔이 눈을 크게 뜨고 물었다. 에미 요시노부는 연립을 하는 민련당의 베테랑 의원으로, 조금 전의 조각*에서 국토교통장관에 임명한 터였다.

"실언을 했습니다. 요코하마 강연회에서 엄청난 실언을……."

다이잔의 입에서 얼빠진 목소리가 튀어나왔다.

"엉? 엄청난 실언? 가리양, 뭐라고 했는데?"

"일교련의 파워가 강한 지역은 학력 수준이 낮다고 말했답니

---

* 組閣, 내각을 조직함.

다."

일교련, 즉 일본교직원연맹은 이름 그대로 교사들의 노동조합이다.

다이잔은 어이가 없어 혀를 찼다.

"에미 그 인간, 지금 제정신인가? 그래서 매스컴에서는 뭐라나?"

"지금 난리도 아닙니다. 다행히 지지율이 높은 상황이니 어떻게든 한시라도 빨리 사태를 수습해야 합니다."

다이잔은 과거에 몇 번 실언했던 경험을 떠올리며 말했다.

"골치 아픈 놈이군. 해명하라고 해. 사람은 누구나 입을 잘못 놀리는 일이 있으니까. 에미에게 발언을 수정하라고 하는 수밖에 없어."

"그게……."

가리야가 얼굴을 찡그리며 잠시 머뭇거렸다.

"저도 에미 장관에게 그렇게 말했는데, 떨떠름한 표정을 지으면서……."

다이잔은 그 말을 이해할 수 없었다.

"떨떠름한 표정을 지었다고? 그게 무슨 말이지?"

"에미 장관, 그 발언의 진의는 뭔가? 그건 민련당의 견해도 아닐 텐데."

사태를 수습하기 위해 그날 밤늦게 관저로 불러들인 에미를 똑바로 쳐다보며 다이잔은 엄중하게 추궁했다. 그런데 에미는 제대로 대답하지 않고 고개를 숙일 따름이었다.

"이번에 폐를 끼친 것에 대해서 사과드리겠습니다."

"사과 같은 건 필요 없어! 에미 장관, 진의가 뭐냐고 물었잖아!"

다이잔은 노골적으로 조바심을 드러내며, 들고 있던 부채로 자신의 무릎을 탁 때렸다. 하지만 에미는 주눅이 들기는커녕 가슴을 펴고 당당하게 말했다.

"말 그대로입니다. 일교련이 교육의 적이라는 건 제 지론이고, 저는 지금까지 일관되게 그렇게 주장해왔습니다. 그 강연에서는 제 지론을 말한 것뿐이지, 결코 실언이 아닙니다."

"에미 장관, 그러면 곤란하잖아."

옆에서 가리야가 끼어들었다. 이런 일이 생기면 가리야는 항상 소심한 월급쟁이처럼 눈치를 보면서 말한다.

"새 정권이 출범한 지 얼마 되지도 않았잖나? 거기에 똥을 뿌리면 어떡하나? 애당초 그런 식으로 말하면 문제가 된다는 건 알고 있었겠지? 연립의 뼈대도 흔들리고 말이야."

하지만 고집불통인 에미는 단호한 얼굴로 한 발짝도 물러서지 않았다.

"이건 문제가 된다든지 되지 않는다든지, 그런 문제가 아닙니다. 자신의 신념을 말하는 건 정치인으로서 성의 있는 자세라고 생각합니다."

이 녀석······.

다이잔은 에미를 노려보면서, 아무리 연립내각이라는 사정이 있었지만 추천하는 대로 이런 자를 입각시킨 자신에게 화가 났다.

가리야가 친근한 말투로 달래기 시작했다.

"에미 장관, 청탁병탄*이란 말이 있잖아? 한 나라의 장관이나 되는 사람은 아무리 자신의 신념이라도, 해도 되는 말과 안 되는 말이 있지 않을까?"

"저는 정치인입니다."

에미는 정치인이라기보다 군인처럼 고집스러운 눈으로 가리야를 똑바로 바라보았다. 차렷 자세의 의연한 태도는 언뜻 훌륭하게 보이지만 말과 행동이 전혀 다르다.

이봐, 만약 선거 때 그런 신념을 말했다면 보기 좋게 떨어졌을 거야.

다이잔은 그렇게 말해주고 싶었지만 에미와 입씨름을 해도 사태는 해결되지 않는다. 그 대신 그는 건설적인 제안을 제시했다.

"난 이번 실언 문제를 되도록 신속하게 처리하고 지금의 정국에 집중하고 싶네. 자네가 해명해주게."

---

* 清濁併吞. 맑은 것과 탁한 것을 함께 삼킨다는 뜻으로, 도량이 커서 무엇이든 다 받아들인다는 뜻이다.

하지만 에미는 단호하게 거절했다.

"그럴 수는 없습니다."

다이잔은 인내심을 발휘하며 설득했다.

"지금은 잠시 신념에 뚜껑을 덮어주면 안 되겠나? 자네의 개인적인 사정으로 정권을 더럽히지 않았으면 좋겠는데……."

"정권을 더럽힐 생각은 없습니다."

에미의 눈은 다이잔이 아니라 벽에 고정되어 있었다.

가리야가 미간에 주름을 잡고 말했다.

"에미 장관, 자네는 그럴 생각이 없어도 세상은 무토 정권을 비난할 거야."

"사람들의 비위나 맞추며 꼬리를 흔드는 게 정치인가요?"

"그런 뜻이 아니잖아! 정말 내 말이 무슨 뜻인지 몰라서 그러나?"

가리야는 조바심을 감추지 못한 채, 도움을 청하는 눈길로 다이잔을 바라보았다. 가리야의 말을 다이잔이 이어받았다.

"에미 장관, 내가 한마디 하겠네. 자네의 발언은 각료로서 상당히 부적절하네. 자네 생각이 어떻든, 계속 장관 자리에 있을 생각이라면 발언을 정정하든 해명하든 해주게."

에미의 완고한 태도를 보고 다이잔의 말투도 날카로워졌다. 원래 성격이 급하기로 소문난 다이잔이다.

"저는 주장을 바꿀 생각도, 신념을 굽힐 생각도 없습니다. 옳은 말을 했는데 정정이든 해명이든 하라니, 참으로 유감스러운 일이 아닐 수 없군요. 자리에 연연할 생각은 눈곱만큼도 없습니다."

이놈, 바보 아니야?

다이잔은 눈앞에 있는, 착각에 사로잡힌 남자를 바라보았다.

"일교련에 대해 지금 여기서 토론할 생각은 없네. 그런데 자네에겐 국토교통장관 자리가 그렇게 가벼운가? 장관이 될 각오가 그 정도밖에 안 되냔 말일세!"

대답은 돌아오지 않았다.

"천신만고 끝에 간신히 국민의 지지를 얻어냈는데, 또 각료가 사임하면 정권에 얼마나 해가 미치는지 몰라서 그래? 지난번 참의원 선거를 잊은 건 아니겠지?"

"물론입니다. 일교련 같은 것은 무너뜨리면 됩니다."

에미는 다시 그렇게 말해서 다이잔과 가리야를 어이없게 만들었다.

이렇게 말이 안 통하는 사람과는 더는 이야기할 필요가 없다. 이제 끝이다.

다이잔은 잠시 천장을 향해 고개를 들고 눈을 감았다. 그리고 다시 눈을 부릅떠 에미를 노려보았다.

"자네는 다음 선거에서 질 거야."

이 말에는 에미도 잠시 입을 다물었지만, 이내 음침한 미소를 지었다.

"꼭 이기겠습니다. 제 의견을 지지해주는 국민들도 많으니까요."

그런 국민이 어디 있어?

그렇게 말하고 싶은 것을 참고 다이잔은 말했다.

"에미 씨, 자네의 거취 문제를 생각해야겠군."

순간, 가리야가 안색을 바꾸었다.

"다이 씨, 취임한 지 겨우 닷새째입니다."

"취임한 지 며칠이 됐든 상관없네. 에미 씨는 정권의 각료로 어울리지 않아. 아니, 자네는 잘 모르는 것 같은데 그 이전에 정치가로서 자격이 없어. 하지만 더는 말하지 않겠어. 자네가 계속 정치를 할 수 있을지 없을지는 국민이 정할 일이니까."

에미가 시비조로 물었다.

"지금 저에게 장관 자리에서 물러나란 말씀입니까?"

"신념을 굽힐 생각이 없다면 그렇게 할 수밖에 없겠지. 자리에 연연하지 않는다는 말이 사실이라면 그렇게 하는 게 좋을 거야."

에미는 다이잔을 물끄러미 보다가 "좋습니다. 경질이든 뭐든 마음대로 하십시오!"라는 말을 남기고 재빨리 밖으로 나갔다.

에미가 나가자마자 다이잔은 땅이 꺼져라 한숨을 쉬었다.

"다이 씨, 이러면 곤란해요. 임명한 책임을 물을 겁니다."

다이잔이 이마에 손을 대고 말했다.

"알고 있어."

"이번 총선거에서 믿을 건 오직 무토 다이잔의 인기뿐입니다……."

다이잔은 가리야의 말을 가로막고 재빨리 말했다.

"가리양, 더는 말하지 말게. 난 무슨 일이 있어도 이 난국을 극복할 걸세. 그게 내 사명이니까."

3

"총리님께 묻겠습니다."

질의에 나선 헌민당의 구라모토는 심술이 잔뜩 밴 교활한 눈길로 다이잔을 노려보았다. 에미의 실언을 시작으로 경질과 후임 인사 등 잠을 잘 수 없을 만큼 바쁜 시간을 보낸 다이잔은 잠 부족과 피로가 뒤섞인 얼굴로 다음 말을 기다렸다.

"에미 전 국토교통장관의 실언에 대해 총리님은 어떻게 생각하시는지, 한 말씀 해주시기 바랍니다."

─무토 다이잔 총리.

중의원 의장인 가와다 슈헤이의 나른한 목소리를 듣고 다이잔은 일어섰다.

"에미 전 국토교통장관의 이번 발언에 관해서는 진심으로 유감이며, 각료로서 어울리지 않는 발언이었다고 생각합니다."

─구라모토 시로 의원.

"그런 사람을 장관으로 임명한 사람이 누구입니까? 총리님, 당신이지요? 장관이라는 자가 자신의 자리에 어울리지 않는 주장을 정면으로 제기한 끝에, 자신의 발언은 틀리지 않았다고 끝까지 큰소리쳤습니다. 정말이지 한심하기 짝이 없더군요. 그런 사람을 장관으로 임명한 총리의 책임은 중대하고, 국민들에게 커다란 실망을 안겨주었다고 생각합니다! 그에 대해 어떻게 생각하시는지 알고 싶습니다."

―무토 다이잔 총리.

"국민 여러분께는 커다란 실망을 안겨드려서 진심으로 죄송하고, 사죄하는 바입니다."

―구라모토 시로 의원.

"총리님, 그런 말로 넘어갈 수 있다고 생각하십니까? 며칠 전의 소신표명 연설에서 뭐라고 말씀하셨지요? 저는 국민 여러분을 배신하지 않겠습니다……. 그렇게 말씀하셨지요? 이게 배신한 게 아니고 뭡니까? 장관이 된 지 불과 닷새입니다, 닷새! 겨우 5일 만에 국민의 인식에서 동떨어진 발언을 거듭하다가 사임하는 장관이 어디 있습니까? 저는 국민들을 우롱한 책임을 져야 한다고 생각하는데, 총리는 그에 대해 어떻게 생각하시는지 알고 싶습니다."

회의장에 야유가 날아다녔다.

―무토 다이잔 총리.

"국민들을 우롱했다곤 생각하지 않습니다."

―구라모토 시로 의원.

"그럼 뭡니까? 국민들이 이해할 수 있도록 사죄든 태도 표명이든 해야 하지 않습니까?"

─무토 다이잔 총리.

"그러니까……."

구라모토는 원래 물귀신처럼 끈질긴 남자다. 다이잔의 배 속에서 점점 분노가 솟구쳤다.

"진심으로 유감이라고 말씀드렸고, 정부에 대한 신뢰를 회복하기 위해 앞으로 한층 노력할 생각입니다."

─구라모토 시로 의원.

"총리님, 장관 임명의 책임이 그렇게 가벼운 것입니까?"

정말 짜증 나게 하는 남자다. 헌민당은 원래 민정당 의원들이 만든 역사가 얕은 당인 만큼, 구라모토와는 예전에 한솥밥을 먹던 사이다. 서로 성격도, 세력도 훤히 알고 있다. 그 당시부터 마음에 들지 않는 남자였지만, 제1야당의 당대표가 된 지금은 더욱 그러하다.

─무토 다이잔 총리.

"저는 진심으로 유감이라고 말씀드렸고, 유감이라는 말은 가장 무겁다고 생각합니다."

─구라모토 시로 의원.

"그렇게 무겁게 생각한다면 책임 소재를 명확히 밝히고, 좀 더 무겁게 대처해야 하지 않겠습니까? 애당초 말이죠……."

구라모토는 지금까지 민정당 정권이 해온 일들을 하나씩 들먹이며 비판하기 시작했다.

이 자식, 보자 보자 하니까 정말…….

배 속에서 솟구친 분노가 멈출 줄 모르고 팽창하면서, 다이잔은 마이크 앞에 있는 남자를 번뜩이는 눈으로 노려보았다.

구라모토는 잠시도 입을 쉬지 않고 다이잔을 점점 더 궁지로 몰아넣었다. 바로 그때…….

또 치아가 쑤시기 시작했다. 며칠 전, 바쁜 와중에 일부러 시간을 내어 치과에 갔건만 통증은 조금도 멈출 기색이 없다.

그 의사 놈, 완전히 돌팔이잖아?

그런데…….

흠칫 놀라 고개를 든 순간, 다이잔의 몸이 딱딱하게 굳었다.

"안자이 정권까지만 거슬러 올라가도, 장관이 몇 명 그만두었습니까?"

구라모토가 이죽거리며 비아냥거렸을 때, 이어서 다음과 같은 말이 들렸기 때문이다.

"……애초에 너 같은 사람은 정치가가 될 수 있는 그릇이 아니고…….”

다이잔은 멍한 표정을 지었다. 구라모토의 말인가?

그는 의자 등받이에서 몸을 떼고 아연한 얼굴로 구라모토를 바라보았다. 지금 그건 구라모토가 한 말인가? 그렇다면 그거야말로 문제 있는 발언이 아닌가?

다이잔은 잠시 생각을 멈추고 주변을 둘러보았다. 구라모토가 그런 말을 했다면 큰 소동이 벌어졌을 텐데, 회의장에는 아무런 변화가 없다. 들리는 것은 여야 의원들의 야유뿐이다.

지금 그건 뭐였지? 피곤해서 잘못 들었나?

다이잔은 그렇게 결론을 내렸다. 자신이 헛소리를 들은 것이라고……

혹시나 해서 옆자리에 있는 경제산업장관인 쓰루타 요스케를 보았다. 앉아서 잠을 자는지 쓰루타는 조금도 움직이지 않았다. 과연 '말뚝잠 쓰루타'답다.

"장관이란 자리는 그야말로 국정의 핵심이고……"

구라모토의 발언이 계속되었다.

"……웃기는 소리 작작해."

뭐야?!

또 들렸다. 다이잔은 상체를 일으켜 구라모토를 응시했다.

하지만 눈앞에서 발언하고 있는 구라모토의 여유로운 표정에는 아무런 변화가 없었다.

"장관이 된 지 불과 며칠 만에 사임할 수밖에 없는 지경에 몰린다는 건 심각한 문제라고 생각합니다. ……너처럼 머리가 텅 빈 사람이 정치를 하면 우리 국민이 불행해지거든."

다음 순간, 다이잔은 자기도 모르게 벌떡 일어났다.

회의장에 있는 여야 의원들의 시선이 일제히 다이잔에게 쏠렸다. 구라모토까지 말을 멈추고 무슨 일이야, 하는 얼굴로 다이잔을 바라보았다. 그때까지 눈을 감고 있던 쓰루타가 깜짝 놀란 얼굴로 다이잔을 올려다보았다.

"무토 다이잔 총리, 착석해주십시오."

의장석에서 가와다의 희미한 목소리가 들렸다. 하지만 다이잔은 의장의 목소리를 끝까지 들을 수 없었다.

4

기이한 생일 파티였다. 생일 축하를 받아야 할 주인공은 눈에 띄지 않고 축하해주기 위해 온 게스트들만 눈에 띄었다.

여기는 롯폰기의 클럽이다.

"있잖아, 마이. 한 병 더 마셔도 돼?"

미니스커트의 끝자락이 올라가 팬티가 보이는 것도 모른 채, 고주망태가 된 여대생이 돔 페리뇽*의 빈 병을 흔들었다. 일반 손님은 받지 않는 클럽 안의 한쪽 구석에서 무토 쇼가 아까부터 신경을 쓰는 사람은 조금 떨어진 테이블에 있는 화려한 차림의 여성이었다. 등까지 오는 긴 머리칼을 연신 손으로 쓸어 올리는 여성은 몸에 딱 붙는 반짝이 미니 원피스 밑으로 뻗어 나온 다리를 꼰 채 새빨간 하이힐을 샌들처럼 흔들고 있었다.

척 보기에도 상당히 노는 사람 같지만 숨을 들이마실 만큼 아름다운 여성이었다. 그녀는 자신처럼 화려한 여자들과, 그녀들을 타깃으로 몰려든 번들거리는 눈빛의 남자들에게 둘러싸

---

* 프랑스의 고급 샴페인.

여 여왕 같은 표정을 짓고 있었다.

가슴에 단 보석 브로치며 샤넬 소품들이며, 돈을 물 쓰듯 쓰는 것처럼 보였다. 머릿속은 텅 비었겠지만 쇼는 이런 여자를 좋아한다.

"돔 페리뇽이면 돼? DRC도 있는데……."

그녀의 옆자리에서 대답한 사람은 이 파티의 주인공이자 주최자인 미나미 마이였다. DRC는 도멘 드 라 로마네 꽁띠의 머리글자로, 최고급 레드와인이다.

"뭐? DRC도 있어? 나 그거 먹을래. 그걸로 줘."

조금 전의 여성이 떼쟁이 어린아이처럼 몸을 비틀었다.

마이는 살짝 미소를 지으며 고개를 끄덕이고 한쪽 구석에 있는 쇼 옆으로 가더니 클럽 매니저에게 손짓을 했다.

"아라키, 작년에 LA에서 대량으로 들여온 캘리포니아 와인 있지? 그래, 한 병에 700엔짜리. 그거 저 테이블에 갖다줘."

마이는 그렇게 말하고 돔 페리뇽의 빈 병을 들고 있는 여자 쪽을 눈으로 가리켰다.

아라키라고 불린 남자가 물었다.

"사장님, DRC가 아니라도 괜찮겠습니까?"

"저렇게 흥청망청 취한 멍청이에겐 그런 걸 줄 필요가 없어. 아마 간장을 줘도 모를걸? 참, 라벨은 DRC 빈 병에서 벗겨서 붙여줘."

아라키는 작게 고개를 끄덕이고 와인셀러가 있는 안쪽으로 들어갔다.

와인 잔을 한손에 든 채 옆에서 듣고 있던 쇼가 말했다.

"제법이군. 역시 악덕사장은 달라."

마이는 쇼와 같은 게이세이대학 3학년 학생이지만, 학생 창업가로 성공한 유명인이다. 대학교 1학년 때 취미 반, 호기심 반으로 만든 인터넷 쇼핑몰이 크게 성공한 이후 사업을 확대하여, 지금은 연매출 10억 엔의 회사를 경영하는 학생 사장이다. 이 롯폰기의 클럽만 해도 최근에 마이가 인수하고 나서 손님의 숫자는 예전의 세 배가 되었다고 한다. 외모는 수수하고 눈에 띄지 않지만, 마이의 사업 감각은 무서우리만큼 예리하다.

"어머나, 들었어? 하지만 너라면 비밀로 해주겠지?"

마이는 아직 어린 티가 남아 있는 미소를 지었다. 동그랗고 귀여운 눈이 매력적이다.

각계에서 활약하는 비슷한 또래의 친구나 지인을 초대한 이 파티의 참가자는 하나같이 화려해서, 마이 같은 사람은 눈 깜짝할 새에 파묻혀서 찾기 힘들 정도다. 그럴 바에는 자신도 화려한 모습으로 등장하면 좋을 텐데, 그녀는 오늘도 베이지색의 소박한 정장 차림이었다.

쇼가 마이를 보면서 말했다.

"로마네 콩티*라도 주면 되잖아. 어차피 썩을 만큼 있을 테니

---

* 프랑스 부르고뉴 지방에서 생산되는, 약 700년 역사를 가진 고급 와인.

까."

이 파티는 처음에 1만 엔의 회비만 내면 되고, 나머지 비용은 모두 마이가 부담한다.

"너에게 그런 건 간장 한 병 값 정도밖에 안 될 텐데."

"말도 안 돼! 돈은 모으긴 힘들어도 쓰면 금방이야. 그렇게 썼다간 금세 빈털터리가 될 거야."

마이는 악착같은 장사꾼의 일면을 슬쩍 내비쳤다.

"돔 페리뇽은 내놓았으면서?"

그러자 마이는 카운터의 서랍에서 꺼낸 작은 가루약 봉투를 쇼에게 보여주었다.

"이거, 우리 신제품이야."

"뭔데?"

"돔 페리뇽 원료."

"돔 페리뇽 원료? 그런 것도 있어?"

쇼가 눈을 휘둥그레 떴다.

"그래. 이걸 싸구려 스파클링 와인에 넣으면, 어머나! 신기하게도 돔 페리뇽 맛으로 변한단 말씀!"

쇼가 감탄하며 물었다.

"굉장하다! 이거 얼마야?"

"가격은 지금부터 정할 건데, 세 개들이 한 상자에 5백 엔을 받을까 생각 중이야. 광고 문구는 '동전 하나로 돔 페리뇽을 마시자!' 어때? 오늘 파티에서 시험해보고 들키지 않으면 팔려고.

거의 공짜나 다름없는 파티이니까 그 정도 마케팅은 해도 되겠지? 물론……."

마이는 거기까지 말하고 비웃음이 깃든 얼굴로 등 뒤의 테이블을 힐끔 쳐다보았다.

"저 사람들에게는 뭘 줘도 모르겠지만."

"건배할 때는 돔 페리뇽 맛이 났는데?"

"처음에만 진짜를 줬거든."

마이는 태연하게 말하고는 쇼의 마음을 들여다본 것처럼 덧붙였다.

"그나저나 쇼, 저 한가운데에 있는 애가 마음에 들지?"

"조금."

"후회 안 하겠어?"

무슨 뜻이냐고 물으려고 한 순간, 마이는 이미 걸음을 내딛었다.

"에리카."

이름을 부르자 같은 테이블의 대화에 귀를 기울이고 있던 여성의 오만한 시선이 마이에게 향했다.

"소개할게, 무토 쇼야. 이쪽은 무라노 에리카. 쇼의 아버지는 무토 다이잔이야."

마이의 말이 끝나기가 무섭게 그 테이블에 있던 사람들의 입에서 일제히 감탄사가 튀어나왔다.

곧바로 쇼를 위한 자리가 마련되었다. 쇼가 "고마워"라고 말하며 에리카 옆에 앉자마자 반짝반짝한 새 와인 잔이 놓였다.

"흐음, 너희 아빠가 무토 총리님이구나."

에리카는 그렇게 말하며 쇼의 얼굴을 뚫어지게 보았다.

"내 얼굴에 뭐 묻었어?"

"아니, 별로 안 닮아서. 너희 아빠는 완전히 촌스럽고 못생겼 잖아. 그런 모습으로 주요국 두뇌회의에 나가다니, 창피는 우리 몫이라니까. 안 그래?"

테이블에 있는 친구들에게 동의를 구했지만, 주눅이 든 친구 들로부터는 대답이 돌아오지 않았다. 보기보다 더 술에 취한 에리카는 자신을 제어하지 못하는 듯했다.

"주요국 '두뇌회의'가 아니라 '수뇌회의'거든."

"일부러 그랬어, 일부러. 너희들 상식을 시험해본 거야."

쇼의 마음속에서는 조금 전까지의 관심이 완전히 사라지고, 조바심이 모락모락 피어올랐다. 짜증 나는 여자다.

"두뇌나 수뇌나 그게 그거지 뭐. 아무튼 일본의 총리가 나간 다면 주요국 '무능회의'가 더 어울리지 않겠어?"

쇼가 토해내듯 말했다.

"헉! 이 자리에서 왜 우리 아버지 얘기를 하는데?"

"너도 마찬가지야. 어차피 너희 아빠 선거구를 물려받아 의 원이 될 거잖아?"

쇼가 웃으면서 되받아쳤다.

"내가 의원이 된다고? 웃기지 마. 내가 그렇게 시시한 일을 할 것 같아? 그럴 바에는 차라리 평범한 월급쟁이가 되는 게 백배는 나아."

테이블을 둘러싸고 있는 사람들이 흥미진진한 눈길로 쇼를 바라보았다. 총리의 아들이라는 것 말고도 무토 가문이 시코쿠 지방의 재벌이라는 사실을 알고 있어서였다. 가문의 장남으로 태어난 무토 다이잔이 어린 시절 백마를 타고 드넓은 부지를 산책했다는 이야기는 모르는 사람이 없을 정도였다.

에리카가 코웃음을 치며 빈정거렸다.

"그래? 난 시시하다고 생각하지 않지만……. 정치는 본래 훌륭한 일이잖아? 그걸 시시하게 만드는 건 너희 아빠 같은 사람이 아닐까? 지금 국회의원 배지를 단 사람들을 봐. 대단한 능력도 없는 주제에 부모의 표밭을 물려받아 정치를 하는 2세 의원들뿐이잖아? 난 이 세상에서 2세 정치인이 제일 싫어! 그런 사람들이 거만한 얼굴로 천하국가를 논하고 무슨 일이든 국민들을 위해서라고 말하다니! 그런 식으로 편하게 총리가 되니까 조금만 힘들어도 도중에 내던지고 도망치는 거잖아. 대학생 알바도 아니고, 조금만 힘들면 때려치우다니. 요즘은 알바생들도 그렇게 쉽게 때려치우지 않아. 월급쟁이들은 아무리 일이 시시하고 힘들어도, 이를 악물고 버티면서 열심히 일하고 있다고! 무토 쇼, 네가 그런 사람들의 심정을 알기나 해? 그렇게 힘든 월급쟁이 노릇을 할 수 있을까?"

에리카는 멘톨 담배에 불을 붙이고 가느다란 연기를 토해내며 덧붙였다.

"너희 아빠도 2세지? 결국 다 똑같아. 그런 사람이 입으로만 번지르르하게 말해서 총리가 되었다고 해도 일본은 아무것도 달라지지 않아. 내 말이 틀려?"

"난 아버지와 관계없거든!"

쇼는 갑자기 귀찮아져서 거칠게 말했다. 가끔 이런 여자가 있다. 외모는 최고지만 성격은 최악이다. 분명히 지금까지 사귄 남자들도 최악이었을 것이다.

"난 정치 같은 건 관심 없어. 그리고 처음 만난 사람에게 그런 말은 듣고 싶지 않아."

그때.

"……유감이라는 말은 가장 무겁다고 생각합니다."

쇼는 황급히 클럽 안을 둘러보았다. 어디선가 아버지의 목소리가 들린 듯했다.

잘못 들었나? 지금 이 클럽 안에는 백 명이 넘는 손님들이 떠들고 있어서, 사람의 목소리는 어디선가 끊임없이 들리고 있다. 하지만 지금 쇼가 들은 것은 그들의 목소리가 아니라 완전히 다른 종류의 목소리였다. 스테레오 헤드폰에서 흘러나온 듯한, 귓가에서 속삭인 듯한 목소리였던 것이다.

"내가 네 잘못된 생각을 바로잡아줄 거야."

에리카의 목소리를 듣고 쇼는 퍼뜩 정신을 차렸다. 도전적인 눈길을 받고 주변을 둘러보니 어느새 한 사람이 빠지고 두 사람이 빠지면서, 지금 커다란 테이블에 있는 사람은 에리카와 쇼, 그리고 걱정스러운 얼굴로 둘의 대화를 지켜보는 마이뿐이었다. 분위기가 심상치 않음을 느끼고 모두 도망친 것이다.

쇼가 에리카에게 따지듯 말했다.

"내 생각이 뭐가 잘못됐다는 거지? 어디 한번 말해보시지. 정치가 뭐 하는 사람인지 알고나 있어? 얼굴에 '바보'라고 쓰여 있는 여대생이 거만한 모습으로 남에게 훈계하는 거 아니야."

"얼굴에 바보라고 쓰여 있다고? 그 말을 그대로 너한테 되돌려주지. 두 번이나 유급해서 주간지에 실린 사람이 누구더라?"

쇼는 비웃음을 날리는 에리카를 노려보았다. 빌어먹을. 예전에 주간지에서 자신의 유급을 폭로한 적이 있다. 밤이면 밤마다 클럽에 놀러 다니고 부모 돈으로 고급 와인을 마시며 희희낙락하는 사진까지 실렸다. 지금도 그 기자를 만나면 목 졸라 죽이고 싶을 정도다.

"다시 말할 테니까 잘 들어. 난 우리 아버지와 관계없어. 아버지 뒤를 이어받아 정치를 하고 싶지도 않고, 조금 전에 말한 것처럼 평범하게 취직할 생각이야. 똑똑히 기억해둬. 한번만 더 건방지게 말하면 절대 가만있지……."

다음 순간, 쇼는 숨을 집어삼켰다. 이번에는 똑똑히 들렸다.

"……장관이 몇 명 그만두었습니까?"

환청인가? 왜 이러지? 어떻게 된 거지?

쇼는 머리를 좌우로 세차게 흔들었다. 그러자…….

"……애초에 너 같은 사람은 정치가가 될 수 있는 그릇이 아니고……."

당황하는 쇼를 아랑곳하지 않고 에리카가 코끝으로 비웃었다. 예쁘장하게 생겨서 너그럽게 봐주려고 했는데, 그것도 이제 끝이다.

"그만하지 못해!"

쇼의 얼굴에서 표정이 없어지고, 주변에서 소리가 사라졌다. 그런 와중에도 에리카의 목소리만이 기묘하리만큼 생생하게 들렸다.

"평범한 월급쟁이가 되겠다고? 대학도 제대로 다니지 않고 두 번이나 유급한 학생을 채용할 회사가 있을 것 같아? ……장관이란 자리는 그야말로 국정의 핵심이고……."

극도의 혼란 속에서 쇼는 흐릿한 조명이 비추는 허공을 멍하니 바라보았다. 이제 에리카가 문제가 아니다.

에리카가 다시 빈정거렸다.

"웃기는 소리 작작해. 그래, 너희 집안에서 경영하는 회사라면 들어갈 수 있을지도 모르지."

"시끄러워!"

쇼는 어디선가 들리는 목소리까지 뿌리치기 위해 크게 고함을 질렀다. 온몸이 뜨거워지면서 이마에 땀이 배어나왔다.

"천박한 옷을 입고 경박하게 놀러 다니는 여자가, 어디 남의 취직에 대해 감 놔라 배 놔라 잔소리야? 내 걱정하기 전에 자기 걱정부터 하시지. 어느 한심한 대학의 학생인지 모르겠지만."

"쇼, 에리카도 우리 대학에 다녀."

마이의 말을 듣고 쇼는 에리카를 똑바로 쳐다보았다.

에리카가 장난스럽게 말했다.

"만나서 반가워. 너와 같은 어학 수업을 듣고 있는 무라노 에리카야. 앞으로 잘 지내자."

"가, 같은 어학 수업을 듣는다고?"

쇼가 깜짝 놀란 표정을 지었다.

"그래. 물론 학교에 나오지 않는 사람은 누가 어느 수업을 듣는지 모르겠지만."

"빌어먹을!"

"일단 내 취직에 대해선 걱정 안 해도 돼. 난 이미 소시에테 프랑세스에 합격했거든. 그런데 넌 나처럼 쉽게 취직할 수 없을 것 같은데?"

쇼가 마이에게 시선을 돌리며 물었다.

"소시에테 뭐라고?"

"소시에테 프랑세스. 파리에 본점이 있는 투자 은행이야. 에리카는 졸업 후에 파리에서 일하기로 정해졌어."

쇼가 혀를 찼을 때, 마이가 엄마 같은 말투로 에리카를 타일렀다.

"에리카, 너도 이제 그만해. 쇼가 정치를 하지 않겠다고 한 건 너도 들었잖아? 물론 네가 2세 정치인을 싫어하는 건 유명하지만."

"유명하다고?"

마이가 쓴웃음을 지으며 설명했다.

"에리카는 우리 대학 변론부거든. 정치를 주제로 한 독설이 특기지. 나중에 정치를 하고 싶은 거 아니야? 안 그래?"

에리카는 시원하게 대답했다.

"그래. 하지만 대학을 졸업하자마자 정치 세계로 들어가 봐야 할 수 있는 건 거의 없잖아. 그래서 일단 사회에 나가 경험을 쌓으면서 문제의식을 높여두려는 거야. 정치는 나중에라도 얼마든지 할 수 있으니까. 훌륭한 커리어는 신뢰로 이어지잖아?"

"나중에 정치를 하기 위해 취직을 한다고? 거기다 변론부? 이거 완전히 변태군."

얼굴을 찡그리는 쇼를 보고 에리카가 이죽거리며 되받아쳤다.

"바보보다는 나아."

"너 말이야……!"

쇼가 주먹으로 테이블을 내리치려고 한 순간.

"불과 며칠 만에 사임할 수밖에 없는 지경에 몰린다는 건……."

또 들린다. 그 목소리다.

"이건 대체 뭐야?"

쇼가 머리를 껴안고 테이블에 엎드렸다.

"쇼, 괜찮아?"

걱정하는 마이의 목소리에 에리카의 목소리가 겹쳐졌다.

"네가 정치를 하지 않겠다는 건 정답이야. 너처럼 머리가 텅 빈 사람이 정치를 하면 국민이 불행해지거든."

"시끄러워!"

쇼가 벌떡 일어선 순간, 와인 잔이 쓰러지면서 바닥에서 산산이 부서졌다.

그때 어디에선가 졸린 소리가 들렸다.

"무토 다이잔 총리, 착석해주십시오."

의식의 밑바닥에서 펼쳐진 그 목소리는 금세 끊어지더니 이윽고 쇼의 의식과 함께…… 어디론가 사라졌다.

제2장

부자 개그 콤비

1

    회의장을 가득 메운 의원들의 시선이 일제히 쇼에게 쏟아졌다. 멍하니 입을 벌린 사람도 있고 눈을 깜빡이는 사람도 있었는데, 공통점은 모두 깜짝 놀란 표정이라는 점이다.

    "어떻게 된 거지……."

    쇼는 자기도 모르게 중얼거리고, 머리를 좌우로 세차게 흔들었다. 고개를 숙인 채 눈을 꼭 감고 다시 고개를 들어 주변을 둘러보았다.

    그래도 자신을 바라보는 수많은 눈길은 달라지지 않았다. 그것만이 아니다. 지금 쇼는 부채꼴로 펼쳐진 회의장 중앙에 있고, 바로 앞쪽에는 한 남자가 마이크 앞에서 자신을 노려보고 있었다. 저 남자는 본 적이 있다.

구라모토 시로다.

쇼가 아무리 노는 데 정신이 팔려 세상일을 모른다고 해도, 구라모토의 이름과 얼굴 정도는 기억에 남아 있다. 아버지 무토 다이잔의 영원한 라이벌인 헌민당 당대표다.

그런 구라모토가 왜 내 앞에 있지?

나는 지금…….

쇼는 자신의 모습을 내려다보았다. 조금 전까지 입었던 몸에 딱 달라붙는 바지도, 옷깃을 풀어헤친 화려한 셔츠도, 산토니의 스니커즈도 보이지 않았다. 그 대신 자신의 몸을 감싸고 있는 것은 반짝반짝하게 잘 닦인 가죽구두와 옅은 색깔의 고급 양복이 아닌가.

이 옷이며 신발은 다 뭐야? 으아, 촌스러워!

왜 이런 차림을 하고 있느냐는 근본적인 의문보다 그런 생각이 먼저 들었다.

"도대체 어떻게 된 거지……?"

자신에게 시비를 걸던 시건방진 여성도, 뿌연 담배 연기와 소란스러움에 둘러싸인 생일 파티도 사라지고 엉뚱한 광경이 눈앞에 나타났다. 아니, 광경이 나타난 게 아니라 쇼가 그 한복판에 있는 것이다.

"이거, 실화냐……?"

고개를 옆으로 돌린 순간, 고민에 빠진 듯한 심각한 얼굴의 남자와 눈이 마주쳤다.

"아, 쓰루타⋯⋯."

쇼는 무심코 상대의 이름을 중얼거렸다. 쓰루타 요스케는 아버지의 맹우 중 한 명이라서 쇼도 어릴 때부터 잘 알고 있다.

"총리님⋯⋯."

쓰루타의 굵은 눈썹이 움직이나 싶더니 당황함이 뒤섞인 목소리가 튀어나왔다.

총리님?

그것이 쇼에게 한 말이란 걸 알아차릴 때까지 잠시 시간이 걸렸다.

"총리님⋯⋯."

다시 쓰루타가 불렀을 때에야 겨우 지금의 상황이 쇼의 뇌리에 스며들었다.

물론 이 사태를 이해한 것은 아니다. 납득한 것도 아니다. 다만 실제의 상황으로서 자신이 처한 현실을—지금 자신이 아버지의 모습을 하고 있고, '총리'라고 불리고 있다는 현실을—인식한 것에 불과하다.

"뭐야?"

입을 벌려 말을 해보았다. 그의 목에서 나온 것은 굵고 걸쭉한 목소리였다. 들은 적이 있다. 그렇다. 아버지인 무토 다이잔의 목소리였다.

이유는 모른다. 하지만 지금 여기에는 믿을 수밖에 없는 현실이 존재하고 있었다. 고개를 든 쇼의 눈앞에 놀라운 현실이

펼쳐졌다.

이곳은…… 지금 내가 있는 곳은 틀림없이…….

"국회잖아!"

상상도 못한 충격을 받고 머리가 어지러웠다.

"……무토 다이잔 총리."

제발 꿈이라고 말해줘. 나란히 앉아 있는 의원들의 시선을 한 몸에 받으면서, 쇼는 마음속으로 간절히 기도했다.

"……무토 다이잔 총리."

이렇게 말도 안 되는 일이 있을 리가 없다.

이건 꿈이다.

꿈…….

"……무토 다이잔 총리!"

다시 입을 다문 쇼를 향해 여기저기에서 야유가 날아들기 시작했다. 당황하는 목소리가 술렁거림으로 바뀌고, 그것은 이윽고 잔물결이 되어 회의장 전체로 퍼져나갔다.

그때 가까운 자리에 있던 노인이 쇼를 쳐다보았다. 본 적이 있는 사람이다. 분명히 시로야마 뭔가 하는, 어느 정치 파벌의 우두머리였을 것이다.

그 시로야마가 작은 목소리로 재촉했다.

"다이잔, 뭐 해? 대답하게……!"

"대답?"

당황한 목소리로 쇼가 말했을 때, 옆자리의 쓰루타가 쇼의 말을 가로막듯이 일어섰다.

"의장님!"

쓰루타는 의장석을 향해 손을 들고 발언의 허락을 구했다. 그리고 빠른 걸음으로 마이크 앞으로 다가섰다.

"저기…… 지금 그 질의에 관해서는 총리님을 대신해 제가 대답하겠습니다."

총리에게 물었는데 왜 당신이 나서고 난리야, 하는 야유가 회의장을 날아다녔다. 하지만 그런 말이 들리지 않는 것처럼 담담하게 말하는 쓰루타의 목소리가 망연히 앉아 있는 쇼의 오른쪽 귀에서 왼쪽 귀로 빠져나갔다.

"다이 씨, 괜찮으세요?"

의회가 끝나고 맨 처음 말을 걸어온 사람은 가리야였다. 무토 내각에서 관방장관이라는 안방마님 역할을 맡은 가리야는 쇼가 어렸을 때부터 집에 자주 드나들었던 정치인 중 한 명이다. 어린 시절에는 종종 쇼의 놀이 상대가 되어주곤 했다.

"가리야 아저씨……."

가리야는 눈을 크게 뜨고 쇼를 뚫어지게 보았다. 그러곤 "어서 가시죠"라고 쇼를 재촉해 재빨리 공용차에 올라타더니 운전기사에게 공저로 가달라고 말했다.

"다이 씨, 오늘은 몹시 피곤해 보이시니까 일찍 쉬는 게 좋겠습니다."

가리야는 무슨 말인가 하고 싶은 얼굴로 쇼를 보고 진지한 얼굴로 덧붙였다.

"그나저나 아까는 큰일 날 뻔했습니다. 쓰루 씨가 나서지 않았다면 지금쯤……."

"저기, 가리야……."

쇼가 입을 열자 가리야는 재빨리 입 앞에 손가락 하나를 세웠다. 그러더니 운전기사를 힐끔 쳐다보고 나서 뒷좌석의 등받이에 몸을 맡겼다.

"나중에 듣겠습니다."

술기운은 이미 어디론가 날아갔다. 무거운 피로가 어깨를 짓누르고, 딱딱하게 굳은 뼈마디가 비명을 지르는 듯했다. 마치 순식간에 마흔 살이나 나이를 먹은 것처럼…….

공저의 현관으로 들어가자 쇼의 어머니인 아야가 맞이하러 나왔다.

"여보, 어서 와."

여보? 어머니에게 그 말을 듣고 쇼는 새삼 자신의 모습을 확인한 뒤, "어어……"라고 모호하게 대답하며 시선을 피했다. 어쨌든 지금은 이 자리를 적당히 얼버무릴 수밖에 없다고 판단한 것이다. 꿈이라면 언젠가 깨어나리라.

그때 가리야가 어머니의 이름을 부르며 차에서 내렸다.

"아야 씨. 다이 씨가 좀 피곤한 것 같으니까 편히 쉬시도록 해주십시오. 전 일단 관저로 돌아가서 기자 회견을 하고 나중에 다시 오겠습니다."

"어머나, 그래요?"

어머니는 그렇게 말하더니 크고 동그란 눈으로 쇼를 보았다. 그러곤 의아한 표정으로 가리야를 보며 뭔가 묻고 싶은 표정을 지었다. 평소와 뭔가가 다르다……. 여자의 직감으로 그렇게 생각한 모양이지만 단지 "알았어요"라고 대답하더니, 가리야가 열어준 문으로 쇼를 먼저 들어가게 하고 안으로 들어왔다.

어머니가 물었다.

"여보, 먼저 목욕할래?"

"아, 아아. 저기……."

패닉 상태에 빠진 쇼는 말을 하려고 하다가 그만두었다. 어머니가 진지한 얼굴로 그를 뚫어지게 보았기 때문이다. 쇼는 그 눈길을 보고 도움을 청하기로 했다.

"엄마, 나야. 쇼야."

어머니는 감정이 없는 눈으로 쇼를 보더니, 얼굴을 휙 돌리고 차갑게 말했다.

"이번에는 또 무슨 놀이야?"

얼굴은 단정하고 우아하게 생겼지만, 어머니에게는 어딘지 모르게 차갑고 고압적인 면이 있다. 예쁘고 놀기 좋아하던 여대생이 그대로 부잣집 사모님이 되어버린 느낌이라고나 할까? 아까 만난 에리카 같은 여자가 50대가 되면 이런 느낌의 중년 여성이 될 것이다.

"엄마, 그게 아니라니까."

그러자 어머니가 차가운 얼굴로 말했다.

"어서 내놔."

"뭘?"

"1억 엔."

너무나 놀란 나머지 쇼의 아래턱이 밑으로 쭉 빠졌다.

"뭐? 무슨 말이야?"

"설마 잊었다고 하진 않겠지?"

어머니는 갑자기 무서운 얼굴로 쇼의 눈을 들여다보았다.

"1억 엔을 줄 테니까 지금까지 만났던 여자들을 다 잊어달라고 했잖아? 총리에게 여자 스캔들은 치명적이라고 하면서. 금슬 좋은 부부로 보여야 한다면서 말이야."

"이거 실화야?"

어머니는 눈을 부릅뜨고 눈썹을 치켜올리며 단호하게 말했다.

"여보, 약속은 약속이야."

어머니의 시퍼런 서슬에 압도되어 쇼는 고개를 끄덕일 수밖에 없었다.

"아, 아아, 알았어⋯⋯."

어머니는 두 손으로 허리를 짚고 의기양양하게 말했다.

"알았으면 됐어."

아버지가 여자를 좋아한다는 것은 알고 있었다. 애인이 한두 명 있다고 해서 그렇게 놀랄 일은 아니다. 더구나 지금은 그런 사소한 일에 신경 쓸 때가 아니다.

"먼저 욕탕에 들어가 있어. 갈아입을 옷을 가져갈 테니까."

어머니는 아무 일도 없었던 것처럼 말하고 재빨리 그 자리를 떠났다. 쇼는 상하 양복을 벗어서 소파에 내던지고, 할 수 없이 셔츠 차림으로 욕실에 들어갔다.

옷을 모두 벗고 천천히 탈의장 거울 앞에 섰다.

"이거 실화야?"

거울에는 쇼의 몸과는 손톱만큼도 비슷하지 않은 몸이 비치고 있었다. 아니, 어쩌면 40년쯤 지나면 쇼의 몸도 이렇게 될지도 모르겠다.

근육이라곤 찾아볼 수 없는 가슴, 주름이 쪼글쪼글한 목, 보기 흉하게 튀어나온 배. 그 밑에 숨어 있는 것처럼 힘없이 늘어진 페니스……. 거울에 비친 자기 얼굴을 응시한 순간, 쇼는 경악을 감추지 못하고 눈을 크게 떴다.

"아버지……."

거울에 비친 것은 틀림없이 아버지인 무토 다이잔이었다.

"젠장! 왜 이렇게 된 거야?"

쇼는 몸을 숙이고 욕실용 매트가 깔린 바닥을 주먹으로 몇 번이나 내리쳤다. 다음 순간, 쇼가 움직임을 멈추었다. 가슴속에서 한 가지 의문이 솟구친 것이다.

"내가 아버지 몸으로 이동했다면…… 지금 내 몸은 어디서 뭐 하고 있는 거지?"

2

"의장님……!"

……잠시 쉬고 싶다.

컨디션의 난조를 느끼고 잠시 쉬기 위해 일어선 것까지는 좋았지만, 별안간 눈앞에 펼쳐진 광경을 보고 다이잔은 다음 말을 집어삼켰다. 와인 잔이 산산이 부서지는 소리가 들리고, 황급히 달려온 종업원이 그것을 치우기 시작했다.

"너 괜찮아?"

앞에 있는 젊은 여성이 소름 끼치는 벌레라도 보는 듯한 눈길로 다이잔을 쳐다보았다.

다이잔은 자기도 모르게 중얼거렸다.

"여긴 어디지?"

회의장은 아니다. 지금 그가 있는 곳은 어두컴컴한 클럽 안이었다. 시끄럽게 울려 퍼지는 음악과 클럽 안을 가득 메운 젊은 손님들의 떠드는 소리. 회의장의 야유도, 숨 막히는 공방전도 없는 대신에 무질서한 행동과 분위기가 마구 뒤섞여 있었다.

여기는 어디인가. 나는 왜 여기에 있는가. 회의장에서 여기까지 언제, 어떻게 왔는가. 수많은 의문이 한꺼번에 밀려들면서 그의 머릿속은 순간적으로 폭발할 것 같았다. 하지만 이해할 수 있는 설명이나 사정은 찾을 수 없었다. 그는 초점이 맞지 않는 눈길로 보라색 담배 연기가 춤추는 허공을 멍하니 바라볼 따름이었다.

그때 누군가가 어깨를 누르며 억지로 앉히더니, 귓가에서 담배 냄새 나는 목소리로 말했다.

"여어, 제법 멋을 부렸는데?"

"넌 누구지?"

친근한 미소를 지은 남자가 입술 끝에 담배를 물고 다이잔을 보았다. 눈꼬리가 몹시 치켜 올라간 남자였다. 턱으로 갈수록 얼굴의 윤곽이 좁아져서 꼭 여우처럼 보였다. 표정에는 한 줄기 광기와 악의가 깃들어 있었다.

여우남자가 다이잔을 무시하듯 말을 따라했다.

"넌 누구지? 넌 누구지, 라고?"

그러더니 등 뒤에 있던 일행들과 함께 주위가 떠나가라 웃었다. 남자의 등 뒤에도 여우남자와 똑같이 비열해 보이는 젊은 남자들이 이죽거리는 미소를 짓고 있었다.

"정치가 아들이면 그렇게 건방져도 되냐?"

"아들?"

다이잔이 되물었다. 하지만 그것은 상대에게 하는 말이라기보다 자기 자신에게 하는 말처럼 들렸다.

"아들 아니야? 혹시 밖에서 낳은 자식이냐?"

여우남자는 또다시 귀에 거슬릴 만큼 큰 소리로 웃었다.

다이잔이 발끈하면서 소리쳤다.

"이봐! 그렇게 말하는 건 실례잖아!"

"오오! 또 나왔다! 저 건방진 시선과 말투. '이봐! 그렇게 말하는 건 실례잖아!' 푸하하하하."

다이잔은 눈을 부릅뜬 채 몸을 뒤로 젖히고 웃는 여우남자의 가슴팍을 밀쳤다.

"무슨 짓이야?"

똑같이 하려고 남자가 팔을 내민 순간, 다이잔은 재빨리 그 팔을 뿌리쳤다. 여우남자가 균형을 잃고 비틀거리면서 테이블에 있던 와인 잔을 한꺼번에 쓰러뜨렸다.

하지만 다이잔을 놀라게 만든 것은 따로 있었다. 그의 눈앞으로 흘러내린 머리칼이었다.

어?

머리칼?

무의식중에 머리에 손을 댄 다이잔은 손끝에 전해지는 풍성한 머리칼의 감촉을 느끼고 깜짝 놀랐다. 그는 천천히 일어나서 자신의 몸을 내려다보았다. 몸을 감싸고 있는 것은 제냐의 고급 맞춤 양복이 아니라 몸에 딱 달라붙는 바지와 옷깃을 열어젖힌 화려한 셔츠였다.

어떻게 이런 일이…….

온몸에서 전율을 느낀 것도 잠시, 그의 옆구리에 구두 바닥의 단단한 감각이 전해졌다. 몸이 옆으로 날아가면서 그는 테이블과 같이 바닥으로 쓰러졌다. 와인 잔과 식기가 산산조각으로 부서지고, 강한 통증이 온몸을 휘감았다.

"아! 쇼!"

쓰러진 다이잔의 귓가에서 누군가가 소리쳤다.

"쇼?"

젊은 사내가 몸을 숙이고 다이잔의 얼굴을 들여다보면서 작은 목소리로 물었다.

"괜찮아?"

"그래. 괜찮은 것 같아. 고맙네."

사내는 화들짝 놀란 얼굴로 눈을 동그랗게 떴다.

"고맙네, 라니…… 쇼, 괜찮아?"

"그래, 괜찮아. 뼈는 부러지지 않은 것 같아."

사내는 다이잔의 머리를 한 대 탁 때리더니 재빨리 뒤를 돌아보았다.

"너희들, 이게 무슨 짓이야!"

사내가 나지막한 목소리로 말하고 벌떡 일어섰다. 키는 작지만 체격은 탄탄해 보였다.

"건방진 말투를 좀 고쳐줬을 뿐이야. 뭐 불만이라도 있냐? 이 멍청아!"

여우남자가 빈정거렸다.

"그래, 불만 있다, 어쩔래! 불만이 있으니까 말한 거잖아."

사내가 되받아친 순간, "너희들, 그만두지 못해?"라고 소리치며 등장한 사람이 있었다. 귀엽게 생긴 젊은 여성이었다. 하지만 두 손을 허리에 대고 남자들을 노려보는 모습에는 형용할 수 없는 위엄이 서려 있었다.

눈앞에 있는 화려한 여성도 남자들을 말렸다.

"그래, 그만들 해. 마이, 미안해. 얘들은 내가 데리고 나갈게. 그리고 이건 변상할게."

그녀는 그렇게 말하면서 산산이 부서진 와인 잔과 옆으로 쓰러진 테이블을 내려다보았다.

마이라고 불린 사랑스럽게 생긴 여성이 대답했다.

"그런 건 신경 안 써도 돼. 나갈 필요도 없어. 단, 싸움은 여기까지야. 에리카, 저쪽에서 마시자."

에리카. 그것이 화려한 여성의 이름 같았다. 그녀는 멍하니 서 있는 다이잔을 조롱하듯 흘끗 보더니 재빨리 자리에서 일어났다. 여왕님 같은 아름다움과 위엄이 온몸에서 뿜어 나왔다.

다이잔에게 발길질을 한 남자들이 불만스러운 얼굴로 한쪽 구석의 테이블로 옮기자 그곳은 아무 일도 없었던 것처럼 조용해졌다. 사람들이 울타리를 풀고 제자리로 돌아가자 종업원이 바닥에 흩어진 유리 조각을 치우고 새로운 술과 안주를 테이블에 올려놓았다.

그 일련의 상황을 다이잔은 꿈을 꾸는 심정으로 바라볼 수밖에 없었다. 정치 세계에 발을 내디딘 이후, 지금까지 수많은 아수라장을 헤쳐 나왔다. 그럼에도 이 상황을 냉정하게 판단하는 일은 도저히 불가능했다.

국회에서 질의응답을 하고 있던 자신은 갑자기 어디로 갔는가?

자신은 왜 이런 모습으로 여기에 있는가?

"쇼, 괜찮아?"

"자네, 이름이 뭔가?"

사내가 눈을 동그랗게 떴다.

"혹시 머리라도 다친 거 아니야?"

"그럴지도 모르지. 그런데 자네는 누구지?"

"나? 나, 난 마키하라인데…… 진짜 괜찮아?"

조금 전의 사내가 바닥에서 일어선 다이잔에 말했다.

"그래, 괜찮은 것 같아…… 잠깐 실례하겠네."

다이잔은 클럽 안쪽에 있는 화장실로 향했다. 화장실 문을 닫자마자 입에서 떨리는 한숨이 새어나왔다. 고개를 숙이고 잠시 눈을 감은 뒤, 다시 자신의 옷을 내려다보고 머리칼의 감촉을 확인했다.

"이럴 수가……!"

고개를 들고 옆을 바라본 순간, 입을 다물 수 없었다. 커다란 거울에 젊은 남자가 비치고 있었다.

"쇼…….'

꿈인가?

눈앞에서 두 팔을 펼치고 주먹을 쥐었다 펴는 동작을 반복했다. 마음을 진정시키려고 할 때 가끔 하는 동작이다.

"이건…… 꿈이 아니야."

그는 얼굴을 들었다.

……나는, 진짜 나는 어디 있지?

"국회다!"

다음 순간, 그는 황급히 화장실에서 뛰어나왔다.

3

"거기 서. 우리를 쪽팔리게 하더니, 넌 꽁무니를 빼고 토낄 생각이냐?"

클럽 밖으로 나왔을 때, 뒤에서 들린 말을 듣고 다이잔은 혀를 찼다. 아까 그 패거리들이다. 모두 세 명. 한가운데의 여우남자는 하얀 티셔츠에 검은 재킷을 입고, 목에는 금목걸이를 걸고 있다. 나머지 두 명도 대학에 다니겠지만, 언뜻 보기에는 싸구려 클럽의 호스트로밖에 보이지 않는다.

"지금 좀 바빠서 말이야. 승부는 나중에 내자."

한 명이 걸음을 내딛는 다이잔의 팔을 낚아챘다.

"거기 서라고 했잖아!"

다이잔이 팔을 휙 뿌리쳤다.

"귀찮게 굴지 마!"

"뭐야? 지금 한판 뜰 생각이야?"

여우남자가 비열한 미소를 지었다.

멋대로 지껄여라.

다이잔은 경멸의 눈길로 쳐다보고 뒤를 돌아 걸음을 내딛었다. 하지만 몇 걸음도 가기 전에 그의 머리가 크게 흔들렸다. 여우남자가 뒤에서 그의 팔을 잡아당긴 것이다.

"내가 이대로 순순히 보내줄 것 같아? 너, 세상을 너무 모르는 거 아냐? 사나이가 한번 시작했으면 마무리를 지어야지!"

여우남자가 입맛을 다시면서 숨이 닿을 듯한 곳까지 다가왔다.

"마무리? 무슨 마무리지?"

"우리를 쪽팔리게 만든 것과— 감히 에리카에게 깝죽거린 거—. 제대로 사과를 받아야겠어—."

여우남자가 어미를 길게 끌며 말했다.

"유감스럽지만 그건 안 될 것 같군. 너희들에게 사과할 마음이 없거든. 정 하고 싶다면 너희가 사과하든지."

"이거 재밌는 말을 하는군."

여우남자의 옆에 있던 두 명이 다이잔을 에워쌌다.

"너희들, 후회하게 될 거야."

"언제까지 허세를 부릴 수 있으려나?"

여우남자가 불시에 내뻗은 주먹이 다이잔의 복부를 강타했다. 기습 공격이다. 허세를 부린다고 해서 싸움을 잘하는 것은 아니다.

계속해서 뒷머리에 팔꿈치 공격을 받고 다이잔은 아스팔트
에 나뒹굴었다. 숨을 쉴 수 없고, 눈에 눈물이 배어나왔다. 남자
들이 히죽거리며 그를 내려다보았다.

남자들의 구둣발이 다이잔의 눈앞을 가로막을 때, 고통으로
일그러진 여우남자의 얼굴이 그의 눈으로 뛰어들었다.

"이 녀석들, 어디서 까불고 난리야!"

고개를 든 순간, 마키하라의 어퍼컷이 다른 남자의 턱에 박
히는 참이었다. 마키하라의 싸움 실력이 보통이 아닌 듯했다.

"계속 덤빌 거야?"

마키하라는 남은 한 명이 패거리를 두고 도망치는 것을 보고
는 다이잔에게 어깨를 빌려주었다.

"나 잡고 일어나."

"저놈들은 누구지?"

다이잔이 배의 둔통을 참으면서 물어보자 마키하라는 한순
간 멈춰 서서 놀란 표정을 지었다.

"누구냐니……. 하시다 몰라?"

"하시다?"

"엔카 가수인 하시다 요이치로의 아들 말이야."

"아아, 그 하시다? 그놈이 왜 나를……."

마키하라는 멍한 얼굴로 다이잔을 바라보았다.

"너 정말 머리가 어떻게 된 거 아니야? 하시다 녀석, 작년에

너한테 여자를 빼앗긴 후로 계속 이를 갈고 있잖아? 아까 슬쩍 들었는데, 지금은 에리카란 여자에게 푹 빠진 모양이야. 이런 데서 마주쳐서 위험하다고 생각했는데, 아니나 다를까."

한심하기 짝이 없는 이야기다.

"그보다 그런 꼴로 전철을 탈 수 있겠어?"

윗도리가 흙투성이였다.

"괜찮아. 택시 타고 갈게. 고맙다, 마키하라 군!"

"마키하라…… 군……?"

황당한 표정을 짓는 쇼의 친구에게 가볍게 오른손을 흔든 뒤, 다이잔은 흙투성이의 윗도리를 입은 채 때마침 다가온 택시를 향해 손을 들었다.

"이보게, '총리 공저'로 가주게."

운전기사가 의아한 표정을 지으며 룸미러 너머로 다이잔을 보았다.

"손님, 그건 어디에 있는 클럽인가요?"

다이잔의 입에서 날벼락이 떨어졌다.

"멍청하긴! 나가타초에 있는 진짜 총리 공저 말이야! 총알처럼 달려가게!"

4

"어머나, 왜 안 자고 나왔어?"

욕실에서 나온 쇼는 어머니 말에 고개를 가로저은 뒤, "잠이 안 와"라고 말하고 아버지 옷장으로 향했다.

그곳에는 그날 입었던 양복이 걸려 있었다. 안주머니를 더듬었다. 아까는 너무 혼란스러워서 생각이 나지 않았지만, 그곳에는 역시 아버지의 휴대폰이 들어 있었다.

친구인 마키하라 히로시에게 연락하려고 했지만 휴대폰 번호가 기억나지 않는다. 서재로 가서 컴퓨터를 켜고 어렴풋한 기억을 더듬어 마이가 경영하는 클럽을 검색했다.

"아르테 뭐였더라……?"

혼자 중얼거리면서 인터넷 검색 화면에 '아르테', '롯폰기'라는 키워드를 입력하자 천 개가 넘는 자료가 나타났다. 그곳에 미나미 마이라는 키워드를 추가해 다시 검색했다.

찾아낸 클럽의 홈페이지에 들어가 전화번호를 알아내서 휴대폰으로 걸었다. 곧바로 누군가가 전화를 받았다.

"미나미 마이 씨 계십니까?"

걸쭉한 중년남자의 목소리에는 쇼 자신도 깜짝 놀랄 정도이므로, 상대가 이상하게 여기고 한순간 흠칫하는 것은 당연한 일이다.

남자가 사무적인 말투로 물었다.

"누구십니까?"

"무토라고 합니다. 오늘 미나미 씨 생일 파티에 참석한 무토 쇼의 가족인데, 미나미 씨를 바꿔주실 수 있습니까?"

"잠시만 기다리십시오."

대기 멜로디가 흘러나오고 잠시 후에 귀에 익은 목소리가 들렸다.

"전화 바꿨어요. 미나미예요."

어떻게 말해야 할까? 평소에는 "마이"라고 이름을 부른다. 하지만 이 목소리로 그렇게 부르면 소스라치게 놀라지 않을까?

"무토입니다만……."

그렇게 말하자마자 마이의 사과가 들려왔다.

"오늘은 정말 죄송했어요. 다른 손님과 좀 말다툼을 했어요. 클럽 안에서 주의를 줬는데, 설마 밖에 나가서 싸울 줄은 몰랐어요."

쇼는 무의식중에 괴이한 소리를 질렀다.

"싸웠다고? 싸우다니, 누구와 싸웠단 겁니까?"

"저기…… 아직 못 들으셨어요?"

마이가 의아한 목소리로 물었다. 부모의 항의 전화라고 생각했나 보다. 하지만 무토 다이잔은 자식의 싸움에 끼어드는 사람은 아니다.

"아무것도 못 들었습니다. 말해주십시오."

침착함을 가장했지만 가슴이 세차게 방망이질했다. 누구와 싸운 거지?

"쇼 씨가 클럽에서 나갔을 때, 하시다 씨 일행이 따라 나갔거든요. 싸우는 소리를 듣고 제가 나갔을 때는 이미 쇼 씨의 모습이 보이지 않았어요. 그런데 그 자리에 있었던 사람들 얘기론 심하게 걷어차였다고…….”

빌어먹을 하시다 놈…….

“하시다는 어떻게 됐나요?”

쇼는 ‘군’자를 붙이지 않은 것도 모를 만큼 흥분해서 물었다. 그런데 마이로부터 뜻밖의 말이 돌아왔다.

“클럽 앞에서 심하게 얻어맞았어요. 쇼 씨 친구인 마키하라 씨가 혼내준 것 같아요. 그 사람은 합기도 2단이거든요.”

히로시, 나이스! 꼴좋다, 하시다 놈.

쇼는 마음속으로 승리의 포즈를 취했다. 그때…….

다급한 발소리가 들리는가 싶더니 황급히 서재 문이 열렸다. 거칠게 숨을 몰아쉬는 남자를 본 순간, 쇼는 할 말을 잃었다.

“나잖아……? 이거, 실화냐?”

그곳에 서 있는 사람은 쇼 자신이었다. 다음 순간…….

“넌 누구지?”

날카로운 목소리로 ‘정체 확인’이 날아왔다. 쇼는 돌처럼 딱딱하게 굳은 얼굴로 서재 입구에 있는 자신을 응시했다.

설마…….

목소리는 다르다. 하지만 이 거만한 말투는 지긋지긋할 만큼 많이 들었다.

“혹시 아버지?”

상대가 화들짝 놀란 얼굴로 쇼를 보았다.

"……쇼……? 쇼, 너냐?"

"그래요. 아버지예요?"

상대는 대답하는 대신에 똑바로 걸어와 쇼에게 귀싸대기를 날렸다. 인류 역사상 자기 자신에게 얻어맞은 사람은 쇼밖에 없을 것이다.

"아얏!"

"이 녀석, 무슨 짓을 한 거야?"

"다짜고짜 때리면 어떡해요!"

"도대체 어떻게 된 거야? 네 짓이냐?"

"내가 무슨 재주로 이렇게 해요? 지금 제정신으로 묻는 거예요?"

쇼는 지금까지 계속 아버지를 싫어했다. 정치를 한답시고 가족을 돌보지 않고 자기 멋대로 살아온 남자. 쇼를 볼 때마다 머리 나쁜 녀석이라고 욕설을 퍼붓고, 그렇지 않을 때는 포기와 비웃음이 뒤섞인 눈길로 바라보는 아버지.

지금까지 단 한 번도 칭찬해준 적이 없고 아버지답게 격려해준 적도 없다. 이런 사람은 아버지가 아니다. 나는 아버지를…… 인정하지 않는다.

그런데 지금 쇼의 육체로 옮겨간 아버지는 덜덜 떨면서 "도대체 어떻게 된 거야……"라고 말하고 머리를 감쌌다. 이렇게 나약한 아버지의 모습은 한 번도 본 적이 없다.

뜻밖의 모습을 보고 당황한 것도 잠시, 쇼는 흙투성이에 구멍까지 뚫린 아르마니 재킷을 보고 비명을 질렀다.

"으아! 아버지! 이 꼴이 뭐예요? 내 옷 어떻게 책임질 거예요?"

"닥쳐. 네가 평소에 한심한 짓을 하고 다니니까 이렇게 된 거잖아."

다이잔은 완전히 기운이 빠졌는지, 말도 땅속에서 간신히 꺼내 올리는 것 같았다.

"사돈 남 말 하시네요. 평소에 한심한 짓을 하는 건 피장파장이잖아요? 엄마에게 1억 엔을 주기로 했다면서요?"

쇼가 심술궂게 되받아치자 다이잔은 움찔하며 일어섰다. 쇼를 바라보는 다이잔의 눈동자가 금이 간 접시처럼 가늘게 흔들렸다.

"그걸 어떻게……."

"아까 엄마가 그러던데요. 빨리 돈을 달라고요."

"그래서? 너, 너, 뭐라고 했어?"

"주겠다고 했어요. 왜요? 그러면 안 돼요?"

다이잔이 혀를 차며 얼굴을 찡그렸다.

"적당히 넘기면서 떼어먹으려고 했는데."

"그건 내가 알 바 아니죠. 줄 마음이 없었다면 처음부터 안 주겠다고 했으면 됐잖아요."

"돈을 안 주면 이혼하겠다고 협박하는데 어떡해? 더구나 총재 선거 전날에. 어떻게 그런 걸 이용할 수 있지? 이건 규칙 위반이야. 페널티킥 감이라고!"

쇼는 마음속으로 혀를 내둘렀다. 역시 엄마는 대단하다. 남편의 약점을 잘 알고 있다.

"그보다 아버지, 어떻게 된 거예요? 왜 우리가 바뀐 거죠?"

원점으로 돌아가서 물어보자 다이잔은 서재 문을 꼭 닫고 나지막하게 말했다.

"나도 잘 모르겠어. 하지만 매우 유감스런 사태라고 생각한다."

"그런 식으로 말하지 마세요! 지금 국회 답변 자리인 줄 아세요?"

쇼가 날카롭게 따지고 들자 다이잔은 흠칫 놀라며 얼굴을 들었다.

"쇼, 대표 질의는 어떻게 됐어?"

"대표 질의요? 구라모토 아저씨가 물어본 거요?"

"서, 설마 네가……?"

다이잔의 입에서 절망적인 목소리가 튀어나왔다. 쇼는 한 번도 낸 적이 없는 목소리였다.

"걱정 마세요. 그럭저럭 넘어갔으니까요."

쓰루타가 대신 답변해주었다고 말했더니, 팔걸이의자에 앉은 다이잔은 안도의 한숨을 내쉬고 천장을 올려다보았다.

그때 문을 노크하는 소리가 들렸다.

"여보, 안에 있어? 가리야 씨가 오셨어. 당신과 얘기하고 싶대."

쇼가 흠칫 놀라며 물었다.

"어떡하죠?"

한순간 망설임이 다이잔의 눈을 가로질렀다. 그것도 잠시, 그는 곧바로 이렇게 말했다.

"네가 얘기해."

"네? 내가요?"

"어쩔 수 없잖아. 지금은 네가 나고 내가 너니까."

"여보?"

문 너머에서 어머니가 부르고 있다. 시간이 없다.

"아, 알았어. 이쪽으로 안내해줘."

쇼는 간신히 대답한 뒤, 문밖에서 고개를 들이민 가리야를 보고 어정쩡한 미소를 지었다.

"다이 씨, 괜찮습니까?"

가리야가 그렇게 말하며 안으로 들어왔다. 그러더니 쇼의 모습인 다이잔을 보고 놀란 표정을 지었다.

"어? 쇼짱, 여기 있었어? 오랜만이구나. 그나저나 옷이 왜 그래? 누구랑 싸웠어?"

"그, 그게 좀……."

다이잔이 모호하게 대답했지만 가리야는 그 이상 묻지 않았다. 무토 부자의 사이가 소원하다는 건 누구보다 잘 알고 있어서, 깊이 파고들지 않은 것이다.

그는 쇼에게로 시선을 돌리고 물었다.

"다이 씨, 컨디션은 어떠신가요?"

"그보다 가리야, 기자 회견은 어떻게 됐나?"

옆에서 물은 사람은 쇼와 몸이 바뀐 다이잔이었다. 가리야는 자신에게 반말을 한 다이잔을 기묘한 눈길로 쳐다보았다. 가리야는 무토 가족과 친하게 지낸 지 오래되었고, 누구보다 가까운 사이다. 그런 그의 눈동자 안쪽에 한순간 의아한 감정이 깃들었지만 이내 의식의 밑으로 사라졌다.

가리야는 신중하게 대답했다.

"그건 무사히 끝났지만……."

"그런가? 다행이군."

안도의 한숨을 내쉰 다이잔을 향해 가리야가 물었다.

"쇼짱, 그렇게 걱정이 돼?"

"당연하잖나!"

다이잔은 무의식중에 대꾸하고는 황급히 말끝을 흐렸다.

"아니, 그게 아니라……."

"그나저나 신기한 일도 다 있군요. 두 사람이 이런 시간에 같이 있다니. 다이 씨, 안 그런가요?"

"그, 그래. 그렇지 뭐."

쇼는 어색하게 대답하고, 이 순간을 어떻게 빠져나갈지 머리를 굴렸다.

"그나저나 무슨 일인가? 가리야 아저씨……가 아니라 가리양?"

가리야는 재빨리 앉은 자세를 바로 하고 진지한 눈길로 쇼를
바라보았다.

"저에게 특별히 하실 말씀이 있지 않을까 해서요."

"특별히 할 말이라니?"

가리야가 단도직입적으로 물었다.

"무슨 일이 있는 거죠? 아까 국회에서 답변할 때 보니까 평소
의 다이 씨가 아니었습니다. 건강에 문제가 있다면 당장 병원
에 가는 게 좋겠습니다."

"아니, 그런 게 아니라……."

어떻게 대답해야 할지 몰라서, 아니, 애초에 말해야 할지 말
지 몰라서 쇼는 고민에 빠졌다.

하지만 가리야는 물러설 기미를 보이지 않았다.

"그런 게 아니면 뭡니까?"

"가리양, 내가 말할게."

다이잔이 옆에서 끼어드는 걸 보고 가리야는 멍한 표정을 지
었다.

"쇼짱이 말한다고?"

"가리양, 나는 쇼짱이 아니야."

다이잔은 그렇게 말하고는 위엄 있는 눈길로—쇼는 자기 얼
굴에 이런 표정이 있다는 걸 처음 알았다—가리야를 뚫어지게
바라보았다.

"내가 다이잔이네."

"……뭐?"

그 말을 끝으로 1초, 2초, 3초…… 10초가 족히 지날 때까지 가리야는 입을 다문 채 손가락 하나 움직이지 않았다.

이번에는 쇼가 말했다.

"그리고 내가 쇼예요, 가리야 아저씨."

다시 10초가 지날 때까지 침묵으로 대꾸하고 나서 가리야가 물었다.

"언제부터 부자가 개그 콤비가 됐나요?"

"사실을 말했을 뿐이야. 이유는 모르겠지만 우리 몸이 바뀌었어."

"시시한 영화에서처럼?"

가리야의 입술 끝에 절망적인 미소가 흘러나왔다.

"그래, 시시한 영화에서처럼. 그런데 유감스럽게도 이건 시시하다고 해서 도중에 나올 수 있는 영화가 아니네. 도망칠 수 없는 현실이지."

"뭐, 두 분이 같이 그런 농담을 할 정도라면 몸은 괜찮은 것 같군요. 실례하겠습니다……."

가리야는 깊은 탄식을 내쉬며 의자에서 일어섰다.

다음 순간.

"가리양, 내가 나나미와 헤어지게 도와준 거 기억하지?"

다이잔의 중얼거림이 끝나기도 전에 가리야는 흠칫 놀라 다이잔을…… 즉, 쇼의 육체를 내려다보았다. 당황하는 가리야의 얼굴에서 두 눈동자가 불안하게 흔들렸다.

"그, 그걸 어떻게……."

"내가 다이잔이라니까. 그리고 이 녀석이……."

가리야는 쇼에게 시선을 고정한 채 잠시 생각에 잠기더니, 젖은 걸레처럼 울면서 웃는 표정을 지었다.

"설마……."

"정말이야."

"말도 안 돼요!"

"정말이라고 했잖아."

"그렇다면……."

가리야는 무서운 얼굴로 다이잔을 노려보았다.

"제 질문에 대답해주십시오. 미사토는 누구죠?"

"미사토란 사람은 한두 명이 아니지만, 지금 자네가 말하는 미사토는 긴자 뮤즈의 작은 마담 아닌가?"

가리야의 눈이 크게 벌어지면서 놀라움의 표정이 깃들었다.

"그, 그렇습니다. 그럼 프로그 클럽 마나미의 스리사이즈는요?"

"38-25-35. 하지만 이건 어디까지나 대외적인 사이즈야. 진짜 사이즈는 벗겨보지 않아서 몰라. 하지만 그냥 뚱보일 뿐이지. 키는 150센티미터밖에 안 되고."

다이잔의 대답에는 막힘이 없었다.

"맞아요……."

가리야는 숨을 깊이 들이쉬더니 "그럼 다이 씨가 최근에 헤어진……."

다이잔이 무릎을 치며 버럭 고함을 질렀다.

"에잇, 가리양! 왜 사람 말을 못 믿어? 이제 충분하잖나? 일단 거기에 앉게. 지금 내가 대답한 걸 쇼가 알고 있었을 것 같나?"

가리야의 얼굴에서 핏기가 사라지면서 무너지듯 팔걸이의자에 주저앉았다.

"정말 한심해서 돌아가시겠군! 자네 머릿속엔 여자밖에 없나?"

다이잔에게 혼쭐이 난 가리야는 울상을 지었다.

"다이 씨인지 아닌지 확인하는 건 그게 제일 확실하니까요."

"가리양, 난 지금 한 나라의 총리야, 총리!"

"하지만 겉으론 평범한 대학생으로 보입니다."

가리야는 원래 배포가 큰 정치가다. 평소에는 대범하게 행동하고, 긴급사태가 닥쳐도 농담을 하면서 극복할 만큼 배짱이 두둑하다. 하지만 지금 그의 얼굴에는 고뇌의 주름이 깊이 새겨져 있었다. 내면에서 소용돌이치는 황당한 감정도 손에 잡힐 듯했다. 이윽고 그의 입에서 필연적인 질문이 나왔다.

"그런데 어떻게 이런 일이……."

다이잔은 목소리에 힘을 주어 대답했다.

"그걸 모르니까 이렇게 넋을 놓고 있잖나! 꿈이라면 빨리 깨고 싶군."

"쇼짱도 짐작되는 일이 없어?"

쇼는 잠시 생각하다가 머리를 옆으로 가로저었다.

"네, 전혀 모르겠어요."

"아무 이유도 없이 이렇게 될 리가 없잖아?"

하지만 아무리 기억을 헤집어봐도 이렇게 될 만한 이유는 떠오르지 않았다.

계속 생각에 잠겨 있는 다이잔과 쇼를 보면서 가리야는 재빨리 다음 단계로 넘어갔다. 원래 상황 판단이 빠른 사람이다.

"이유는 천천히 찾아보고, 일단 앞으로 어떻게 해야 할지 생각해야 합니다. 이대로는 국회의 질의를 극복할 수 없으니까요. 지금 필요한 건 이 사태를 이해하고 올바르게 대처할 수 있는 아군을 늘리는 겁니다."

"일단 간사장에게는 말해야 하지 않겠나?"

뜻밖에도 가리야는 고개를 가로저으며 강력하게 주장했다.

"그건 안 됩니다! 고무라 의원은 입이 새털보다 더 가볍습니다. 아마 사실을 말하면 곧장 모테기 의원의 귀에 들어갈 겁니다. 그러면 어떤 일이 벌어질지, 상상만 해도 끔찍합니다."

모테기 파의 고무라 겐타로를 간사장으로 앉힌 이유는 총재 선거에서 격전을 벌인 모테기에 대한 배려지만, 가리야의 말처럼 고무라와 모테기는 흉금을 털어놓고 의논할 수 있는 상대가 아니다.

"그럼 어떻게 하지?"

조바심을 내는 다이잔을 바라보며 가리야는 냉정하게 말했다.

"일단 보좌관 가이바라에게는 말해도 될 것 같습니다. 오히려 적극적으로 말해서 어떻게든 아군으로 만들어야 합니다."

다이잔이 고개를 갸웃거렸다.

"현실이란 단어를 주전자에 넣고 바싹 졸인 듯한 녀석이 이렇게 황당한 일을 믿을까?"

가리야는 스스로에게 말하듯이 대답했다.

"믿든 안 믿든 관계가 없습니다. 실제로 그렇게 되었으니까요. 지금은 사실을 사실로써 받아들일 수밖에 없습니다. 그리고 또 한 사람……."

가리야가 목소리를 낮추며 덧붙였다.

"사나다 장관에게는 말해두는 편이 좋을 것 같습니다."

사나다 다케히코는 무토 내각에서 방위장관으로 임명한 남자였다.

"왜지?"

"사나다 장관은 국내외의 모든 군사 정보를 관리하는 자리에 있습니다. 다이 씨는 지금 당황해서 냉정하게 생각할 수 없겠지만, 제3자인 저는 다이 씨보다 조금 더 침착합니다. 지금 하신 말씀이 사실이라면 분명히 뒤에서 손을 쓴 자들이 있을 겁니다. 어떤 형태로든 총리님에게 테러를 저지를 가능성도 검토해야 하지 않을까요?"

"이봐, 괜히 겁주지 말게. 그게 말이 된다고 생각하나? 과학의 힘으로 이렇게 만드는 건 도저히 불가능할 거야. 차라리 영매사나 퇴마사를 불러서 악령을 퇴치해달라고 하는 편이 낫지 않겠나? 자네도 알고 있겠지만, 여기엔 등골이 오싹한 소문이 끊이지 않잖아?"

다이잔은 오한이라도 나는 것처럼 어깨를 파르르 떨었다.

"다이 씨, 귀신 얘기 말인가요?"

이야기가 생각지도 못한 방향으로 나아가자 절망적인 심정으로 두 사람의 대화를 듣고 있던 쇼도 관심을 가졌다.

"가리야 아저씨, 귀신 이야기란 건 뭐예요?"

"총리 공저에는 옛날부터 귀신이 나온다는 소문이 자자하거든. 옛 공저에서 군인 귀신을 봤다는 사람도 있고 군화 소리를 들었다는 사람도 있지. 공저가 너무 낡았다는 이유로 새 공저를 지었는데, 여기서 귀신이 우르르 나왔다고 해도 이상할 게 없지. 어쩌면 그 저주일지도 몰라."

귀신 이야기는 역대 총리들이 반드시 후임자에게 전할 정도였다고 가리야는 덧붙였다.

"어떤 저주인데요? 가리야 아저씨, 지금까지 역대 총리에게는 이런 사건이 일어나지 않았나요?"

"아마 처음일 거야. 적어도 내가 들은 이야기 중에 이런 저주는 없었어."

"이제 됐어요. 등골이 오싹해요. 오늘 밤에 잠들긴 글렀네요."

겁먹은 쇼의 표정을 보자 가리야의 장난기가 발동했다.

"오늘은 자면 안 돼. 귀신이 나올지 모르니까."

그러더니 다이잔을 보고는 재빨리 현실적인 이야기로 되돌렸다.

"다이 씨, 문제는 내일부터 있을 내각 회의입니다. 거기에는 총리님이 참석해야 합니다."

뒷말은 쇼를 쳐다보며 한 말이다.

쇼가 부루퉁한 얼굴로 대꾸했다.

"농담하지 마세요. 내가 그런 곳에 참석할 리가 없잖아요? 수업에도 잘 안 가는데."

가리야가 무서운 표정을 지었다.

"농담이 아니야."

다이잔도 맞장구를 쳤다.

"쇼, 가리양의 말이 맞아. 총리가 참석하지 않으면 기묘한 억측을 불러일으키게 돼. 그러니까 참석해. 회의란 회의에는 모두 얼굴을 내밀어."

쇼는 비명을 지를 뻔했다.

"말도 안 되는 소리 마세요! 그런 데 가서 무슨 말을 하라는 거예요?"

가리야가 쇼를 진정시키기 위해 부드럽게 말했다.

"쇼짱, 걱정할 거 없어. 질의가 나오면 나나 다른 장관이 답변할 테니까. 현안 사항이 나온 경우에는 훗날 답변한다고 하면 문제없이 넘어갈 수 있어."

"그래, 그러면 돼."

다이잔은 아무 일도 아니라는 듯 간단하게 말했다.

그런 말로 구렁이 담 넘어가듯 넘어가려고 하자 쇼가 재빨리 가로막았다.

"잠깐만요! 둘이 멋대로 정하지 마세요. 그럼 나더러 아버지 인형이 되라는 건가요?"

"너는 내 가게무샤*야."

쇼가 달려들며 항의했다.

"웃기지 말아요! 그럼 난 어떻게 되죠? 나도 매일 바쁘게 살고 있어요. 내일은 취업 면접을 보러 가야 해요! 그건 어떻게 하죠? 거기엔 내 인생이 걸려 있다고요! 아버지가 제 대신 면접을 볼 거예요?"

다이잔은 여유 있는 표정으로 물었다.

"면접? 그런 건 봐서 뭐 하려고?"

"뭐 하긴 뭐 해요? 취직하려고 그러죠."

"포기해. 그렇게 취직하고 싶으면 내가 나중에 적당한 회사에 넣어줄게. 우리 가업을 물려받아도 되고."

---

* 影武者. 일본사에서 권력자 및 무장이 적을 기만하거나 아군을 장악하기 위해 자신과 닮은 인물을 대역으로 세운 일, 또는 그 대역을 맡은 인물.

"농담하지 마세요. 난 내 힘으로 미래를 정할 거예요. 내가 아버지 신세를 질 것 같아요?"

"아무튼 면접 같은 건 나중에 봐."

쇼는 자신의 말에 귀도 기울이지 않는 다이잔을 원망스럽게 쳐다보았다.

"그럼 아버지도 포기하세요. 난 절대로 내각 회의에도, 국회에도 나가지 않을 거예요. 무토 정권도 이걸로 끝이군요."

"쇼! 너란 녀석은 정말……."

끝없이 계속될 것 같은 눈싸움이 이어졌다. 그것에 마침표를 찍은 사람은 지긋지긋하다는 듯이 혀를 찬 다이잔이었다.

"할 수 없군. 면접엔 내가 갈 테니까 너는 내 대신 일을 해. 실수하면 안 돼."

"그건 내가 할 말이에요."

다이잔은 쇼의 말을 무시하며 가리야의 손을 잡았다.

"가리야, 지금 믿을 사람은 자네밖에 없어. 부탁하네."

"다이 씨! 어떻게든 이 위기를 극복합시다!"

쇼는 황급히 시선을 돌렸다. 으아, 소름! 극복하든 말든 상관없으니까 내 몸으로 그런 짓은 하지 말아줘!

5

대표 질의에서 열변을 토하고 있는 사람은 공화당 당대표인 후유지마 잇코였다.

"총리님께 묻겠습니다! 우리 당은 15년 전에 창당한 이후, 수 많은 규제 완화를 부르짖으면서 국민 생활의 안정과 공정 사회의 실현을 목표로 노력해왔습니다. 특히 의료 분야를 살펴보면 외국에서 인가를 받고 실적을 올린 약품이 허술한 신약 승인 시스템 기능과 관료적 종적 행정의 폐해로 인해, 그 약을 필요로 하는 환자에게 투여하지 못하는 어이없는 문제가 발생하고 있습니다. 총리님께서는 이런 문제에 대해 어떻게 생각하시는지 묻고 싶습니다."

또야? 다이잔은 그렇게 생각하면서 하품을 집어삼켰다.

공화당은 한 가지밖에 모르는 바보처럼 계속 규제 완화다, 기득권에 대한 도전이다, 하고 똑같은 말만 반복한다. 아무리 발버둥 치고 물구나무를 서도 과반수를 얻지 못하는 제3정당인 주제에 맨날 불평만 말하는 만년 야당이다.

─무토 다이잔 총리.

의장의 지명을 받고 쇼는 일어서서 마이크 앞으로 걸어나갔다.

"아…… 그 건에 관해서는 아오키 후~생~ 그러니까, 노동~장관이 설명해드리겠습니다."

이 녀석, 위험하군.

졸음이 싹 날아가면서 다이잔의 심장이 두근거렸다. 가리야가 재빨리 건네준 메모를 보고 읽는 것이겠지만, 쇼 녀석은 그것도 제대로 읽지 못해 계속 버벅거렸다.

의장의 지명을 받은 아오키 후생노동장관은 거구를 흔들며 손짓과 몸짓을 섞어 말하기 시작했다. 그리고 후유지마의 질문을 이리저리 잘 피하며 무난하게 대답했다. 아오키는 상당한 논객이다.

예상과 백 퍼센트 똑같이 흘러가지는 않았지만, 그래도 거의 협의한 대로 전개되었다. 다른 사람에게 맡길 수 있는 부분은 맡기고, 총리 자신이 말해야 하는 장면에서는 잠시 휴식하겠다고 하면서 시간을 벌어 가리야가 쓴 원고를 읽는다. 예상치 못한 사태를 피하기 위한 미봉책에 불과하지만, 이렇게 하면 실언이나 큰 실책은 없으리라.

"총리님, 이제 슬슬 가셔야 합니다."

가이바라의 귀엣말에 다이잔은 "알았네"라고 나지막하게 대답하고 허리를 들었다.

가이바라는 이날의 일반 방청권을 손에 넣어 다이잔이 국회 질의의 앞부분만이라도 볼 수 있도록 배려했지만, 지금도 반신반의하는 표정이다.

어제 벌어진 사태를 들은 가이바라는 멍하니 입을 벌린 채, 연신 자신의 뺨을 꼬집었다.

다이잔 혼자만 그렇게 말한다면 또 몰라도 쇼와 가리야까지 번갈아가면서 설명하자 대책이 필요하다는 말에 동의하지 않을 수 없었다. "도저히 믿어지지 않습니다"라는 말이 붙기는 했지만 말이다.

그 자리에서 일단 쇼에게는 가리야가 붙고 다이잔에게는 가이바라가 붙기로 했는데, 다이잔에게 쇼의 입사 면접은 귀찮기 짝이 없는 일이 아닐 수 없다.

"이렇게 중요한 때에 난 지금 뭐 하는 거지?"

미련을 질질 이끌고 올라탄 콜택시의 뒷좌석에서 다이잔은 연신 투덜거렸다. 그는 오늘 감색 양복에 하얀 와이셔츠와 넥타이 차림으로, 이른바 면접용 양복으로 몸을 감싸고 있었다.

행선지는 도쿄 경제의 1번지, 마루노우치에 있는 도시은행의 본점이다. 가이바라는 그 건물의 정면 현관 앞에서 콜택시를 세웠다.

"총리님, 건투를 빌겠습니다."

"음."

다이잔은 고개를 한 번 끄덕인 뒤, 정면 현관의 회전문을 통해 당당하게 안으로 들어갔다.

6

"우리 은행을 지원한 동기부터 말해보겠나?"

면접관은 30세쯤으로 보이는 젊은 행원이었다.

넓은 회의실에 마련된 면접용 부스는 30개쯤 될까? 그 뒤쪽에 간이의자가 놓여 있고, 이름을 불린 학생부터 지정한 부스로 가서 면접을 받도록 되어 있었다.

11시부터라고 들었는데 '무토 쇼'의 이름이 불린 것은 30분이나 지나서였다.

"금융 시스템의 일원으로서 일본 경제에 공헌하고 싶어서 지원했습니다."

오래 기다린 것에 대한 불쾌함을 누르고 다이잔은 대답했다.

그는 원래 은행을 싫어했다. 겸사겸사 말하면 이렇게 한심한 면접도 싫어하지만, 생각지도 않은 말을 하는 일은 정치가에게 일상다반사이므로, 막상 대답하는 데에는 그렇게 저항감이 들지 않았다.

그런데 이날 면접관은 다이잔과 인간적인 궁합이 맞지 않았다.

"그래? 금융 시스템의 일원이 되고 싶다면 특별히 우리 은행이 아니라도 상관없잖아?"

면접관은 햇볕이라곤 하나도 받지 않은 듯한 창백한 얼굴에 어수룩해 보이는 남자였다. 거만한 얼굴에는 보기만 해도 역겨운 미소가 감돌고 있었다.

이런 분위기의 녀석들을 어디서 봤더라? 그때 다이잔의 머릿속에 기억이 떠올랐다.

그렇다. 재무 관료들이다. 재무장관 시절, 다이잔이 지시를 내리면 관료들은 전례가 없다, 법제도가 어떻다고 변명만 늘어놓으며 자기들 방식을 고집하려고 했다. 감독관청의 오만방자

한 부분은 그대로 은행에 침투하여, 이런 애송이까지 잘못된 엘리트 의식을 드러내며 거만하게 행동한다.

다이잔은 그런 속마음을 감춘 채 순순히 대답했다.

"저는 은행 대출을 통해 일본의 산업에 공헌하고 싶습니다."

절반은 입에서 나오는 대로 말했지만, 정치가라는 자리에 오래 있다 보면 특별히 생각하지 않아도 말이 주르르 쏟아진다.

"특히 중소기업 금융은 산업 금융의 핵심이고, 대출 잔액이 가장 많은 도쿄제일은행에 입행하는 것은 저에게 굉장히 의미 있는 일입니다."

어딘지 모르게 국회 답변을 연상시키는 말투였지만, 그런 말투가 뼛속 깊이 스며들어 있는 다이잔에게는 위화감이 들지 않았다. 참고로 대출 잔액 운운하는 부분은 장관 시절에 축적한 지식 덕분이다.

면접관은 별로 관심이 없는 얼굴로 다이잔을 쳐다보았다.

"흐음……. 그럼 자네는 우리 은행에서 대출 업무를 하고 싶다는 건가?"

"저는 '대출 조이기'를 해소하고 싶습니다."

다이잔의 말이 끝나기도 전에 면접관이 발끈하는 것을 알 수 있었다.

"뭔가 착각하는 것 같아서 한마디 하겠는데, 대출 조이기란 건 매스컴이나 정치가가 하는 말일 뿐 실제론 있을 수 없어."

금융정책통으로 알려진 다이잔 쪽에서 보면 흘려들을 수 없는 말이다. 다이잔은 다시 면접관에게 시선을 고정한 뒤, 일부러 냉정하게 대답했다.

"하지만 이시카와 신지로 도지사는 대출 조이기를 해소하기 위해 도쿄수도은행을 만들었고, 대출 조이기 대책은 민정당 경제 정책의 일익을 담당하고 있습니다. 요즘 시대에 대출 조이기가 없다고 말하는 곳은 은행뿐이 아닐까요? 만약 정말로 대출 조이기가 없다면 은행은 왜 그렇게 설명하지 않을까요? 이유는 단 하나, 대출 조이기가 없다고 단언할 수 없기 때문이라는 게 많은 사람들의 일치된 의견이라고 생각합니다."

이시카와 신지로는 도쿄 도지사다. 그는 은행을 싫어하는 걸로 유명한데, 대출 조이기에 대한 세상의 비판을 받아들여 도쿄도^都 주도로 도쿄수도은행을 설립했다. 그런데 은행 경영이 잘 되지 않아 거액의 적자를 내서 문제가 되고 있다.

"그건 이시카와 도지사가 바보라서 그래. 매스컴의 주장을 사실로 받아들여 중소기업 대출의 실태도 모르면서 은행을 만드니까 그렇지. 더구나 민정당 정책도 어린애 속이기나 마찬가지야. 은행이 대출 조이기를 하는 건 발칙하다는 정치인 중에 금융의 실태를 아는 자가 있으면 나와보라고 그래. 아마 한 명도 없을걸!"

그 말이 다이잔의 심기를 건드렸다. 보자 보자 하니까 이놈은 어디까지 기어오르는 거야? 안 그래도 은행의 오만방자한 태도를 불쾌하게 여기고 있던 참이었다.

"그러면 은행이 대출 조이기를 하고 있다는 말이 왜 계속 나올까요? 불이 없는 곳에선 연기가 나지 않습니다."

다이잔이 반론을 제기하자 면접관은 마침내 발끈한 얼굴로, 면접용 평가지가 끼워진 보드를 뒤집어 탁자 위에 놓았다.

"그럼 묻겠는데, 자네는 중소기업의 실태를 알고 있나?"

"물론입니다. 저희 집에서도 회사를 경영하고 있으니까요."

면접관은 살짝 놀란 표정을 지었지만 곧바로 태세를 바로잡았다.

"그래? 그건 몰랐군. 선입견을 막기 위해 면접관에게 자네들의 개인정보를 주지 않았거든. 그래서? 은행이 자네 집에서 하는 회사에 대출 조이기를 하고 있다는 건가? 영세중소기업은 원래 경영이 힘들잖아? 적자 회사에서 돈을 빌려달라고 하는데 '네, 여기 있습니다'라면서 순순히 돈을 내줄 순 없지 않나?"

"저희 회사의 연매출은 3천억 엔 정도 되는데, 역시 도시은행쯤 되면 그런 회사도 영세중소기업인가 보죠?"

다이잔은 천천히 말하면서 최대한 빈정거렸다. 그 말에는 거만한 면접관도 입을 다물지 못했다.

"3, 3천억?"

다이잔이 다시 말을 이었다.

"그리고 당신이 조금 전에 한 말은 적자에 허덕일 때 공적 자금을 받은 은행원의 말이라곤 생각할 수 없군요. 지금 그 말을 정정하고 사과하는 편이 본인을 위해 좋을 겁니다."

면접관의 얼굴에 붉은 기운이 감돌기 시작했다.

"무, 무토 씨. 아무래도 자네가 착각하고 있는 것 같군. 자네를 채용할지 말지 결정하는 건 우리야, 우리! 대출 조이기니 뭐니 잠꼬대를 하는 건 상관없지만 우리는 정상적인 은행 업무를 하고 있다고! 돈을 빌려줄 수 없는 곳에는 빌려줄 수 없어. 그게 정상이야!"

"한마디로 말해서 대출 조이기는 없다, 그런 말씀인가요?"

"그래! 당연하잖아!"

침을 튀기며 노골적으로 감정을 드러낸 면접관을 향해 다이잔이 물었다.

"당신이 말하는 대출 조이기의 정의가 뭔지 설명해주시겠습니까? 제가 모르는 게 있다면 여기서 한 수 배우고 싶습니다."

이런 식의 토론은 다이잔의 주특기다.

면접관의 얼굴이 시뻘겋게 달아올랐다.

"저, 정의라고? 이것 봐, 여기는 내가 질문하는 자리야! 오냐오냐 했더니 기고만장해지는군!"

"공적 자금을 받은 은행의 면접관 주제에, 학생에게 그 정도도 설명해줄 수 없나? 도쿄제일은행이란 곳은 참 한심한 은행이군."

"뭐야?"

안색이 변한 면접관을 보고 다이잔은 선언하듯 말했다.

"당신하곤 말이 안 통해. 윗사람을 불러와!"

"이건 취업 면접이야. 차, 착각하지 마!"

분노로 인해 면접관의 목소리가 가늘게 떨렸다.

"착각하고 있는 건 당신이잖아? 면접을 보러 온 학생 또한 고객이야. 당신은 아까 내가 어떤 사람인지 모른다고 말했지? 그래, 그건 좋아. 하지만 상대에 대해 모른다면 중요 고객일 가능성도 있잖아? 지금은 거래가 없어도 장차 중요한 고객이 될 수도 있고. 그런데 이렇게 무례한 태도로 대할 수 있는 건가? 어서 상사를 불러와!"

생각지도 못한 다이잔의 질책을 받고 면접관의 얼굴이 굴욕으로 일그러졌다.

"은행을 얕보지 마."

면접관은 그렇게 말하며 일어서더니, 조금 나이가 많은 사람을 데리고 돌아왔다. 그런데 은행원은 왜 이렇게 모두 비슷하게 생긴 걸까? 새로 온 사람도 역시 도장이라도 찍은 듯 비슷한 느낌의 남자였다. 남자가 내던지듯 내민 명함의 직책은 인사부 차장으로 되어 있었다.

상대는 다짜고짜 고압적인 태도로 나왔다.

"지금 면접을 보면서 우리 은행에 트집을 잡고 있다는 학생이 자네인가?"

"트집? 거기 있는 행원에게 대출 조이기의 정의를 물었을 뿐이야."

인사부 차장이 말했다.

"여긴 면접장이야. 그런 얘기는 딴 데 가서 하게."

"도쿄제일은행은 정말 어이없는 곳이군. 도지사를 바보라고 하지 않나, 민정당 정책은 어린애 속이기라고 하지 않나……. 그런데 당신 은행을 구해준 건 민정당이 아닌가? 그런 민정당에게 고맙다고 절을 해도 모자랄 판에 어린애 속이기가 뭐야! 무토 다이잔 앞에서도 똑같은 말을 할 수 있나!"

차장은 눈을 가늘게 뜨고 교활한 표정으로 말했다.

"어린애 속이기니까 어린애 속이기라고 말한 거야! 무토 다이잔 좋아하시네. 우리 은행에 들어오고 싶다면 그 건방진 말투부터 고치는 편이……."

그때 조금 전의 면접관이 당황한 얼굴로 황급히 차장의 옆구리를 찔렀다. 그러자 차장은 잠시 말을 끊고는 신경질적으로 돌아보았다.

"뭐야!"

면접관이 보드의 한 부분을 가리키며 보여주었다.

이름 칸이다.

무토 쇼. 그곳에는 그렇게 쓰여 있었다.

"무토……?"

차장은 나지막하게 중얼거리더니, 설마 하는 얼굴로 흠칫 놀라며 다이잔을 보았다. 부스에서 뛰어나간 다른 면접관이 이력서라도 보고 왔는지 안색을 바꾸며 돌아와서 차장에게 귀엣말을 했다.

다음 순간, 차장의 얼굴이 안타까울 정도로 일그러졌다.

한심한 녀석들.

배포도 없는 녀석들 같으니.

다이잔은 더는 있을 필요가 없다고 판단하고 벌떡 일어섰다.

"그럼 난 그만 가볼게."

"무, 무토 군. 자, 잠깐만 기다리게!"

차장은 손바닥을 뒤집듯 억지웃음을 지었다.

"조금만 더 얘기하지 않겠나? 아무래도 커뮤니케이션에 문제가 있었던 것 같군. 시간 있으면 오늘 밤에 한잔하는 게 어떤가?"

다이잔은 차갑게 거절했다.

"미안하지만 바빠서 안 되겠어."

"그렇게 차갑게 말하지 말고……."

"한 가지만 말해두지."

다이잔은 차장의 코끝에 손가락을 들이밀고 덧붙였다.

"반성이 없는 은행에는 내일이 없어. 똑똑히 기억해둬!"

그 자리에 있던 수많은 학생들이 흥미진진한 눈길로 지켜보는 가운데, 다이잔은 성큼성큼 걸어서 면접장을 뒤로했다.

7

질의하기 위해 서 있는 공화당 당대표인 후유지마 잇코는 눈빛이 예리한 남자였다. 완벽하게 벗어진 반질반질한 머리가 조명을 둔탁하게 반사했다. 목소리는 박력이 넘치고 으름장이 배어 있었다.

"……총리님은 경기 대책으로써 적극적인 재정 지원도 생각해보겠다고 말했습니다. 하지만 세수稅收가 생각처럼 늘지 않는 상황에서 어떻게 재정을 지원하려고 하시는지, 한편 대기업의 파견직 해고 등 생산 현장이 피폐해지는 상황을 어떻게 보시는지, 총리님의 생각을 듣고 싶습니다."

기나긴 연설 끝에 그렇게 질의한 뒤, 후유지마는 심술궂은 눈으로 쇼를 노려보았다.

─무토 다이잔 총리.

이번에는 누가 대신 대답해줄까 생각하면서 가리야를 본 순간, 쇼의 손에 원고가 넘어왔다.

"이건 뭐예요?"

관방장관인 가리야가 쇼의 귓가에서 속삭였다.

"쇼짱, 이 질의에 대해선 가이바라가 써놓은 원고가 있으니까 그대로 읽기만 하면 돼."

"헉! 내가요? 실화예요? 가리야 아저씨, 아저씨가 대신 대답해줘요."

얼굴을 찡그리는 쇼를 향해 가리야는 타이르듯 조곤조곤 설명했다.

"그건 안 돼. 모든 답변을 다른 장관이 하면 이상하게 여길

거야. 경기 대책은 중요한 문제니까 총리가 직접 답변하지 않
으면 말들이 많을 거고. 자아, 어서……."

가슴팍에 원고를 들이미는 바람에 쇼는 할 수 없이 "쳇" 하고
혀를 찼다.

"할 수 없군요. 읽어줄게요."

쇼는 마지못해 자리에서 일어섰다.

"그냥 읽기만 하면 되는 거죠? 그런데 혹시 내용에 태클을 걸
면 어떡하죠?"

"대표 질의는 두 번까지밖에 할 수 없으니까 태클을 건다고
해도 그렇게 어려운 내용은 아닐 거야. 그때는 내가 알아서 할
게. 아무튼 뒷일은 걱정하지 말고, 원고를 읽고 나서 즉시 여기
로 돌아와."

"아, 알았어요."

대답은 그렇게 했지만 여기는 국회다. 회의장을 가득 메운
의원들은 언변도 좋고 눈치도 보통이 아니다. 만반의 준비를
하고 호시탐탐 이쪽의 실수를 노리는 적의 한복판으로 뛰어들
어야 하는 만큼 강한 긴장감이 쇼의 온몸을 파고들었다.

어색하게 자리에서 일어난 쇼는 마법에 걸린 사람처럼 떨기
시작하더니, 팔과 다리가 제멋대로 움직이는 고장 난 로봇처럼
단상에 올랐다.

쇼는 조심스럽게 원고를 펼쳤다.

"조, 조금 전의, 지, 질의에 대해서, 답변하겠습니~다."

뭐야? 이게 내 목소리야? 나는 도대체 몇 명이지?

자기 입에서 나오는 더듬거리는 말을 듣고 쇼는 어이가 없었다. 침착해라, 침착해라, 하고 그는 스스로에게 말했다.

"그러니까, 우리 나라는 지금 미국발 금융, 아~ 금융 위키에 따른, 아, 말중우의 위키에 죽면하고 있고, 경기는 눈에 띄게, 아~ 혼매 상태에 빠져 있습니다."

회의장 안이 소란스러워지기 시작했지만 쇼는 그 이유를 알 수 없었다.

"건설 분야와 같은 일부 업계에서는 대형 도산이 힌발하고, 제조업에서는 급격한 수주 감소에 따른 파관 노동자 해고 문제가…… 저기…… 어어?"

그때 쇼의 눈에 '惹起'라는 한자가 들어왔다.

이건 뭐지?

지금까지는 완벽했는데. 큰일이다! 이 한자를 어떻게 읽어야 할지 모르겠다. 도움을 청하기 위해 가리야를 보았지만, 아무리 관방장관이라도 답변 도중에는 어떻게 할 수 없다.

"아~ 그러니까……."

소란스러움이 더해지는 회의장 안에서 쇼는 '불만이 있으면 시키지 말았으면 되잖아!'라고 마음먹기로 했다.

"약기하고 있어서 이런 사태를 회비하기 위해 작년부터 우리 당에서 실시해온 경제대책을 두습한 적극적인 경기 부양책을 공구하고 있습니다. 구체적인 대책을 말씀드리자면, 우선 실업자에게 특화한 직업훈련제도를 도, 도입함과 동시에, 경영자 측에게는 부당한 파관 노동자 해고 무유를 조사하고 지도해갈 생각입니다."

드문드문 박수소리가 들리는 가운데, 쇼는 여기까지 읽는 데에도 이마에 송골송골 맺힌 땀을 닦아야 했다.

"아싸!"

그는 오른손으로 작게 승리의 V자를 만들고 연단에서 내려왔다.

회의장의 소란스러움은 극에 달했다. 쇼의 앞자리에 있는 민정당의 시로야마가 머리칼을 곤두세우고 무서운 얼굴로 쇼를 노려보았다. 그 옆에서는 가리야가 지금이라도 울음을 터트릴 듯한 얼굴로 쇼를 바라보았다.

"쇼, 쇼짱……. 어떻게……."

가리야의 입에서 한심한 목소리가 흘러나왔다. 핏발 선 눈에는 당황스러움이 잔뜩 배어 있었다.

"이봐, 다이잔. 한자 정도는 제대로 읽어야지!"

앞자리에서 낮은 목소리로 질책한 사람은 시로야마였다.

큰일이다. 역시 '惹起'는 '약기'가 아니었던가? 쇼는 재빨리 웃음으로 얼버무렸다.

"뭐 어때요? 한자 좀 틀리게 읽었다고 무슨 문제라도 있겠어요?"

시로야마가 잡아먹을 듯이 쇼에게 달려들었다.

"조금이라고? 다이잔, 어디가 조금 틀렸지? 제대로 읽은 곳이 없을 정도잖아!"

쇼는 의뭉스런 얼굴로 시치미를 뗐다.

"어? 그랬던가요? 진정하세요, 그럴 수도 있죠 뭐. 신경 쓰지 마세요. 이런 일 가지고 쪼잔하게 왜 그러세요?"

그때, 갑자기 팔이 아팠다. 뒤를 돌아보자 손가락이 파고 들어갈 만큼 가리야가 쇼의 팔을 꽉 잡고 있었다. 새빨간 눈에서는 지금이라도 눈물이 쏟아질 것 같았다.

"가리야 아저씨, 왜 그래요? 눈이 새빨개요."

가리야는 완전히 할 말을 잃고, 눈을 감는가 싶더니 깊은 한숨을 토해냈다.

"어? 총리님, 생각보다 일찍 끝났네요. 더 걸릴 줄 알았거든요."

다이잔을 위해 차문을 열어주며 가이바라는 의아한 표정을 지었다.

"그게 말이야, 정말 어처구니가 없더군."

콧김을 거칠게 내뿜는 다이잔을 보며 가이바라는 고개를 갸웃거렸지만, "다음은 어디인가?"라는 질문에 곧바로 일정표를 펼쳤다.

"중앙일본건설입니다. 그다음은 마이니치TV, 도쿄자동차, 간토어패럴……."

다이잔은 황당한 표정을 지었다.

"뭐야? 지원한 회사에 아무런 공통점이 없잖아! 쇼 녀석, 무슨 생각으로 지원한 거야?"

"그러게 말입니다. 부모가 누군지, 얼굴을 보고 싶군요."

"자네 지금 뭐랬나?"

다이잔의 말에 맞장구를 치다가 스스로 무덤을 판 가이바라는 재빨리 말을 돌렸다.

"참, 지금 TV에서 국회 상황을 생중계하고 있습니다. 총리님, 보시겠습니까?"

달리는 차의 뒷좌석에서 소형 TV의 스위치를 눌렀더니 공화당의 후유지마가 열변을 토하는 중이었다.

"후유지마는 아직도 질의하고 있나? 정말 진절머리가 날 만큼 말이 많다니까."

"자기 자신에게 취하는 타입이니까요."

"그렇게 취했는데도 아직 숙취가 없군. 아! 다행히 끝났네."

다이잔이 독설을 날린 순간, 마침 후유지마의 질의가 끝나고 카메라가 이동했다.

ー무토 다이잔 총리.

작은 화면에 자신의 모습이 등장했다.

나는 여기에 있는데, 저건 누구지?

아직 익숙지 않은 탓인지 마음이 안정되지 않았다. 그나저나……

"쇼 녀석은 뭘 꼼지락거리는 거야? 빨리 나오지 못해? 그냥 나와서 원고를 읽기만 하면 되잖아!"

가리야가 내민 원고를 사이에 두고 우물쭈물하는 쇼를 보면서 다이잔은 혀를 찼다.

가이바라가 가슴을 펴고 자신만만하게 말했다.

"걱정 마십시오. 저 원고는 제가 썼으니까요."

하지만 다이잔에게서는 기대했던 칭찬이 돌아오지 않았다.

"안 그래도 한번 말하려고 했는데…… 가이바라 자네 원고, 너무 딱딱하지 않나?"

"무슨 말씀이시죠?"

자존심에 상처를 받고 가이바라는 얼굴을 찡그렸다.

"살짝 농담을 넣는다든지, 좀 가볍게 쓰면 어떻겠나? 그렇게 딱딱하게 쓰는데도 용케 어깨가 뭉치지 않는군."

"국회에서 농담을 해도 되나요?"

"국민들은 좋아할지도 몰라."

가이바라가 새빨개진 얼굴로 씩씩거리며 대꾸했다.

"그럴 리가 없잖습니까! 그러면 야당으로부터 비난이 돌아올 게 뻔합니다. 안 그래도 지금 지지율이 위험한 상황이니까요. 이런 때는 어떻게든 실수를 줄이고, 조기 해산의 타이밍을 노려야 하지 않겠습니까?"

"그건 자네가 말하지 않아도 알고 있어."

다이잔이 발끈하며 대답했을 때, 겨우 쇼가 단상에 올라 원고를 펼쳤다.

"이렇게 보니 무토 다이잔이 꽤 잘생겼군. 가이바라, 내가 항상 이렇게 멋있나?"

"글쎄요. 아마 그렇지 않을까요?"

말도 안 된다고 생각했는지, 가이바라의 대답은 성의가 없었다.

멋진 무토 다이잔이 거침없이 답변을 읽기 시작—하리라고 생각한 순간.

"……우리 나라는 지금 미국발 금융, 아— 금융 위키에 따른……."

만면에 미소를 지으며 답변에 귀를 기울이던 다이잔의 눈이 크게 벌어졌다.

"가, 가이바라. 지금 뭐라고 했지? 금융 위키? 새로 만든 말인가?"

"그럴 리가 없잖습니까? 금융 위기입니다, 위기!"

쇼가 다시 말을 이었다.

"……말중우의 위키에 죽면하고 있고, 경기는 눈에 띄게, 아~ 혼매 상태에 빠져 있습니다."

"마, 말중우? 가이바라, 대체 원고를 어떻게 쓴 거야?"

가이바라가 비명처럼 소리를 질렀다.

"미증유입니다, 미증유! 죽면이 아니라 직면이고, 혼매가 아니라 혼미……."

유능하다고 소문난 보좌관의 얼굴에서 핏기가 사라졌다.

"뭐야!"

다이잔은 무의식중에 작은 TV 화면을 두 손으로 꽉 잡았다.
쇼의 답변이 계속되었다.

"……건설 분야와 같은 일부 업계에서는 대형 도산이 힌발하
고, 제조업에서는 급격한 수주 감소에 따른 파관 노동자의 해
고 문제가……."

"힌발?"

"빈발."

"파관 노동자라는 건……?"

"파견 노동자입니다."

경악한 다이잔의 얼굴이 삽시간에 걸레를 쥐어짠 것처럼 일
그러졌다.

쇼의 답변은 계속 이어졌다.

"……약기하고 있어서, 이런 사태를 회비하기 위해."

"가, 가이바라, 저건 또 무슨 말인가?"

다이잔은 이미 숨이 끊어질락 말락 했다.

"야기, 회피입니다."

"가, 가이바라. 제, 제발 나 좀 살려주게. 이대로 가다간 죽을
것 같아."

다이잔은 지금이라도 단말마의 비명을 지를 것 같았다.

"그 전에 제 심장이 멎을 것 같습니다, 총리님."

"······경제대책을 두습한 적극적인 경기 자극책을 공구하고 있습니다."

"두, 두습?"

"답습입니다, 답습!"

"고, 공구라는 건?"

그때까지 바로 대답하던 가이바라도 한순간 생각하지 않을 수 없었다.

"아마 강구일 겁니다."

"가이바라, 도대체 원고를 어떻게 썼기에 이 지경이 된 건가?"

가이바라가 울상을 지으며 반박했다.

"제 원고 탓이 아닙니다!"

"왜 한자 옆에 읽는 방법을 달아주지 않았지?"

"그걸 말씀이라고 하십니까? 지금까지 팔이 빠지도록 원고를 썼지만, 한자 읽는 방법을 단 적은 한 번도 없었잖습니까? 이 정도 한자를 못 읽는 사람은 아무도 없습니다!"

"꽤 어려운 한자도 있었어. 빈발이라든지, 야기라든지."

"총리님, 지금 진심으로 하시는 말씀입니까?"

가이바라는 얼간이라도 보는 듯한 얼굴로 다이잔을 보았다.

"총리님은 한 나라의 총리대신이 아닙니까? 그 정도 한자를 어렵다고 하면 어떡합니까! 그보다 더 어려운 한자도 읽으시면서······."

"그야 정치 용어는 아무리 어려워도 읽을 수 있지."

다이잔은 태연하게 대답하고 운전기사에게 명령했다.

"어서 공저로 가주게."

가이바라가 멍한 표정으로 물었다.

"초, 총리님. 취업 면접은 어떡하실 겁니까?"

"지금 그게 문제야! 그런 건 뒤로 미뤄! 자네가 전화해서, 다음에 한가할 때 놀러 간다고 해주게. 이봐, 서둘러! 지금은 민정당의 위기야! 정당정치의 위기라고!"

다이잔을 태운 도요타 센추리는 타이어 소리를 울리며 교차로에서 유턴하더니, 맹렬한 스피드로 질주하기 시작했다.

"총리님, 너무나 엄청난 일이라서 어떻게 수습해야 좋을지 모르겠습니다."

스피드를 올린 차의 뒷자리에서 가이바라의 말이 허무하게 울려 퍼졌다.

8

TV 화면 안에서 고나카 주타로가 담배 파이프를 손에 들고 있다. 그의 평소 스타일이다. 오후의 정보 버라이어티 프로그램에 긴급 출연한 고나카는 저명한 정치평론가로, 정계에도 발이 넓기로 유명한 사람이다.

"고나카 씨, 지금 무토 총리의 답변을 다시 보셨는데 어떠십니까?"

여성 아나운서의 질문에 고나카는 빈정거림을 듬뿍 담아 간사이지방 사투리로 대답했다.

"한심하다는 말밖에 드릴 말씀이 없군요. 현재 우리 일본의 인구는 1억 2,800만 명이나 됩니다. 이렇게 많은 인구 중에서 하필 한자도 못 읽는 멍청이가 총리대신이라니. 말이 안 되잖습니까? 도대체 이 나라 정치가 어떻게 되려고 이러는지, 한숨만 나올 따름입니다."

"그 원인은 어디에 있다고 생각하십니까?"

몹시 진지한 표정의 여성 아나운서는 30대 중반으로 보였다. 왜 저렇게 얄밉게 생겼을까, 하고 다이잔은 생각했다. 저런 여자와 사귀면 헤어질 때 고생하겠다는 쓸데없는 생각도 떠올랐다.

"글쎄요, 아마 여러 가지가 있겠지요. 어쨌든 정치를 하려면 돈이 있어야 하잖습니까? 일정한 나이에 달하면 누구든지 입후보할 수 있도록 법에 정해져 있지만, 실제로는 2세 정치인만 늘어나는 등 가업으로 변한 지 오래됐지요. 입으론 일본을 바꾼다든지 세상을 개혁한다고 하지만, 실제로는 별다른 사회 경험도 없이 부모의 표밭을 물려받아 정치를 하는 2세 의원이 뭘할 수 있겠습니까? 세습이라는 기득권의 가마를 타고 있는 바보 임금님처럼 보일 때가 한두 번이 아닙니다. 이번 경우도 마찬가지지요. 이대로 있으면 일본의 정치는 확실히 썩을 겁니다. 아니, 이미 썩고 있지 않을까요?"

"이런, 우라질! 고나카 녀석, 뚫린 입이라고 함부로 말하다니!"

다이잔은 TV 스위치를 끄고 분노를 주체하지 못한 채 거칠게 숨을 몰아쉬었다.

"역시 지난번 원한이 남아 있나 봅니다."

그렇게 말한 사람은 가리야였다.

"원한이라고? 나한테 무슨 원한이 있다는 거야?"

"지난번에 긴자의 시리우스에서 고나카를 만났잖습니까? 그때 그 자식, 여자를 데리고 있었는데……."

그제야 다이잔도 생각이 났다.

"아! 그러고 보니 그런 일이 있었지. 그런데 그게 왜?"

"그때 다이 씨가 그 여자 앞에서 고나카를 깎아내렸잖습니까? 아마 그것 때문에 꽁해 있을 겁니다. 원래 뒤끝이 장난 아니잖습니까?"

"흠, 그릇이 작은 녀석이군."

"문화인입네 하는 사람일수록 그릇이 작은 법이죠. 소견머리는 쥐똥만 한 주제에 자존심만 내세우고 말이죠!"

가리야도 고나카에게 당한 적이 있는지 독설을 날렸다.

"고나카 같은 놈한테 저런 비난을 들을 줄이야!"

다이잔은 새삼 쇼를 노려보고 화를 냈다.

"이 멍청한 녀석! 어디 가서 한자 검정시험이라도 보고 와!"

쇼가 태연한 얼굴로 반박했다.

"아버지는 봤어요?"

"내가 그런 걸 왜 봐! 네 국어 실력은 초등학생 정도밖에 안 돼! 그러고도 대학생이냐?"

"요즘 초등학생은 한자를 잘 읽어요."

아까부터 부루퉁한 얼굴로 있던 가이바라가 불평했다. 자신이 쓴 원고로 인해 이런 소동이 일어난 점에 기분이 상한 것이다. 가이바라는 매우 섬세한 남자였다.

그런 가이바라를 보면서 쇼가 빈정거렸다.

"미안하게 됐네요. 그런데 한자를 잘못 읽은 게 이렇게까지 난리법석을 피울 일인가요?"

다이잔이 다시 버럭 고함을 질렀다.

"한두 개 잘못 읽은 게 아니잖아! 이게 얼마나 엄청난 일인지 몰라서 그래? 너 때문에 내가 무지렁이 취급을 받게 됐다고!"

"알 게 뭐예요? 나더러 국회에 나가라고 한 건 아버지잖아요? 애당초 가장 큰 문제는 원고예요. 너무 읽기 힘들다고요! 어려운 한자만 잔뜩 늘어놓고. 그런 말이 국민들의 마음에 닿을 것 같아요?"

쇼는 입만 산 사람처럼 말은 그럴듯하게 잘도 했다.

"뭐, 뭐가 어렵다는 거야?"

발끈하며 되받아치려는 가이바라를 가리야가 냉정한 목소리로 제지했다.

"그만하게. 지금 우리끼리 분열하면 어떡해? 지금은 이 사태를 어떻게 극복할지, 그걸 생각해야 하잖아?"

그렇다. 당연한 말이다. 가이바라는 목구멍까지 솟구친 말을 집어삼키더니, 거칠게 콧김을 내뿜고 입을 다물었다.

다이잔이 눈에 힘을 주고 말했다.

"문제는 지지율이야. 분명히 떨어질 거야. 헌민당의 구라모토와 비슷해질지도 몰라."

중의원 본회의가 생중계되기도 해서, 지금 매스컴은 온통 한자를 잘못 읽은 무토 다이잔에게 비난의 화살을 보냈다.

"그래도 여자 문제가 폭로된 것보다 낫습니다."

가리야가 핀트가 맞지 않는 말로 위로했다.

"가리양, 무슨 좋은 방법이 없을까?"

"일단 이번에는 병 때문에 그렇다고 해두지요."

가이바라가 황당한 표정을 지었다.

"말도 안 돼요! 이 세상에 그런 병이 어디 있습니까? 더구나 총리대신이 병에 걸리면 곤란하잖습니까?"

"일시적으로 한자를 못 읽는 정신질환이지만, 일과성이라서 직무수행에는 지장이 없다고 말하면 되지 않을까?"

"그런 말을 누가 믿겠어요?"

아무리 봐도 진심으로 말하는 가리야를 보면서 가이바라는 머리를 감쌌다.

다이잔이 진지한 얼굴로 반박했다.

"그게 왜 말이 안 돼? 지금은 내가 쇼이고, 쇼가 나야. 이것보단 말이 되지 않나?"

가이바라가 의심이 사라지지 않은 눈길로 다이잔을 보면서 신중하게 말했다.

"그것 말씀인데요, 총리님. 그 문제를 해결할 방법은 찾으셨습니까? 아무리 생각해도 그것부터 해결해야 할 것 같습니다만."

"그래, 당연한 말이야."

가리야는 그렇게 말하더니, 손목시계를 보고 나서 전원이 모여 있는 방문을 바라보았다. 그때 타이밍을 노리고 있던 것처럼 노크 소리가 들리고, 문 뒤에서 넙대대한 얼굴이 나타났다.

"총리님, 실례하겠습니다."

안으로 들어온 사람은 방위장관인 사나다 다케히코였다. 마흔이라는 젊은 나이에 장관 자리에까지 오를 만큼 강건한 육체에 명석한 두뇌를 겸비한 사나다는 장차 민정당을 짊어지고 나아갈 훌륭한 재목이다.

"아아, 드디어 왔군! 사나다, 일단 여기에 앉게."

덩치가 큰 사나다는 곧장 안으로 들어와 팔걸이의자에 앉았다.

"조금 전에 내게 보고한 걸, 자네가 직접 총리님께 말씀드렸으면 해서 오라고 했네."

그러자 사나다는 "여기서 말씀드려도 괜찮겠습니까?"라고 말하며 조심스러운 눈길로 다이잔을 보았다.

"그래, 그쪽은 걱정하지 않아도 돼. 총리님 아들이야. 지금 자네가 말할 내용의 관계자라고 생각하게."

"관계자요?"

사나다는 미심쩍은 표정을 지었지만 "내 말을 믿게"라는 가리야의 말을 듣고 고개를 끄덕였다.

"실은 오늘 미국 정부로부터 극비 연락이 왔는데, 그동안 CIA에서 연구한 최첨단 기술이 도난당했음을 알았다고 합니다."

"CIA의 최첨단 기술이 도난당해?"

다이잔이 황급히 물었다. 물론 겉으로 보기에 물은 사람은 쇼이지만.

"그 연구소에는 상상도 할 수 없을 만큼 굉장한 보안장치가 되어 있을 텐데, 그런 곳에서 어떻게 기술을 훔쳐냈지?"

아무리 총리의 아들이라고 해도 거만한 말투를 듣고 사나다는 약간 발끈했다. 하지만 이내 냉정함을 되찾고 말을 이었다.

"연구를 관리하는 국장급 인물이라면 데이터에 접속할 수 있다고 합니다만, 범인은 아직 특정하지 못했습니다. 현재 사건 해결에 전력을 기울이고 있다고 합니다."

다이잔이 다시 물었다.

"그건 어떤 기술인가?"

"리모트 뷰잉Remote Viewing에서 발전한 연구 성과라고 합니다."

"그게 무슨 말인가?"

"리모트 뷰잉, 흔히 '원격투시'라고 번역하는데, 간단히 말하면 뇌파 연구의 한 분야라고 생각하시면 됩니다."

"무슨 말인지 당최 알아들을 수가 없군……."

다이잔은 도무지 이해할 수 없어서 다시 물었다.

"애당초 CIA가 왜 뇌파를 연구하고 있지?"

"조금 비약적인 이야기가 되겠지만 이해해주시기 바랍니다."

사나다는 그렇게 운을 떼고 말을 이었다.

"CIA에서는 그동안 다른 나라에 잠입시킨 스파이에 대한 지령 전달이나 정보 수수에 관한 연구를 해왔는데, 특히 인간의 뇌파에 직접 지령을 보낼 수 없을까 하는 아이디어를 발전시켜왔다고 합니다. 뇌파도 일종의 전기 신호라서 그 움직임을 읽어내면 그 사람의 생각을 파악하고, 또 이쪽에서 뇌파에 직접 신호를 보내면 정보를 전달할 수 있는데, 그런 기술을 스파이 활동에 이용하려고 한 겁니다."

"이럴 수가! 영화에서나 나올 법한 일을 할 수 있단 말인가?"

깜짝 놀라는 다이잔을 바라보며 가리야가 말했다.

"그러고 보니 저도 똑같은 이야기를 들은 적이 있습니다. 1950년대부터 이미 연구가 시작되었고 막대한 연구개발비를 투입했다는……. 어디까지나 소문에 불과하다고 여겼는데, 실제로 하고 있었을 줄이야."

사나다가 진지한 얼굴로 설명했다.

"뇌파에 직접 지령을 보내고, 또한 뇌파로 정보를 받을 수 있다면 스파이 활동은 굉장히 안전해집니다. 비밀 정보에 접했을 때 예전 같으면 사진을 찍거나 훔치거나 했지만, 이 기술이라면 그것을 읽거나 인식할 때 발생하는 뇌파만 수신하면 정보를 입수할 수 있으니까요. 스파이에게도 뇌파에 직접 지시를 내리면 적에게 알려지는 일은 없겠지요. 이건 획기적인 커뮤니케이션 기술이 될 수 있습니다."

다이잔이 반신반의하며 물었다.

"그 기술의 연구는 얼마나 진행되었나?"

사나다가 목소리를 낮추며 대답했다.

"거의 실용단계에까지 도달한 것 같습니다."

"정말인가?"

다이잔의 얼굴에 놀라움이 퍼져나갔다.

"그런데……."

사나다는 평소처럼 기합이 들어간 운동선수 같은 눈길로 전원을 둘러보았다.

"누군가가 그 기술을 훔쳐갔다고 합니다."

다이잔이 물었다.

"배후에 있는 건 누구인가?"

"그건 아직 모릅니다."

"맙소사! 그렇게 무서운 기술이 테러리스트의 손에 넘어가면 엄청난 일이 벌어지잖나?"

다이잔이 그렇게 말한 순간, 가리야가 뜻밖의 말을 해서 전원을 섬뜩하게 만들었다.

"아뇨, 이미 넘어갔을지도 모릅니다."

"이미?"

다이잔이 눈을 동그랗게 뜨고 가리야의 얼굴을 바라보았다.

"그렇습니다. 다이 씨, 그 기술은 이미 테러리스트에 손에 넘어갔습니다. 녀석들은 분명히 그 기술을 사용해서 뇌파를 조작하고 있습니다."

가리야가 다이잔을 물끄러미 바라보며 덧붙였다.

"그래서 이렇게 된 겁니다."

사나다가 당황한 얼굴로 물었다.

"관방장관님, 실례지만 지금 무슨 말씀을 하시는 겁니까?"

"사나다. 실은 자네에게 긴히 할 말이 있네."

가리야는 진지한 얼굴로 방위장관을 똑바로 쳐다보며 덧붙였다.

"내 말 잘 들게. 현재 이 나라에 매우 심각한 사태가 벌어졌네."

사나다는 대꾸하지 않고 모든 걸 꿰뚫는 눈길로 가리야를 뚫어지게 바라보았다.

"단도직입적으로 말하지."

가리야가 다이잔을 보며 말했다.

"여기에 있는 쇼짱. 보기엔 아들인 쇼짱이지만 실제로는 총리님이야. 그리고 이쪽……."

이번에는 쇼에게 눈길을 돌렸다

"보기에는 총리님이지만 실제로는 쇼짱이지. 사나다, 어떤가? 이제 내 말이 무슨 뜻인지 알겠나?"

보이지 않는 풍선에 짓눌린 것처럼 사나다의 상체가 뒤로 젖혀지고 머리칼이 곤두섰다.

"지금 저를 놀리시는 건 아니겠지요?"

"이래 봬도 나는 분위기를 아는 남자라네."

"죄송합니다. 그런데…… 설마…….."

사나다의 놀라움은 크지 않아서, 오히려 마음의 동요가 손에 잡힐 듯이 전해졌다.

"유감스럽지만 그 설마네."

그렇게 말한 다이잔에게 시선을 고정한 채 사나다의 눈이 크게 벌어졌다.

가리야가 마른침을 꿀꺽 삼켰다.

"왜 인격이 바뀌었는지, 여기에는 과학적인 이유가 있을 거라고 생각했네. 조금 전에 자네 이야기를 들었을 때, 혹시나 해서 와달라고 한 거야. 만약 인간의 뇌파를 조작할 수 있다면 다이 씨의 뇌파를 쇼짱에게, 쇼짱의 뇌파를 다이 씨에게 심을 수 있지 않겠나? 사나다, 어떻게 생각하나? 자네 의견을 들려주게."

사나다의 얼굴에 순식간에 긴장감이 자리하면서 위기감이 고조되었다.

"과학적으로는 충분히 있을 수 있는 이야기입니다. 의료 분야에서는 뇌파로 컴퓨터를 조작하는 일이 실현 단계에 와 있는데, 이 기술이 완성되면 전신마비 환자의 뇌파를 이용해 컴퓨터에 문자를 입력할 수 있게 되죠. 현재 뇌파 연구는 그렇게까지 진행되었고, CIA의 기밀 기술이라면 그보다 더 발전했을 겁니다. 지금 말씀하신 뇌파 교환도 충분히 있을 수 있지 않을까요?"

"역시 그런가……."

가리야가 복잡한 표정을 지으며 팔짱을 끼었다. 쇼가 당황한 얼굴로 황급히 끼어들었다.

"가, 가리야 아저씨, 잠깐만요. 그렇다면 뭐예요? 내가 테러의 표적이 됐다는 거예요? 그건 말이 안 되잖아요……."

가리야가 무거운 목소리로 단언했다.

"아니, 쇼짱. 사실이야. ……그리고 다이 씨도 마찬가지고요."

다이잔의 목에서 신음 소리가 새어나왔다.

"도대체 어느 틈에……. 놈들의 목적은 뭐지?"

그 의문에 대답할 수 있는 사람은 이 자리에 없었다.

잠시 찾아온 정적을 깨뜨리고 중얼거린 사람은 사나다였다.

"그런데 좀 이상하군요."

다이잔이 물었다.

"뭐가 이상하다는 건가?"

"실은 뇌파를 보내기 위해선 몸속에 전용 칩을 심어야 한다고 합니다. 두 분의 몸속에 칩을 심는 건 그렇게 쉽지 않겠지요. 어쨌든 간단하나마 수술 같은 걸 해야 하는데, 그런 걸 하면 누구나 알아차릴 테니까요."

"그렇군."

조용한 침묵 속에서 다이잔은 짐작되는 부분을 생각해보았다. 쇼도 마찬가지였다.

쇼가 물었다.

"칩이라면, 크기가 어느 정도인가요?"

"불과 몇 밀리미터 정도라고 들었습니다."

다이잔이 중얼거렸다.

"몇 밀리미터라……."

아무리 작아도 몸속에 심는 것은 그렇게 쉬운 일이 아니다. 잠을 자는 사이에 몰래 심을 수도 없다.

"다이 씨, 최근에 수술을 받은 적이 있습니까?"

"그런 거 없어. 가리양, 그건 자네가 누구보다 잘 알고 있잖아?"

"그건 그렇지만요……. 쇼짱은?"

쇼도 머리를 옆으로 가로저었다.

"하긴……."

"역시 다른 이유가 아닌가요?"

쇼가 그렇게 말했을 때, 다이잔이 갑자기 생각난 얼굴로 "아앗!" 하고 소리를 질렀다.

"다, 다이 씨, 왜 그러세요?"

눈을 크게 뜬 가리야를 향해 다이잔이 말했다.

"가리 양, 치과야, 치과! 내가 얼마 전부터 계속 이가 아프다고 했잖아? 그때 치과에서 사랑니를 뺐거든!"

다음 순간, 쇼가 벌떡 일어서며 소리쳤다.

"아버지! 나도 갔어요. 벌써 2주 전이지만요."

가리야가 물었다.

"어느 치과지요?"

"시부야에 있는 마루야마 치과. 우리 가족은 모두 거기에 가거든."

다이잔의 말에 쇼도 고개를 끄덕이며 맞장구를 쳤다.

"잠깐 실례하겠습니다."

사나다는 일단 방에서 나가더니, 잠시 지나서 돌아왔다.

"공안*을 보냈습니다. 이제 곧 연락이 올 겁니다."

불과 10분 만에 사나다의 휴대폰으로 연락이 왔다.

"쏜살같이 달려갔는데, 마루야마 치과는 이미 텅 비었다고 합니다. 원장인 마루야마의 자택에도 아무도 없다고 하고요."

"뭐야?"

다이잔과 쇼는 서로 얼굴을 마주보았다.

"어떻게 된 거지?"

---

* 테러 대책이나 방첩을 담당하는 특수 경찰.

"그건 잘 모르겠습니다. 하지만 총리님, 조심하십시오. 적이 총리님의 주변에까지 접근했을 가능성도 있습니다. 어쩌면 이 방에도……."

사나다는 온몸에서 숨 막히는 긴장감을 뿌리며 그렇게 말하더니 날카로운 눈길로 가이바라를 노려보았다.

"네? 저 말입니까? 장관님, 농담하지 마십시오."

가이바라는 당황한 얼굴로 손을 휘휘 내젓고는 곧바로 다이잔을 향했다.

"총리님, 뭐라 말씀 좀 해주십시오."

하지만 다이잔은 가이바라를 감싸주기는커녕 손을 내밀어 그의 뺨을 꼬집었다.

"아야야! 총리님, 갑자기 왜 이러세요?"

"스파이라면 변장을 잘할 테니까. 그런데 아무래도 아닌 것 같군."

"총리님, 너무하십니다."

"이것도 다 국가를 위해서야."

다이잔이 그렇게 말했을 때, 다시 사나다의 휴대폰이 울렸다.

"총리님, 이치가야까지 동행해주시겠습니까? 그리고 자네도."

통화를 마친 사나다는 다이잔과 쇼에게 말하더니 다시 진지한 얼굴로 덧붙였다.

"조금 전에 말한 칩이 심어져 있는지, 방위성 연구소에서 확인해보겠습니다. 그걸 제거하면 이 상황이 해결될 수도 있습니다."

그 말을 듣고 안도의 한숨을 가장 크게 내쉰 사람은 쇼였다.

"아아, 다행이다. 겨우 이 역할에서 해방되겠군요."

"빌어먹을. 사나다, 자네 이야기를 좀 더 일찍 들을걸 그랬군. 그러면 한자를 잘못 읽어서 그렇게 야단법석이 나는 일도 피할 수 있었을 텐데."

다이잔은 억울해했지만, 이 모든 것은 버스 떠난 뒤에 손 흔드는 격이었다.

9

"실례하겠습니다."

연구원이 손을 내밀어 검사대 위에 누운 다이잔의 몸을 벨트로 채웠다.

"잠시 움직이지 마십시오."

마이크에서 목소리가 흘러나왔다. 시키는 대로 했더니 검사대가 머리 위쪽으로 움직였다. 그리고 머리가 반원형 아치를 통과할 때까지 달칵달칵달칵 하는 귀에 거슬리는 미세한 소리가 계속 이어졌다.

"네에, 고생 많으셨습니다."

다이잔이 MRI 장비에서 내려오자 교대로 쇼가 들어오면서 투덜거렸다.

"으아, 귀찮아 죽겠네. 뭐가 이렇게 복잡해요? 그 치과의사가 한 것처럼 내 치아에서 그 이상한 칩을 빼면 되잖아요. 아야야."

쇼는 검사대에 누우려고 하다가 반원형 아치에 머리를 부딪혔다.

"내 몸을 함부로 다루지 마."

다이잔이 불평을 하자 쇼도 독설로 되받아쳤다.

"네네, 알아 모시겠습니다. 나도 빨리 이렇게 쭈글쭈글한 몸에서 벗어나고 싶다고요!"

"앞으로 40년만 있으면 너도 그렇게 쭈글쭈글해져. 넌 평생 안 늙을 줄 알아?"

그때 조금 전의 연구원이 다이잔에게 다가왔다.

"총리님, 이쪽으로 오십시오."

연구원은 다이잔을 별실로 데려가서 머리의 여기저기에 코드를 접속했다.

"뇌파를 조사하겠습니다."

"음."

다이잔은 눈앞의 모니터에 나타난 파형을 바라보았다.

"어? 다이 씨, 파형이 묘하게 일그러지고 있는데요?"

옆에서 보고 있던 가리야가 걱정스러운 목소리로 말했다.

"지금 막 우리 마누라에게 1억 엔을 어떻게 줄까 생각했거든."

"하긴 정책을 세울 때는 돈을 물 쓰듯 펑펑 써도, 기본은 워낙 짠돌이니까요."

다이잔도 빈정거림으로 대꾸했다.

"가리야, 자네 뇌파도 조사해볼까? 나나미를 떠올리게 해주지. 그 여자와 헤어질 때 고생 많이 했잖아? 요전에 만났는데, 자네를 몹시 원망하더군. 주간지에 자네 알몸 사진을 보낼까 하던데?"

그 즉시 가리야의 얼굴에 있던 웃음이 일그러졌다.

"다이 씨, 지금 시시한 농담할 때가 아니잖아요? 더구나 그건 이미 끝난 이야기고요."

"자네는 이미 끝난 이야기라서 참 좋겠어. 내 1억 엔은 지금부터 시작이거든."

그렇게 대답했을 때 "고생 많으셨습니다"라는 한마디로 일련의 검사가 끝났다.

다이잔과 쇼, 가리야, 가이바라 등 네 명이 방위성 지하에 있는 회의실로 들어가자 사나다가 심각한 얼굴로 기다리고 있었다.

"총리님, 이걸 보십시오. MRI로 찍은 영상입니다."

커다란 책상에 있는 컴퓨터의 대형 모니터 앞에 하얀 가운을 입은 남자 연구원이 앉아 있었다. 가슴에는 도지마라는 이름표가 붙어 있었다.

사나다의 재촉을 받고 도지마가 입을 열었다.

"여기가 문제의 장소입니다."

모니터 앞에 앉은 도지마는 매우 예민해 보이는 남자였다. 은테 안경의 다리를 왼손의 가운데 손가락으로 받친 채, 오른손으로 마우스를 조작해 화면을 2분할해서 두 개의 영상을 나란히 띄웠다.

"이것은 무토 총리님과 쇼 씨의 머리를 가로로 자른 단면도입니다. 문제가 되는 부분은 바로 여기입니다."

도지마가 볼펜으로 가리킨 오른쪽 영상에 다이잔은 시선을 고정했다.

"여기에 직경 3밀리미터쯤 되는 칩이 박혀 있습니다. 좌상악의 세 번째 큰 어금니, 즉 사랑니를 발치한 후의 잇몸입니다. 사랑니를 뽑은 구멍에 이 칩을 심고, 완전히 봉합해서 정착했습니다."

"제기랄, 역시 그랬군."

"그리고 이쪽은 쇼 씨의 영상인데, 쇼 씨의 경우에는 우하악의 사랑니를 뽑고 거기에······."

다이잔이 물었다.

"쇼, 너도 사랑니를 뽑은 거냐?"

"난 괜찮다고 했는데, 그 치과의사가 사랑니는 빨리 뽑는 게 좋다고 해서······. 젠장!"

쇼는 분노를 터트리며 혀를 찼다.

사나다가 말했다.

"총리님, 예상했던 대로 최악의 사태입니다. 속히 타개책을 검토함과 동시에 테러 조직을 적발하기 위해 저희 방위성에서는⋯⋯."

다이잔이 재빨리 사나다의 말을 가로막았다.

"사나다, 연설은 됐네. 어쨌든 이유는 알았으니까 빨리 칩을 제거해주게. 그러면 뇌파를 원래대로 되돌릴 수 있지? 대책은 그런 다음에 세워도 늦지 않아."

"알겠습니다. 하지만 그건 불가능합니다."

사나다가 당연하다는 듯이 말했다.

"그래? 불가능하단 말이지. ⋯⋯뭣이라?!"

고개를 끄덕이던 다이잔은 자기도 모르게 사나다의 멱살을 잡았다.

"왜 불가능하단 거지? 내가 이해할 수 있도록 확실하게 설명해주게!"

사나다를 대신해 대답한 사람은 미간에 깊은 주름을 잡은 도지마였다.

"제가 말씀드리겠습니다. 유감스럽게도 이 칩을 제거하는 건 쉬운 일이 아닙니다. 구조적 특징으로 볼 때, 어떠한 압력이나 신호에 의해 자폭할 가능성이 있기 때문이지요."

쇼의 입에서 기이한 비명이 튀어나왔다.

"자폭한다고요? 그렇게 되면 우리는 어떻게 되죠?"

"유감스럽게도……."

"아, 아버지, 어떡해요! 다 아버지 때문이에요! 난 죽고 싶지 않아요! 아버지는 어떻게 침착하게 있을 수 있죠? 아버지, 뭐라고 말 좀 해보세요!"

쇼가 다이잔의 어깨를 격렬하게 흔들어도 대답은 돌아오지 않았다. 다이잔이라고 딱히 침착하게 있는 건 아니었다. 너무도 엄청난 충격을 받고 망연자실해서 말을 할 수 없었을 따름이다.

가리야가 마구 날뛰는 쇼를 달랬다.

"쇼, 쇼짱, 좀 진정해."

"이런 상황에서 어떻게 진정해요! 내 치아 안쪽에 폭탄이 들어 있다고요! 이럴 바에는 충치가 백배는 나아요!"

가이바라가 멍한 표정으로 말했다.

"폭발물 처리반을 오라고 할까요?"

"그런 문제가 아니잖아!"

가리야는 가이바라를 노려본 뒤, 지금까지 한 번도 본 적이 없는 진지한 얼굴로 물었다.

"일단 기본적인 사실을 알고 싶네. 만약 이게 폭발물이라면, 폭발했을 때의 위력은 얼마나 되나?"

"폭발물의 종류에 따라서 다르지만, 사람의 머리쯤은 가뿐하게 날아가겠지요."

다이잔이 눈을 크게 뜨고 힘없이 반응했다.

"머리가 날아간다고……? 이 무토 다이잔의 목숨을 원한다면 정정당당히 도전하면 되잖아!"

"정정당당히 도전하는 테러리스트란 건 들어본 적이 없습니다, 총리님."

가이바라의 대답은 지극히 당연했다.

"애초에 쇼는 관계가 없잖아."

"그래요. 왜 나까지 끌어들인 거예요? 난 죽기 싫다고요!"

그러자 사나다가 재빨리 끼어들었다.

"총리님, 바로 그겁니다. 이 사건에는 도저히 이해되지 않는 점이 있습니다. 만약 총리님의 목숨을 노린다면 일부러 치과의사까지 끌어들여서 입안에 칩을 심을 필요가 있을까요? 그냥 없애고 싶었다면 진찰대에서 죽일 수도 있었을 겁니다. 그런데 그러지 않았습니다. 이유가 뭘까요?"

질문을 받은 다이잔은 멍한 표정을 지었다. 생각하려고 해도 너무나 충격이 큰 탓에 뇌가 작동하지 않았다.

"이유가 뭐지?"

"모르겠습니다."

다이잔은 실망감으로 고개를 푹 떨구었다가 "다만 생각할 수 있는 게 몇 가지 있습니다"라는 말에 다시 고개를 들었다.

"어쩌면 총리님의 뇌파를 해독해 국가 기밀을 훔쳐내려고 했을지도 모릅니다."

다이잔이 고개를 끄덕였다.

"그렇군. 그런데 무슨 방법으로?"

"조금 전의 검사를 통해 이 칩에서 미세한 전파가 송수신되고 있다는 걸 확인했습니다."

"전파?"

"하나는 총리님의 뇌파에서 발생하는 전파입니다. 총리님께서 뭔가를 생각하셨을 때 발생하는 미세한 전기반응이라고 할 수 있겠지요. 그리고 칩의 본체에서도 미세한 전파가 나온다는 걸 알았습니다. 적은 CIA에서 훔쳐낸 기술을 이용해 만든 특수한 수신기로, 그 전파를 받으려고 했음이 틀림없습니다."

가리야가 물었다.

"송신되고 있는 전파의 내용은 모르나?"

"군사적인 최첨단 기술이라서 탐지는 불가능합니다."

다이잔의 얼굴이 새파랗게 변했다.

"마, 말도 안 돼! 그렇다면 뭔가? 지금 이렇게 하는 말도 전부 범인 놈들에게 그대로 들어가고 있다는 건가!"

쇼가 열 받은 얼굴로 주위가 떠나가라 소리를 질렀다.

"이런, 젠장! 범인 녀석들, 내 말 들려? 이렇게 엄청난 짓을 하고도 너희가 무사할 것 같아? 너희를 모두 붙잡아서 사형대에 올릴 거야! 각오하라고!"

어깨로 거칠게 숨을 몰아쉬는 쇼를 향해 도지마가 차갑게 말했다.

"너무 자극하지 않는 편이 좋습니다. 미처 말을 못 했습니다만, 원격조작으로 칩 안의 폭탄을 폭파시킬 수 있을지도 모르니까요."

"이, 이거 실화예요? 그, 그렇게 중요한 건 미리 말해줬어야죠."

쇼는 당황하면서 재빨리 목소리를 바꾸었다.

"저기, 제 말 들리세요? 전 국가 기밀 같은 거 몰라요. 정말이에요. 제발 저 좀 봐주세요. 저랑 아버지 뇌파를 바꾸어서 무슨 이득이 있지요? 이런 일은 아무런 의미도 없어요. 애당초 당신들은……."

"저기……."

사나다가 헛기침을 한 번 하고 시선을 내리깔았다.

"여기는 모든 전파를 차단하는 특수한 구조로 되어 있어서, 그렇게 말해 봐야 상대에게는 들리지 않습니다."

"네? 그걸 왜 이제 말하는 거예요? 나 혼자 바보처럼 생쇼한 거잖아요!"

"'바보처럼'이 아니라 원래 바보인데 뭘."

가이바라가 나지막하게 중얼거렸다. 자신의 원고를 비난한 것에 대해 아직도 화가 안 풀린 것이다.

"뭐예요?"

"아, 들었어?"

고개를 옆으로 돌린 가이바라를 향해 쇼가 다시 무슨 말인가

하려고 했을 때, 다이잔에게서 날벼락이 떨어졌다.

"둘 다 그만하지 못해? 지금 어린애처럼 말싸움을 할 때야? 좀 조용히 해! ……가리야, 자네 의견을 들려주게."

"테러리스트의 목적이 뭔지는 아직 모르겠습니다. 어쩌면 돈을 요구할지도 모르지요."

가리야는 잠시 말을 끊었다가 덧붙였다.

"뇌파를 인질 삼아서……."

다이잔이 혼잣말처럼 중얼거렸다.

"뇌파의 몸값이라……."

"테러리스트와는 거래 안 합니다!"

사나다가 단호하게 외친 순간, 다이잔이 조심스럽게 물었다.

"얼마나 달라고 할까?"

사나다가 입을 벌린 채 믿을 수 없다는 표정을 지었다.

"총리님! 그러고도 한 나라의 총리입니까? '무토는 죽어도 자유는 죽지 않는다'든지, 그렇게 단호하게 말씀하셔야지요!"

"다이 씨가 그런 캐릭터가 아니란 건 자네도 잘 알고 있잖아?"

가리야는 태연하게 말하고 나서 재빨리 다이잔을 향했다.

"물론 저도 얼마인지는 모릅니다. 하지만 10만 엔이나 20만 엔을 요구하진 않겠지요. 100억, 어쩌면 천억 단위일 수도 있습니다."

"그렇다면 추가경정예산을 편성해야 하나?"

다이잔이 팔짱을 끼며 생각에 잠겼을 때, 쇼가 토해내듯 말했다.

"아버지의 뇌파에 그만한 가치가 있을 리 없잖아요! 100엔이나 200엔을 잘못 아신 거 아닌가요?"

"이 녀석이 정말! 네 뇌파라면 10엔이나 20엔이겠지!"

"두 분 다 그만하십시오!"

사나다가 조바심 나는 목소리로 두 사람을 제지하고, 재빨리 다이잔을 향했다.

"총리님, 한 나라의 방위장관으로서 말씀드리겠습니다. 상대가 돈을 요구하면 단호하게 거절하십시오!"

쇼가 사나다를 향해 따지듯이 말했다.

"지금 농담해요? 거절하면 죽잖아요? 죽지 않더라도, 이런 몸으로 어떻게 살아가란 거예요? 남의 일이라고 함부로 말하지 마시라고요!"

"쇼짱, 진정해. 아직 범인이 돈을 요구한 건 아니니까."

가리야가 그렇게 타일렀을 때, 책상 위의 전화가 울렸다.

도지마가 전화기의 송화구를 막고 사나다에게 보고했다.

"방위장관님, 형사가 왔다고 합니다."

"여기로 들여보내라고 해."

안으로 들어온 사람은 검은색 양복에 오픈칼라 셔츠를 입은 남자였다. 마른 체구에 불을 붙이지 않은 담배를 물고, 발에는 검은색 에나멜 구두를 신었다.

가리야는 상대를 평가하듯 무례하게 쳐다보았다.

"헉! 이 사람인가? 이건 완전히 생양아치잖나?"

뒷말은 사나다에게 한 말이었다.

사나다도 상대를 보고 곤란하다고 생각했는지, 책상 위의 수화기를 들었다. 상대는 보좌관이리라.

"경시총감을 연결해줘."

그렇게 말하고 잠시 기다리고 있을 때, "여보세요? 요짱?" 하고 사나다의 말투가 완전히 바뀌어서 일동을 놀라게 했다.

"내가 아까 부탁한 형사 말인데……. 그래, 왔어. 지금 내 눈앞에 있어. 그런데 뭔가 착각한 거 아니야? 내 예상과는 완전히 다른 사람이 왔는데……. 음, 음……. 뭐? 정말이야? 그렇다면 괜찮아. 고마워. 그래, 조만간 놀러 갈게."

"요짱이 누군데요?"

쇼의 질문에 가리야가 대답했다.

"경시총감인 고미네 요시로야. 사나다 장관과 고미네 총감은 친척에다, 나이 차이가 많은 사촌지간이거든."

사나다는 완전히 받아들인 얼굴로 수화기를 내려놓았다.

"저자는 공안에서 가장 우수한 형사라고 합니다."

전원이 아연해서 보자 남자는 걸걸한 목소리로 이름을 말했다.

"닛타입니다."

사나다가 위엄 있는 목소리로 명령했다.

"소속을 말하게."

"경시청 공안 제1과 경시입니다."

나이는 서른 안팎일까?

가이바라가 물었다.

"자네 커리어* 출신인가?"

쇼가 옆에 있는 가리야에게 물었다.

"척 보고 그걸 어떻게 알아요?"

가리야가 쇼의 귓가에 대고 작은 목소리로 설명해주었다.

"경찰관이 순조롭게 출세해도, 경시까지 올라가는 건 45세 전후거든. 반면에 커리어 공무원의 경시 승격은 채용되고 7년째이니까, 이렇게 젊은 나이에 경시가 된 건 논커리어로서는 있을 수 없는 일이지."

"와아! 경찰이라는 건 굉장한 세계군요."

"사람을 직책으로 판단하는 사람과는 일하지 않는 게 제 신념입니다."

닛타는 약간 반항적으로 말한 뒤, 가이바라를 노려보며 질문을 묵살했다.

사나다가 말했다.

"자네가 상대를 무엇으로 판단하든 상관없다. 하지만 지금부

---

* 국가시험 1종에 합격해 간부 후보생으로 중앙 정부 기관에 채용된 국가 공무원.

터 내가 할 이야기는 자네의 판단 기준에 맞지 않을지도 몰라. 빙빙 돌려서 설명하지 않겠다. 지금 무슨 일이 일어나고 있는지 솔직하게 말하고 싶다. 여기에 있는 두 분은 무토 총리님과 아들인 쇼 군이다. 그런데 누군가에 의해 두 사람의 뇌파가 바뀌었다. 자네가 그 범인을 찾아주기 바란다."

이어서 사나다가 자세히 말하는 동안에도 닛타의 표정은 조금도 바뀌지 않았다. 웬만한 일에는 꿈쩍도 하지 않는 남자인 것이다. 그는 입을 다문 채 끝까지 듣고 나서 잠시 침묵한 뒤, 천천히 휴대전화를 꺼내 부하 같은 사람에게 전화를 걸었다.

"시부야구에 있는 마루야마치과에 대해, 지금 즉시 자세히 보고해주게."

지시는 그것뿐이다. 그는 다이잔으로부터 들은 주소를 말하고 전화를 끊었다. 상대로부터 전화가 걸려올 때까지는 5분도 채 걸리지 않았다. 닛타는 통화를 마치고 자신을 바라보는 면면을 향했다.

"시부야구 마루야마치과의 마루야마 고이치 원장은 올해 51세. 도쿄치과대학을 졸업한 뒤, 아버지가 경영하는 마루야마치과에 들어갔고, 20년 전에 부친 사망 후 원장에 취임. 가족은 두 살 연상인 아내뿐이고 자식은 없음. 취미는 골프와 룸살롱. 골프 최고 스코어는 108. 룸살롱에서는 돈을 바치기만 할 뿐 맨날 차이는 전형적인 아재. 종교 및 사상적인 배경은 없음."

어디에서 조사했는지는 모르겠지만 공안의 정보수집능력은

가공할 정도였다. 더구나 닛타는 이 정보를 메모 하나도 보지 않고 외워서 말했다. 기억력이 보통 사람과 다르다. 이 녀석들은 내 엉덩이 털이 몇 개인지도 알고 있을지 모른다고, 다이잔은 아무도 몰래 몸을 떨었다.

다이잔이 고개를 갸웃거리며 물었다.

"그럼 왜지? 마루야마는 왜 이런 짓을 한 건가?"

좌익이나 우익, 아니면 원리주의 같은 것에 심취한 자들의 범행이라고 예상했기 때문이다.

"빚입니다. 마루야마는 작년에 부동산 투자에 실패하여 거액의 빚이 있습니다. 이자를 내기 위해 사채에도 손을 대는 바람에 궁지에 몰렸다고 합니다."

가이바라가 물었다.

"그럼 그 사채업자 쪽에서 마루야마를 고용한 건가?"

닛타는 날카로운 눈길로 허공을 쏘아보았다.

"그건 아닙니다. 빚은 모두 갚았다고 하니까요."

"그 돈은 어디서 났지?"

그렇게 물은 가리야를 향해 닛타는 가볍게 어깨를 들썩였다.

"문제는 그겁니다. 그걸 알아내면 이 사건의 수수께끼가 투명하게 보일 겁니다. 범행 조직은 마루야마를 돈으로 매수했을 가능성이 높습니다."

그때 다시 전화벨이 울리고 가이바라가 받았다.

"관방장관님, 전화입니다. 시로야마 의원님입니다."

"가리야, 지금 어디 있나? 엄청난 일이 벌어졌네!"

가리야가 전화를 받자마자 수화기 너머에서 시로야마가 고래고래 소리를 질렀다.

"지금 거기에 TV 있나? NHK 뉴스를 보게. 관방장관으로서 자네 실력을 보여줄 때일세."

무슨 말인지 이해할 수 없었다.

"의, 의원님. 잠깐만 기다리십시오."

당황한 가리야가 잠시만 기다리라고 했지만, 성질이 급한 시로야마는 냉큼 전화를 끊었다.

"가이바라, TV를 켜보게. NHK야."

TV 화면에 눈에 익은 뉴스 캐스터의 얼굴이 등장했다.

옆에서 화면을 들여다본 다이잔이 얼굴을 찡그린 것은 뉴스 캐스터 옆에서 아는 사람을 발견했기 때문이다. 정치평론가인 고나카 주타로였다.

"그러면 조금 전에 있었던 쓰루타 경제산업장관의 기자 회견을 다시 한번 보겠습니다."

화면이 어느 호텔의 기자 회견장으로 바뀌었다.

"가드너와 경제장관회의를 마치고 한 기자 회견이군."

가리야가 말했다. 가드너는 미국의 재무장관이다.

"어? 쓰루타 장관님의 모습이 좀 이상한 것 같은데요?"

맨 먼저 알아차린 사람은 가이바라였다. 쓰루타 요스케는 다이잔의 맹우였다. 무토 내각에서 경제산업장관 자리를 맡긴 것은 오랜 세월에 걸쳐 신뢰 관계를 쌓아왔다는 증거였다.

"설마……."

다이잔이 말하려고 한 순간, 쓰루타가 입을 열었다.

"저기…… 오늘…… 가~디너 씨와, 조금 전에, 회견을 하고……."

쓰루타의 몽롱한 눈에는 아무것도 보이지 않는 듯했다.

가리야가 두 손으로 머리를 껴안았다.

"가~디너? 지금 어디로 저녁 먹으러 가?"

쓰루타가 말을 이었다.

"일본과 미국이 말이죠, 뭐랄까, 앞으로도 계속…… 협조하는 느낌으로……."

"느, 느낌이라고? 그게 무슨 말이야? 쓰루 씨, 정신 차려!"

가리야가 다시 소리쳤을 때, 다이잔의 입에서 불벼락이 떨어졌다.

"술이야!"

사나다와 가이바라, 그리고 가리야가 화들짝 놀란 얼굴로 다이잔을 보았다.

"쓰루 씨, 분명히 술을 마신 거야."

가이바라가 안타까운 목소리로 지금의 상황을 설명했다.

"완전히 흥청망청 취했군요. 술을 마시지 않을 때는 좋은 사람이지만요."

다이잔은 두 손으로 얼굴을 덮었다.

"어떻게 이런 일이⋯⋯. 쓰루 씨, 부탁해. 제발 이 사태를 넘겨줘."

"그러니까 그게⋯⋯. 미국과 일본의 새로운 경제협력 시스템, 같은 것이⋯⋯."

"같은 것은 또 뭐야! 아아, 모든 게 끝이야!"

사나다가 천장을 올려다보았다. 그 옆에서는 도저히 견딜 수 없는지, 가이바라가 두 손으로 귀를 막았다.

화면이 바뀌고 다시 뉴스 캐스터의 진지한 얼굴이 나타났다.

"조금 전에 있었던 기자 회견 상황을 녹화로 보셨습니다. 아! 지금 기자 회견장인 호텔과 연결된 모양입니다."

다시 화면이 바뀌었다. 수많은 기자들과 함께 열 개가 넘는 마이크와 녹음기에 둘러싸인 쓰루타의 모습이 클로즈업되었다.

다이잔은 불길한 예감에 휩싸여 무의식중에 중얼거렸다.

"이거 또 끔찍한 일이 벌어지겠군."

이중, 삼중으로 에워싼 기자들의 입에서 성난 고함과도 같은 질문이 쏟아졌다. 이리저리 떠밀리면서 SP* 사복 경찰관의 도움으로 간신히 걷고 있는 쓰루타의 얼굴은 새빨갛다 못해 새파랗게 질려 있었다.

"기자 회견 전에 술을 많이 마셨다는 이야기가 있는데, 어떻

---

* Security Police. 일본 경찰에서 요인 경호를 담당하는 경찰.

습니까?"

어느 기자의 질문에 쓰루타가 신음하듯 대답했다.

"그건 그러니까…… 가, 감기 기미가 있어서 아, 안 마셨습니다."

화면에 시선을 고정한 채 다이잔이 물었다.

"이봐, 기자 회견장에는 누가 갔지?"

"다베이가 따라갔을 겁니다."

다이잔의 입에서 혀 차는 소리가 흘러나왔다. 관방부장관인 다베이 미치타카는 아직 젊고 경험이 많지 않은 데다가 순간적인 기지를 발휘할 수 없는 남자였다. 파벌의 역학관계로 하도 써달라고 해서 직책을 주었을 뿐이다.

"가리양, 즉시 다베이에게 전화해서 쓰루 씨 입을 막으라고 전해! 지금 당장! 서둘러! 그리고 기자들을 다 내쫓아!"

하지만 그런 다이잔의 생각에 상관없이 기자들의 질문이 이어졌다.

"조금 전에 와인을 마셨지요? 제 눈으로 똑똑히 봤습니다."

기자의 예리한 추궁을 받고 쓰루타는 난감한 표정을 지었다.

"와인을 입에 대긴 했지만…… 마, 마시지는 않았어요. 가글을 했을 뿐입니다."

다이잔이 몸을 젖히며 탄식했다.

"지금 그걸 말이라고 해! 와인으로 가글하는 사람이 어딨어!"

가리야는 두 눈을 부릅뜬 채 깜빡임조차 잊어버렸다. 가이바라는 입을 벌린 채 지금이라도 눈물을 흘릴 것 같았다. 사나다는 사지로 가는 군인처럼 굳은 표정이고, 쇼 혼자 킥킥대며 웃고 있었다.

"이 아저씨, 사람 웃기는 재주가 있네."

그때…….

"잠깐만……."

다이잔이 일어나서 파고들어갈 듯이 TV 화면을 노려보았다.

"다이 씨, 이미 늦었어요. 이제 도저히 수습할 수 없습니다."

가리야가 온몸의 기력이 모두 빠져나간 목소리로 말하자 다이잔이 갈라진 목소리로 대꾸했다.

"가리양, 그게 아니야. 뭔가 알아차리지 못했나?"

"뭐를요?"

가리야뿐만 아니라 그곳에 있는 모든 사람이 TV 화면을 응시했다.

"가리양, 쓰루 씨 가족이 지금 어디서 뭘 하고 있는지 알아봐. 지금 당장!"

가리야가 멍한 표정을 지었다. 가리야만이 아니라 쇼도, 가이바라도, 사나다도…… 영문을 모르겠다는 얼굴로 다이잔을 쳐다보았다.

"아버지, 왜 그래요?"

"아직도 모르겠어?"

다이잔이 TV화면을 가리키며 덧붙였다.

"이 남자는 쓰루 씨가 아니야!"

"네?"

쇼가 멍하니 입을 벌린 채 한동안 다물지 못했다.

다이잔이 말을 이었다.

"우리와 똑같아. 의식이 바뀐 거야. 쓰루 씨가 아무리 술이 취했어도 이렇게 황당한 말을 할 리 없어. 쓰루 씨도 역시 누군가와 바뀐 거야. 가리양, 서둘러! 지금은 국가가 생존하느냐 멸망하느냐의 위기야!"

제3장

극비수사

1

　어두컴컴한 클럽 안에는 담배 연기와 소란스러움이 소용돌이치고 있었다.

　시부야의 도겐자카에서 가까운 건물의 지하다. 카운터 하나에 테이블자리가 다섯 개쯤 되는 클럽 안에 백 명 넘는 손님이 북적대고 있었다. 손님의 대부분은 학생이고, 중2층에 설치된 부스에서는 DJ가 긴 머리칼을 휘날리며 목이 터져라 소리치고 있었다.

　"이 녀석, 뭐야? 눈깔 똑바로 뜨지 못해!"

　입구에서 안으로 들어가려고 한 다이잔의 팔꿈치가 남자에게 닿았다. 얼굴에 '양아치 학생'이라고 쓰여 있는 듯한 경박한 남자로, 오른손은 몸에 딱 붙는 원피스를 입은 여자의 허리에 두르고 있었다.

"이 자식, 사람을 쳤으면 사과를 해야지!"

남자의 말을 무시하고, 다이잔은 등 뒤에 있는 닛타를 돌아보았다.

"정말로 여기에 있는 거 맞나?"

닛타는 말없이 클럽 안을 둘러보았다.

"이 자식, 감히 나를 무시해?"

남자가 팔을 내밀어 다이잔의 팔을 잡으려고 한 순간.

"아야야야!"

눈 깜짝할 새에 그 팔이 비틀리나 싶더니, 남자의 몸이 바닥으로 털썩 쓰러졌다. 근처에 있던 술잔이 깨지고, 일어나려고 한 남자의 얼굴에 닛타의 에나멜 구두가 작렬했다.

바닥에 납작 엎드린 남자의 입에서 신음 소리가 흘러나왔다.

겁을 잔뜩 집어먹은 여학생을 향해 다이잔이 물었다.

"너희들, 게이세이대학 학생이지? 쓰루타 와타루, 혹시 여기 있어?"

여학생이 고개를 끄덕였다.

"어디에 있지?"

여학생의 시선이 클럽 안쪽으로 향했다.

게이세이대학의 포시즌스는 유명한 놀이 동아리다. 쓰루타 요스케 경제산업장관의 외아들인 쓰루타 와타루는 이 동아리의 중심 멤버 중 한 사람으로, 봄과 가을에는 테니스와 골프,

여름에는 스킨스쿠버, 겨울에는 스키 등 지조도 없이 이것저것 닥치는 대로 즐기는 멍청한 학생이었다.

이치가야에서 시부야에 있는 클럽에 올 때까지, 닛타는 공안의 정보망을 활용해 쓰루타의 아들과 그의 교우관계를 자세히 조사했다.

"학생, 지금 와타루를 찾고 있어. 데려와줘."

닛타가 위협적인 목소리로 말하자 여학생은 뷔페식 음식이 차려져 있는 클럽의 안쪽으로 도망치듯 사라졌다. 곧바로 안쪽에서 사내 대여섯 명이 나타났다.

"이무라, 무슨 일이야?"

리더처럼 보이는 사내가 바닥에서 일어나면서 코를 누르고 있는 남자에게 물었다. 남자가 말이 되지 않는 신음 소리를 내면서 닛타를 가리켰다.

리더처럼 보이는 사내는 당당한 체격을 자랑했다. 갈색으로 염색한 머리칼을 어깨까지 늘어뜨리고, 클럽의 주인으로 오해할 만큼 멋진 턱시도를 입고 있었다. 통이 좁은 고급 바지에 명품인 조드퍼 부츠를 신는 등 나름대로 패션에 공을 들였지만, 다이잔의 눈에는 부모의 돈으로 치장한 얼간이로밖에 보이지 않았다.

그 사내의 뒤에는 비슷한 키와 덩치의 남자들 몇 명이, 이미 싸울 태세로 다이잔과 닛타를 노려보았다.

조금 전의 여학생이 등 뒤에서 소리쳤다.

"가쓰라가와 씨, 이 녀석들이 와타루를 내놓으라고 시비를 걸지 뭐예요?"

가쓰라가와라고 불린 사내는 상대를 평가하듯 다이잔과 닛타를 번갈아 바라보았다. 면접용 정장 차림의 대학생과 야쿠자 같은 차림의 기묘한 이인조다. 소동을 알아차린 학생들이 이야기를 멈추고 숨을 죽인 채 그들을 주목하고 있었다. 클럽 안을 흐르고 있던 음악이 멈추었다.

"와타루는 왜 찾지?"

가쓰라가와가 물었다. 거만한 여성 말투였다.

다이잔이 말했다.

"너하곤 상관없어. 쓰루타 와타루와 얘기하게 해줘."

"그럴 수는 없어. 우린 지금 정식으로 동아리 활동을 하고 있으니까. ……이봐, 내 말 못 들었어? 거기 서!"

가쓰라가와가 자신의 말을 무시하고 성큼성큼 안으로 들어간 닛타의 어깨를 잡았다. 움직임이 멈춘 학생들을 대강 둘러본 닛타는 순간적으로 쓰루타의 아들이 없음을 간파하고, 다이잔을 향해 고개를 가로저었다.

"이게 어디서 까불고 난리야!"

가쓰라가와의 공격은 재빨랐다. 상대의 의표를 찌르기 위해 재빨리 주먹을 내밀어 닛타의 얼굴을 강타-한 것처럼 보였다.

"닛타……!"

다이잔이 무의식중에 소리친 순간, 가쓰라가와의 몸이 흔들리면서 주먹이 허공을 가르는가 싶더니 닛타의 다리후리기가 작렬했다.

　바닥으로 떨어진 가쓰라가와를 구두 뒤축으로 찍은 닛타는 덤벼드는 남자 두 명도 잇달아 바닥을 기게 만들었다. 그야말로 눈 깜짝할 사이에 벌어진 일이었다.

　가세할지 말지 망설이는 남학생들을 닛타는 송곳처럼 날카로운 눈길로 노려보았다.

　"쓰루타 와타루를 찾고 있다. 어디 있지?"

　대답은 돌아오지 않았다. 그때 한 남학생이 덤벼들고, 닛타는 잠시도 망설이지 않고 그의 배에 주먹을 날렸다. 그러곤 앞으로 고꾸라진 남학생을 걷어차고, 그 옆에 있는 남학생에게 말을 걸었다.

　"쓰루타 와타루는 어디 있나? 어서 대답해!"

　겁을 잔뜩 집어먹은 남학생이 가까스로 대답했다.

　"저기…… 아까 밖으로……."

　"휴대폰 꺼내."

　"네?"

　"휴대폰을 꺼내라고 했잖아!"

　닛타의 위협적인 말을 듣고 남학생은 떨리는 손으로 뒷주머니에서 휴대폰을 꺼냈다.

　"쓰루타 와타루에게 전화해. 지금 이 자리에서."

　떨리는 손끝이 버튼을 누르자 고요한 침묵에 감싸여 있던 클럽 안에 호출음이 울리기 시작했다. 몸을 움직이는 사람은 아무도 없었다.

"여보세요?"

남학생이 묻는 듯한 눈길로 닛타를 바라보았다.

"어디에 있냐고 물어봐. 지금 데리러 간다고."

"있잖아, 지금 어디에 있어?"

남학생이 닛타를 보면서 대답했다.

"세, 센터 거리……?"

"센터 거리의 어디?"

"센터 거리의 어디에 있는데? ……스타벅스 앞?"

닛타는 이미 발길을 돌리면서 명령했다.

"거기서 꼼짝도 하지 말라고 해. 만약에 가서 아무도 없으면 그때는 각오해. 다케모토 사부로."

상상도 못 한 말을 듣고 남학생의 눈에서 표정이 사라졌다. 놀랍게도 닛타의 머릿속에는 이미 이 동아리 멤버 전원의 얼굴과 이름이 입력되어 있었다. 소름 끼칠 만큼 무서운 기억력이다.

"총리님, 어서 갑시다."

닛타는 퉁명스럽게 말하고 재빨리 클럽을 나섰다.

2

다이잔과 닛타는 도겐자카를 뛰어내려가 젊은이들로 발 디

162

딜 틈이 없는 109스퀘어 앞의 교차로에서 센터 거리 쪽으로 길을 건넜다.

"무슨 사람이 이렇게 많아?"

다이잔의 질문에 닛타는 성큼성큼 걸어가면서 대답했다.

"매일 이 정도입니다. 하긴 정치가들은 이런 곳을 돌아다닐 수도 없겠군요. 가엾게도."

다이잔은 오기를 부렸다.

"가여운 거 좋아하시네. 정치가에게는 정치가의 즐거움이 있거든!"

"그거 다행이군요. 즐거움이 없어지면 인간은 끝이니까요."

"닛타, 자네의 즐거움은 뭐지?"

문득 관심이 솟구쳐서 다이잔은 물었다. 닛타는 여전히 에나멜 구두 소리를 시끄럽게 울리면서 걸어갔다.

"첼로를 약간 켭니다."

자기도 모르게 웃음을 터트렸던 다이잔은 닛타의 날카로운 눈길을 받고 황급히 웃음을 집어삼켰다.

"그렇다면 총리님의 즐거움은 뭡니까?"

"그야 한 나라를 다스리는 재상에 걸맞게……."

"긴자 브론즈 클럽의 아유미가 아니신가요? 아주 좋은 취미를 가지셨더군요."

다이잔은 한순간 숨을 들이마신 뒤, 닛타를 보면서 빈정거림으로 대꾸했다.

"공안은 그렇게 시시한 것까지 조사하나? 시간이 남아도나 보군 그래."

"그렇게 시시한 짓을 하고 있는 사람은 당신이잖습니까, 총리님. 아유미가 어느 나라의 스파이라면 어떻게 하실 겁니까?"

닛타는 웃지도 않고 말하면서 걸음을 늦추었다. 지하철 출입구의 맞은편에 스타벅스의 간판이 보였다.

스크램블 교차로*의 신호가 파란색으로 바뀌고 사람들의 물결이 움직였다. 지금부터 밤거리를 즐기려는 젊은이들 사이를 두 사람은 헤치듯 나아갔다.

그때 닛타가 짧게 말했다.

"저기 있습니다. 'B'의 밑입니다."

스타벅스 로고의 'B'의 밑이다. 그곳에 젊은 남자가 영혼이 빠져나간 모습으로 혼자 서 있었다. 쓰루타 요스케 경제산업장관의 아들인 쓰루타 와타루였다.

닛타가 걸음을 멈추었다.

"지금부터는 총리님께 맡기겠습니다. 맹우시죠? 진정한 친구는 곤경에 처했을 때 서로 돕는 법이지요."

"그래, 알고 있네."

다이잔이 천천히 다가가자 불안하게 흔들리는 와타루의 눈

---

* 교통량이 많은 교차로에서, 모든 방향의 차량을 정지시킨 뒤에 보행자가 어느 방향으로나 자유롭게 갈 수 있도록 한 교차로.

164

길이 다이잔을 향했다.

어떻게 말해야 할까?

다이잔은 잠시 생각했지만, 그곳에 있는 사람이 난생처음 보는 젊은이가 아니라 맹우인 쓰루타라는 사실을 깨달은 순간, 자연스럽게 말이 튀어나왔다.

"쓰루 씨."

와타루의 눈이 크게 벌어졌다.

"역시 쓰루 씨구나. 나야, 다이잔. 무토 다이잔이야."

"다, 다, 다이 씨……? 정말 다이 씨야?"

쉽게 믿지 못하는 것도 무리는 아니다.

"그래, 나야. 나도 우리 아들과 바뀌었어. 쓰루 씨, 당신도 그렇지?"

입술을 덜덜 떠는가 싶더니, 쓰루타는 이내 "다이 씨!"라고 소리치며 다이잔에게 매달렸다.

원래 정치가치고는 소심하다고 할까, 진지함으로 똘똘 뭉친 사람이다. 다이잔의 어깨에서 큰 소리로 목 놓아 우는 쓰루타를, 길 가는 사람들이 의아한 눈길로 바라보았다.

사람들의 시선을 아랑곳하지 않고 맹우들은 서로를 껴안았다.

"이봐, 빨리 데리러 와줘. 사람들이 게이로 착각할 것 같아."

닛타가 휴대폰에 대고 독설을 날렸을 때, 검은색 차가 조용히 다가와 교차로 끝에서 비상용 깜빡이를 켰다.

다이잔은 다정한 목소리로 쓰루타에게 말했다.

"쓰루 씨, 가자. 자세한 얘기는 나중에 들을게. ……왜 그러나?"

마지막 말은 닛타에게 한 말이었다. 닛타가 예리한 눈길로 복잡한 거리를 노려본 것이다. 닛타의 시선을 따라갔더니 30미터쯤 떨어진 곳에 한 남자가 서 있었다.

단정하게 양복을 차려입은, 그 자리와 어울리지 않는 남자였다. 닛타와 다이잔이 쳐다보자 남자는 압도당한 것처럼 고개를 돌리고 재빨리 빌딩 사이로 사라졌다.

닛타가 중얼거렸다.

"저 남자…… 아까 클럽에서 나왔을 때 밖에 있었습니다."

다이잔은 닛타의 관찰력과 기억력에 혀를 내둘렀다.

"정말인가? 누구지?"

"모르겠습니다. 다만 조직폭력배의 냄새는 나지 않았습니다."

"그래?"

"정계를 얼쩡거리는 사람 같은 냄새가 나더군요. 단지 형사의 직감일 뿐 근거는 없지만요."

듣고 보니 어디선가 본 적이 있는 것 같았다.

"어디서 봤더라……?"

잠시 생각했지만 기억이 나지 않았다.

"총리님, 일단 가시죠. 그 얘기는 나중에 하고요."

세 사람을 태운 차는 시부야의 복잡한 거리를 떠나 이치가야를 향해 달리기 시작했다.

3

"와타루냐?"

"아빠……?"

쓰루타와 그의 아들 와타루의 재회를 보고 가리야의 눈에 눈물이 맺혔다. 원래 눈물이 많은 남자다.

다이잔이 눈썹을 찡그렸다.

"가리양, 지금 덩달아 울 때가 아니잖아! 나에 이어서 쓰루 씨까지……. 테러리스트의 목적은 대체 뭐지? 빨리 알아내지 않으면 악당들에게 국정을 빼앗길지도 몰라!"

방위성의 회의실이다.

"쓰루타 장관님, 최근 치과에 가신 적이 있습니까?"

그렇게 물은 사나다를 보며 쓰루타가 놀란 표정을 지었다.

"그걸 어떻게……."

다이잔이 말했다.

"역시 자네도 그랬나?"

"실은 얼마 전부터 어금니가 아파서……. 그런데 그게 무슨 문제라도……."

"와타루, 너도 그랬나?"

쓰루타와 몸이 바뀐 와타루가 고개를 끄덕였다.

"언제였지?"

그렇게 물은 사람은 닛타였다.

"제가 간 건 지난주 수요일이었어요."

와타루의 대답에 이어서 쓰루타도 대답했다.

"나도 그날이었어."

"그래서 어금니를 치료하셨나요?"

닛타의 질문에 대답하기 전에 쓰루타가 다이잔에게 물었다.

"다이 씨, 어떻게 된 건가?"

"그때 공작을 한 거야. 자네 치아에 특수한 칩을 심은 거지. 그런데 일주일간 아무 일도 없었다는 건……. 사나다, 왜 이런 시간적 차이가 생긴 거지?"

"미국 정부의 정보에 따르면 도난당한 기술은 아직 개발 단계라서, 칩이 몸속에서 안정될 때까지 다소 시간이 걸린다고 합니다. 아마 그것 때문이겠지요."

"그런데 어느 치과에 가셨지요?"

사냥개 같은 눈길로 닛타가 메모할 준비를 했다.

"아오야마에 있는 곤도치과라는 곳이네. 좀 까다로운 치료라고 하면서 거기로 가라고 했거든."

"누가 그렇게 말했죠?"

"그때까지 다녔던 진보초의 치과의사가……."

닛타는 그 의사의 이름과 주소를 메모한 뒤, 와타루를 향했다.

"자네는?"

"저도 마찬가지예요. 제가 다닌 치과는 에비스에 있는데, 그곳에서도 똑같이 말했어요."

닛타는 두 사람이 다닌 치과의 이름과 곤도치과가 있는 장소, 전화번호를 메모한 뒤, 잰 걸음으로 회의실에서 나갔다.

"일단 두 분 모두 방위성 안에서 검사를 받으셔야 합니다."

사나다는 도지마 연구원을 불러서 쓰루타 장관 부자를 검사실로 안내하라고 지시했다.

두 사람의 뒷모습을 보고 나서 다이잔은 땅이 꺼져라 한숨을 내쉬었다.

"어떻게 이런 일이……. 나에 이어서 쓰루 씨까지 아들과 바뀌다니……. 이제 무토 내각은 어떻게 되는 거지?"

가이바라가 대답했다.

"총리님, 문제는 지지율입니다. 더구나 지금 상태에서는 내각이 제대로 돌아가지 않습니다."

다이잔이 자포자기하듯 말했다.

"하필이면 가장 멍청한 아들 두 명과 총리, 경제산업장관이 바뀌다니! 말세야, 말세."

"일부러 노린 게 아닐까요? 아들의 머리가 좋으면 테러가 안 되니까요."

가이바라는 냉정하게 말하면서, 비아냥거림을 잔뜩 담아 쇼를 바라보았다.

쇼도 가이바라를 노려보면서 되받아쳤다.

"이 말은 도저히 그냥 넘길 수 없군요. 아버지, 이런 보좌관은 당장 목을 자르세요."

"할 수만 있다면 그 전에 네 목을 자르고 싶은데, 유감이다."

다이잔은 쇼의 반론을 막기 위해 재빨리 화제를 돌렸다.

"문제는 지금부터야. 가리양, 앞으로의 일정은 어떻게 되지?"

"정권이 교체된 지 얼마 되지 않아서 중요한 정치 일정이 줄줄이 대기하고 있습니다만, 가장 중요한 건 뭐니 뭐니 해도 주요국 정상회담입니다."

가리야는 조심스럽게 다이잔을 보면서 말을 이었다.

"그래서 말입니다만, 이대론 도저히 지금의 상황을 극복할 수 없을 것 같습니다. 잠시 쉬는 게 어떠십니까?"

다이잔은 딱 잘라 거절했다.

"농담하지 말게. 난 이 나라의 총리야. 주요국 정상회담에 참가하지 않고 어찌 국가의 리더라 할 수 있겠나? 그동안 얼마나 이를 악물고 노력해서 오른 자리인데, 정상회담에 나가지 않는다는 게 말이 돼? 각국 정상과의 기념 촬영은 모든 정치인의 소중한 꿈이 아닌가!"

가리야는 난감한 얼굴에 억지웃음을 담았다.

"그건 충분히 이해가 되지만, 정상회담에 쇼짱이 대신 나간다면 아무런 의미가 없잖습니까? 이번에는 병에 걸렸다고 하면서 대역을 내세우고, 다음 정상회담에서 화려하게 데뷔하시는 게······."

다이잔은 일언지하에 거부했다.

"그건 안 돼. 다음 정상회담까지 내가 총리로 있을 가능성이 얼마나 되지? 안 그래도 '선거관리내각'이라고 뒤에서 손가락질하고 있는데."

쇼가 독설을 내뱉었다.

"참 한심한 얘기군요."

"닥쳐. 정상회담에 나가지 않는 총리는 팥 없는 찐빵, 고무줄 없는 팬티나 마찬가지야."

현실파인 가이바라가 진지한 얼굴로 말했다.

"하긴 지금 상태에서 중의원을 해산하고 총선거를 실시한다면 이길 수 있을지 미묘하니까요."

"미묘한가?"

불안한 얼굴로 물은 다이잔을 향해 대답한 사람은 쇼였다.

"정치인이 그렇게 나약해서 어디다 써요?"

그러자 다이잔이 불같이 달려들었다.

"이게 누구 때문인데 그래? 다 너 때문이잖아! 너 때문에 우리는 완전히 웃음거리가 됐어. 대학생이나 된 놈이 한자도 못 읽다니! 초등학교 과정부터 다시 공부해!"

쇼의 얼굴이 불쾌함으로 일그러졌다.

"아버지, 몇 번을 말해야 알아들으시겠어요? 요즘 세상에 한자를 아는 사람이 어딨어요? 퀴즈 프로그램을 보세요. 한자 문제가 나오면 다 틀린다니까요! 이 사람이 쓴 어려운 한자를 못 읽는다고 해서 비웃을 수 있는 자는 아무도 없다고요! 나를 비웃기 전에, 너는 한자를 읽을 수 있냐고 사람들에게 물어보세요!"

"이제 다 틀렸어……."

가이바라가 그렇게 말하며 천장을 올려다보았다. 그 모습을 보고 발끈하는 쇼를 보는 가리야의 얼굴에도 먹구름이 끼었다.

"그래. 쓰루 씨도 술에 취해 기자 회견을 했고……."

"지지율이 어디까지 추락할지……."

"차라리 테러를 당했다고 솔직히 말하면 되잖아요. 난 이제 못 하겠어요."

쇼의 말이 끝나기도 전에 사나다가 무서운 얼굴로 말했다.

"그건 안 돼! 이건 국가 안전에 관한 중대한 문제야. 한 나라 총리의 뇌파가 새어 나간다는 사실이 알려지면 국정의 혼란만으론 끝나지 않아. 정치적 불안으로 주식시장과 채권시장은 혼란에 빠질 거고, 국채의 신용 등급이 내려가면 기업의 자금 조달이 위험해지면서 일본 경제의 근간이 흔들릴 거야. 그것이 정치 불안에 박차를 가하고, 혼란이 혼란을 부르는 악순환에 빠질 게 눈에 뻔히 보인다고!"

다이잔이 진지한 얼굴로 물었다.

"혹시 그게 테러리스트들의 목적이 아닌가?"

"충분히 그럴 수 있습니다."

쇼가 물었다.

"테러리스트는 어느 나라 사람인데요?"

사나다의 미간에 깊은 주름이 새겨졌다.

"글쎄…… . 알 카에다? 아니면 새로운 집단인가?"

쇼가 머리 뒤쪽에서 두 손을 깍지 끼고 한숨을 쉬었다.

"한마디로 아직 모른다는 건가요? 그런데 왜 하필이면 일본이죠? 미국을 표적으로 삼으면 되잖아요. 이런 거, 내게는 굉장히 민폐거든요!"

가리야가 대꾸했다.

"쇼짱, 예전에 언뜻 들은 적이 있는데, 미국의 커티스 대통령은 치과를 싫어한다고 하더군."

쇼가 과장스럽게 어이없는 표정을 지었다.

"이거 실화예요? 고작 그런 이유란 말이에요? 나도 치과는 싫지만 어쩔 수 없이 갔어요. 그럼 내가 커티스 대통령보다 훌륭하단 거군요."

가이바라가 경멸을 가득 담은 목소리로 투덜거렸다.

"나 참, 어이가 없어서. 그걸로 경쟁해서 어디다 쓰려고?"

"지금 날 무시하는 거예요? 그럼 가이바라 씨는 치과에 자주 가세요?"

쇼가 싸울 듯 달려들 때, 다이잔이 심각한 얼굴로 말했다.

"치아는 자주 관리해주는 게 좋아. 틀니를 하고 여자를 안는 건 괴로우니까."

"아버지는 지금 그걸 말이라고 하세요!"

그때 가리야가 조심스럽게 말했다.

"여러분, 다시 본론으로 돌아가지 않겠습니까? 사나다 방위장관의 말처럼 테러가 발생했다는 건 공표할 수 없습니다. 그렇다고 지금 중의원을 해산하고 선거를 치르면 승산은 크지 않겠지요. 그렇다면 결국 비밀리에 테러의 전모를 수사해서 해결하는 것밖에 방법은 없지 않을까요?"

"가리양, 그러기 위해서는 어떻게 하면 되겠나?"

더는 생각하는 걸 포기하고 다이잔이 물었다.

"쇼짱에게는 제가 항상 딱 달라붙어 있겠습니다. 그러니까 다이 씨는 계속해서 쇼짱의 역할을 해주십시오. 사나다 방위장관은 미국 정부와 긴밀히 연락을 취하면서, 뇌파 교환 상태를 해제할 방법을 알아봐주게. 가이바라는 한자 옆에 읽는 방법을 달아주고. 이렇게 하면 당분간은 버틸 수 있을 겁니다."

기묘한 침묵이 내려앉았다.

"정말 그걸로 괜찮을까요?"

가이바라의 의문은 "과연 가리양이야!"라는 다이잔의 찬사에 밀려났다.

그때 별안간 쇼가 뭔가 떠오른 표정으로 물었다.

"참! 그러고 보니 아버지, 내 면접은 어떻게 됐어요? 물론 잘 봤겠죠?"

다이잔은 순간 움찔거린 뒤, 간신히 가슴을 펴고 대답했다.

"아! 물론 잘 봤고말고."

"반응은 어땠어요?"

"내 거침없는 대답에 면접관이 쩔쩔맬 정도였지. 쇼, 내가 네 주가를 높여놨어. 10엔짜리 주식이 100엔 정도는 됐을 거야. 고맙게 생각해라."

쇼가 의심스러운 얼굴로 말했다.

"그 반대가 아니라면 좋겠는데요. 뭐, 좋아요. 그리고 아버지, 내 역할을 하려면 학교에도 가줘요. 출석 일수가 아슬아슬하거든요 땡땡이치면 안 돼요."

"지금까지 땡땡이친 게 누군데!"

다이잔이 목덜미에 핏대를 세웠을 때, 마침 닛타가 들어왔다.

제4장

캠퍼스 라이프

1

"당신들, 지금 무슨 놀이 하는 거야?"

조금 늦게 식탁에 앉은 아야가 나란히 앉아 식사를 하고 있는 남편과 아들을 보고 물었다.

두 사람의 의식이 바뀌었다고 다이잔과 쇼, 가리야까지 입을 모아 열심히 설명했지만, 현실주의자인 아야를 설득하지는 못했다. 그 결과, 나이를 먹을 만큼 먹은 어른의 '놀이'로 단정한 듯했다.

"놀이라니! 지금 말 다했어?"

수프를 먹으면서 다이잔이 분통을 터트렸다. 아무리 말해도 아내가 믿어주지 않아서 머리끝까지 화가 난 참이었다.

"그럼 지금 머리에 쓴 건 뭔데?"

"쇼."

설명하기 귀찮아서 다이잔은 아들에게 턱짓을 했다.

"왜 나한테 그래요? 아버지가 직접 설명하면 되잖아요?"

귀찮은 표정을 지으면서도 쇼는 설명하기 시작했다.

"곤도치과라는 병원은 없었고, 곤도라는 의사도 없었습니다."

어젯밤 방위성 회의실에서 닛타의 보고를 듣고, 쓰루타와 와타루는 눈을 크게 떴다.

"그럴 리가 없어. 난 분명히……."

"건물주에게 확인했더니, 쓰루타 장관님께서 가신 층은 지난달 말부터 공실이었고 합니다. 그런데 지난주에 어떤 남자가 한 달만 빌려주지 않겠냐고 했다더군요. 의료기기 제조업체에 다니는데, 한 달간 이벤트로 사용한다면서요."

사나다가 물었다.

"의료기기 제조업체? 어디지?"

닛타는 수첩 사이에서 명함의 복사본을 꺼냈다. 명함은 두 장이었다.

"도와 메디컬 시스템이라고 되어 있습니다만, 이런 회사는 존재하지 않았습니다."

사나다가 어안이 벙벙한 얼굴로 물었다.

"그 건물주는 있지도 않은 회사에 사무실을 빌려줬다는 건가?"

"임대료를 선불로 주었다고 합니다. 그것도 전액 현금으로 5백만 엔이나요. 돈만 주면 회사가 있든 없든 상관없는 건물주는 어디에라도 있으니까요. 그런데……."

닛타는 잠시 말을 멈추고 가슴주머니에서 꺼낸 것을 쓰루타와 와타루 앞에 내려놓았다. 사진이다.

"이중에 두 분을 치료한 의사가 있습니까?"

사진을 들여다본 다이잔이 무심코 고개를 든 것은 그곳에 아는 얼굴이 있었기 때문이다.

"이 사람이에요! 틀림없어요!"

와타루가 손으로 가리켰을 때, 쇼의 입에서 괴이한 소리가 튀어나왔다.

"이럴 수가! 이건 마루야마잖아?"

쇼와 다이잔의 치아에 칩을 넣은 마루야마치과의 마루야마 원장이다. 검버섯이 있는 둥글고 큼지막한 얼굴은 예전의 온후한 인상과 180도 달라져, 지금은 희대의 악인으로 보였다.

쓰루타가 물었다.

"우리에게 곤도치과로 가라고 한 사람도 같은 패거리가 아닐까?"

"그것에 대해서는 이미 조사했습니다."

민완 형사인 닛타는 순간적으로 떠오른 의문에도 이미 답을 가지고 있었다.

"쓰루타 장관님과 와타루 씨가 다니던 치과의사의 말에 따르면, 내각 사무관이라는 사람으로부터 연락을 받았다고 합니다. 정부 관계자의 치과 치료는 아오야마의 곤도치과에서 하기로 되어 있다, 그러니까 다음 진료는 그쪽으로 넘기겠다고 말이지요."

"상당히 꼼꼼하군."

분노가 깃든 다이잔의 말을 듣고 닛타는 단호하게 말했다.

"이건 치밀하게 계획한 범행입니다. 그리고 이 범행은 아직 끝난 게 아니라 현재진행형입니다."

"어떻게 하면 좋지? 테러리스트의 목적을 몰라도, 이 이상 테러리스트가 우리의 머릿속을 들여다보고 국가기밀을 훔쳐가게 할 수는 없잖나?"

다이잔의 이 말은 닛타에게가 아니라 방위장관인 사나다에게 한 말이다.

"물론 이미 손을 써놓았습니다."

사나다는 가슴을 펴고 말한 뒤, 책상 위의 인터폰 수화기를 들었다.

"도지마, 그걸 가져오게."

잠시 후 회의실 문이 열리더니, 도지마가 하얀 천이 씌워진 왜건을 밀고 들어왔다.

"도지마, 설명해주게."

"넵! 이건 저희 방위성 과학기술팀에서 개발한 최첨단 전파방해장치입니다. 보십시오!"

182

도지마는 득의양양한 모습으로, 마치 퀴즈 프로그램의 상품이라도 소개하듯 하얀 천을 벗겼다. 다음 순간, 전원이 그대로 얼어붙었다.

맨 먼저 입을 연 사람은 쇼였다.

"헉! 이게 뭐예요? 헬멧이잖아요? 더구나 음식점 배달원이 쓰는 거예요!"

왜건 위에 있는 것은 은은한 은색의 제트형 헬멧이었다.

"이 뿔 같은 건 또 뭐예요?"

"센서입니다. 고기능을 탑재한 하이테크 기기지요."

"너무 촌스러워요!"

도지마의 발끈한 표정에도 아랑곳하지 않고 쇼는 말을 이었다.

"설마 이렇게 우스꽝스러운 걸 나더러 쓰라는 말은 아니겠지요?"

쇼의 말에는 신경도 쓰지 않고 다이잔이 헬멧을 들었다.

"사이즈는 맞을까?"

"아버지, 그걸 쓸 거예요?"

쇼는 황당한 표정을 지었지만 다이잔은 헬멧을 쓰고 가리야를 돌아보았다.

"가리양, 어때? 어울려?"

"다이 씨, 괜찮은데요? 이번 선거 포스터는 그걸로 하는 게 어떻겠습니까?"

그러자 쇼가 버럭 소리를 질렀다.

"말도 안 돼요! 지구방위군이에요?"

"꼭 마그마 대사*의 가족 같군."

우아하게 홍차를 입으로 가져가면서 아야가 빈정거렸다. 그런 아내를 보면서 다이잔이 말했다.

"당신도 써볼래?"

"난 사양할래. 그런데 그건 뭐야?"

"방위성에서 개발한 하이테크 헬멧이야. 이걸 쓰고 있으면 국가의 중요 기밀을 생각해도 상대가 수신할 수 없거든."

"그럼 그걸 쓰고 있는 동안은 당신은 당신이고 쇼는 쇼란 거야? 놀이는 끝이야?"

"유감스럽게도 그것까지는 안 되는 것 같아. 즉, 여전히 쇼가 나고, 내가 쇼지."

"밖에 나갈 때는 어떡해? 그걸 쓰고 국회에 출석하거나 수업을 들으러 갈 거야?"

"엄마, 농담이라도 그런 말은 하지 마. 이 모양 이 꼴을 남들에게 보일 바에야 차라리 그 자리에서 혀를 깨물고 죽겠어. 적에게 알려지면 안 되는 일을 생각하지 않는 수밖에 없겠지."

불쾌한 얼굴로 아침을 먹으면서 쇼가 말했다.

---

* 데즈카 오사무가 그린 SF 만화의 주인공.

"넌 뭘 생각하든 상관없잖아? 어차피 대단한 건 생각하지 않을 테니까. 네 머릿속에 있는 것 중에서 테러리스트에게 알려지면 안 되는 일이 있을까?"

"뭐든 상관없어. 어디 사는 개뼈다귀인지도 모르는 녀석이 내 머릿속을 함부로 들여다보다니, 생각만 해도 온몸에 소름이 다다다다!"

"꿀통 같은 네 머리를 누가 들여다보냐?"

다이잔이 비아냥거리자 쇼가 재빨리 되받아쳤다.

"그건 아버지도 마찬가지잖아요. 지금쯤 테러리스트 녀석들도 어처구니가 없을 거예요."

그때 노크 소리가 들리고, 안으로 얼굴을 들이민 가리야가 웃음을 터트렸다.

쇼가 발끈하며 투덜거렸다.

"가리야 아저씨, 너무해요. 그렇게 웃으면 어떡해요? 어제는 칭찬해줬잖아요?"

"쇼짱, 미안해. 새삼 이렇게 보니까 꼭 마그마 대사의 가족 같아서 말이야."

아야가 만면에 미소를 지으며 말했다.

"어머나, 가리야 씨도 그렇게 생각해요? 나도 보자마자 그런 생각이 들더라고요. 마음이 잘 맞네요."

"옛날 사람이니까요."

그러자 아야가 이마에 주름을 잡으며 반박했다.

"누가 옛날 사람이에요? 그런데 '가족'이란 건 좀 이상하네요. 내 머리에는 뿔이 자라지 않았고……."

"하긴 가족이라면……."

다이잔이 말을 하다가 흠칫 놀라서 입을 다물었다.

"그러고 보니 여보, 나하고 한 약속을 잊은 건 아니겠죠?"

다이잔은 못 들은 척하면서 재빨리 일어났다.

"그럼 슬슬 나가보기로 할까?"

"여보!"

아야의 머리에 헬멧의 뿔 대신에 분노의 뿔이 자랐다.

"다이 씨, 그럴 줄 알고 방청권을 준비해두었습니다."

가리야는 모든 일에 빈틈이 없다.

"1억 엔은 어떻게 됐어요!"

다이잔은 아야의 말을 무시하고 태연히 트림을 했다.

"끄윽……. 가리양, 오늘은 꽤 바쁠 것 같군. 그나저나 이 헬멧을 쓰면 소리가 잘 안 들려서 문제라니까."

"참 좋은 헬멧이군요."

히죽히죽 웃으면서 맞장구를 치는 가리야와 다이잔은 예전부터 명콤비다.

그때 만사가 귀찮다는 얼굴로 쇼가 말했다.

"그런데 아버지가 왜 국회에 가죠? 나를 감시할 생각이에요? 으아, 왕짜증!"

"수업 참관이라고 생각해."

다이잔은 그렇게 말하고, 무서운 얼굴로 노려보는 아야로부터 재빨리 등을 돌렸다.

"가리양, 가세."

2

"이거야 원, 조마조마해서 돌아가시겠군. 보지 않을 수 없지만 보면 확실히 심장에 안 좋아."

오전 상황을 지켜본 다이잔은 얼굴을 찡그리며 위 주변을 문질렀다.

"오늘은 한자를 제대로 읽었던 게 그나마 다행이군."

다이잔과 같이 상황을 지켜보고 있던 가이바라가 대답했다.

"제대로 못 읽으면 그야말로 바보죠. 어떻게 읽는지 옆에 다 달아놨으니까요."

대표 질의에서는 자유국민당의 당대표인 무라카미 아키히로가 끈질기게 파고들었다. 위험한 국면이 없진 않았지만 그럭저럭 무난하게 넘어갔다고 할까? 그나저나 앞일이 걱정이다.

"차포를 떼고 장기를 두어야 하니까요."

다이잔에 이어서 쓰루타까지 테러에 희생됨으로써 답변의 상황은 더욱 궁지에 몰렸다.

"졸을 이용해서라도 이기면 좋겠는데."

고지식한 정치인답게 말하고 자리에서 일어난 순간, 다이잔이 갑자기 움직임을 멈추었다. 방청석의 입구 주변에서 자신을 보고 있는 한 남자와 눈이 마주친 것이다.

"총리님, 이제 어디로 갈까요?"

"가이바라! 따라와!"

다이잔은 그 말을 남기고 정신없이 뛰었다. 문 너머로 사라진 남자를 쫓아서 방청석에서 뛰어나간 것이다. 황급히 도망치는 남자의 뒷모습이 통로에서 구부러져서 보이지 않았다.

"내가 놓칠 것 같아!"

이럴 때 육체가 젊어서 다행이다. 그는 예전 같으면 생각도 할 수 없을 만큼 빨리 달려서, 구부러진 곳에 있는 계단을 단숨에 뛰어내렸다. 하지만 남자는 그보다 더욱 빨리 뛰어서 따라잡기는커녕 점점 더 멀어지더니, 이윽고 국회의사당을 견학하러 온 학생들 사이로 숨어서 보이지 않았다.

"젠장, 놓쳤나?"

"총리님, 왜 그러세요?"

간신히 따라온 가이바라가 숨을 헐떡이면서 물었다.

"시부야에서 수상한 남자를 봤다고 했지? 그 녀석이야. 설마 이런 곳까지 와서 나를 감시할 줄은 몰랐군."

가이바라가 손수건으로 이마에 맺힌 땀을 닦으면서 고개를 갸웃거렸다.

"아까 그 남자 말입니까? 혹시 잘못 보신 거 아닌가요?"

"왜 그렇게 말하지?"

"그자라면 예전에 본 적이 있거든요."

다이잔은 깜짝 놀라서 가이바라를 쳐다보았다.

"뭐야? 어디서 봤는데?"

"국회에서도 몇 번 봤고 의원회관에서도 봤습니다. 아마 누군가의 비서일 겁니다."

다이잔은 가이바라의 목이라도 조를 듯한 얼굴로 바싹 다가갔다.

"가이바라, 어서 생각해내! 누구 비서지?"

"확실하진 않지만 구라모토 의원 아닐까요……?"

"뭐? 구라모토라고? 어떻게 된 거지……?"

구라모토라면 헌민당 당대표가 아닌가?

"직접 가서 확인해보시는 게 어떻겠습니까?"

"아니야, 그건 내가 하지 않는 게 좋겠어. 나보다 적임자가 있으니까. 지금 당장 닛타 형사에게 연락해서 이렇게 말하게. 적의 꼬리를 잡았다고 말이야."

3

"그자의 이름은 마나베 요시토, 구라모토가 고용한 개인비서였습니다."

역시 닛타는 대단했다. 약속 시간에 공저로 오더니, 외무성이 있는 가스미가세키 부근에서 몰래 찍은 듯한 마나베의 사진을 다이잔에게 보여주었다. 항상 그러하지만 일 처리 솜씨에는 입이 다물어지지 않았다.

방어용 헬멧을 쓴 다이잔이 물었다.

"개인비서? 구체적으로 어떤 일을 하고 있나?"

"특별히 하는 건 없습니다. 구라모토의 먼 친척인데, 간토대학 공수도부 출신입니다. 교사 자격증을 취득해 교사가 되려고 했는데, 유급으로 인해 모두 물거품이 된 걸 구라모토가 거두었습니다."

"그래서 그렇게 발이 빠른 건가? 녀석의 목적은 뭐지?"

"그건 아직 모릅니다. 하지만 아무 이유도 없이 총리님의 뒤를 따라다닐 리는 없으니까 비밀을 알고 있을 가능성은 있습니다."

다이잔이 신중하게 말했다.

"닛타 형사, 이 비밀을 알고 있는 건 관계자 말곤 범인뿐이네."

그때 가이바라가 눈을 반짝이며 말했다.

"총리님, 이제야 알 것 같습니다. 총리님과 쇼짱의 의식이 왜 바뀌었는지. 쓰루타 장관님과 아드님까지 왜 그렇게 되었는지. 전부 구라모토의 음모라고 생각하면 앞뒤가 맞습니다."

"구라모토의 음모?"

다이잔의 입에서 신음 소리가 흘러나왔다. 그렇다, 구라모토는 이런 짓을 하고도 남을 만한 인간이다. 목적을 위해서라면 수단을 가리지 않는 비열한 남자로, 어둠의 세력과 관계가 있다는 소문도 끊이지 않았다.

"닛타 형사, 어떤가? 자네라면 구라모토에 대해서도 조사했을 텐데."

하지만 닛타로부터 돌아온 대답은 다이잔의 예상과 달랐다.

"조사는 했지만 지금으로선 저희 수사선상에 걸릴 만한 내용은 없습니다. 아주 깨끗합니다."

그러자 가이바라가 예리하게 지적했다.

"구라모토는 경찰 관료 출신입니다. 사실을 은폐했을 수도 있습니다."

"그래, 녀석이라면 충분히 그럴 수 있어."

다이잔은 이해가 된다는 얼굴로 고개를 끄덕였다.

"닛타 형사, 당장 마나베를 체포하게."

하지만 닛타는 신중한 면모를 보였다.

"총리님, 그건 아직 이릅니다. 제가 보기에 이번 사건은 조직범죄입니다. 만약 구라모토 당대표가 흑막이라면 그 배후에는 엄청난 조직이 있을 겁니다. 마나베는 피라미에 불과해서, 지금 체포하면 도마뱀의 꼬리 자르기가 될 겁니다. 마나베는 현재 공안이 마크하고 있습니다. 오늘 오전 10시 17분 이후 놈의 행동은 전부 파악되고 있습니다. 세타가야구에 있는 놈의 집에는 지금 전문 부대가 침입해 압수수색을 하면서, 모든 서류와 컴퓨터 등의 정보를 조금의 흔적도 남기지 않고 복사하고 있습니다. 이제 30분만 있으면 놈이 무슨 생각을 하고 어떻게 생활하며 은행에 예금이 얼마 있고, 넥타이와 신발이 몇 개 있으며 어떤 셔츠를 좋아하는지, 어떤 여자를 사귀고 어떤 성적 취향이 있는지까지 전부 발가벗길 수 있습니다."

넛타의 입가에 사디스트 같은 미소가 떠올랐다.

"저기, 넛타 형사……."

다이잔은 헛기침을 한 번 한 뒤에 조심스럽게 물었다.

"설마 공안에서는 우리 정치인들에게도 그런 일을 하는 건 아니겠지?"

"저희가 조사하면 곤란한 일이라도 있으십니까?"

넛타가 태연한 얼굴로 물었다.

"그야 당연히 있고말고요. 안 그러십니까, 총리님?"

히죽거리는 가이바라를 향해 다이잔이 호통을 쳤다.

"가이바라, 입 다물어! 이 다이잔은 몸도 마음도, 티끌 하나 없는 사람이니까."

"하긴 고작해야 여자와 노는 것 정도니까요."

항상 한 마디가 많은 가이바라를 무섭게 노려보면서 다이잔은 본심을 말했다.

"문제가 있다면 지지율 정도겠지. 빌어먹을! 이 모든 게 구라모토가 꾸민 짓인가!"

다이잔은 이미 이번 사건의 흑막을 구라모토라고 단정하고 울분을 토했지만, 가이바라의 다음 말을 듣고 눈을 반짝였다.

"총리님, 잠시만요. 생각하기에 따라서 이번 일은 헌민당을 궤멸시킬 최고의 기회가 아닐까요?"

"가이바라, 무슨 말인가?"

"이번 테러를 꾸민 게 구라모토라는 확증만 잡으면 녀석을 확실히 체포할 수 있잖습니까? 그러면 헌민당은 일어설 수 없을 만큼 여론의 몰매를 받고, 헌민당의 역사는 어둠의 뒤편으로 사라지겠지요. 그 타이밍에 중의원을 해산하고 총선거를 단행하면 민정당의 압승은 불을 보듯 훤합니다. 그 어느 때보다 튼튼한 제2차 무토 내각이 탄생하는 겁니다!"

다이잔은 눈을 휘둥그레 뜨고 무릎을 쳤다.

"그렇군!"

가이바라의 말이 계속 이어졌다.

"그것만이 아닙니다. 구라모토를 체포하는 날에는 총리님의 한자 오독誤讀 사건도, 쓰루타 장관의 음주 기자 회견도 전부 구라모토의 음모였단 게 알려질 겁니다. 그러면 국민들은 모두 '아하, 그래서 그랬구나'라고 생각하겠죠. 명예회복은 따놓은 당상입니다. 온몸을 바쳐 국가의 적을 잡았다는 게 알려지면 총리님의 주가는 하늘 높은 줄 모르고 치솟을 테고, 어쩌면 노벨평화상을 받을 수 있을지도 모릅니다."

돌연 기분이 좋아진 다이잔은 옆에 있는 공안 형사의 등을 탁 두들겼다.

"닛타 형사, 들었지? 그러니까 잘 부탁하네."

닛타가 부루퉁한 얼굴로 대꾸했다.

"저는 민정당을 위해서 일하는 사람이 아닙니다."

다이잔은 그 말을 무시하고 강압적으로 말했다.

"그런 건 아무래도 상관없어. 자네 임무는 한시라도 빨리 이 테러의 흑막, 즉 구라모토를 체포하는 일이야. 이 일만 성공하면 공안의 예산을 두 배로 올려주지. 기대하고 있겠네."

갑자기 기운이 넘치는지, 다이잔은 두 주먹을 불끈 쥐고 말했다.

"이제야 겨우 캄캄했던 터널의 출구가 보이는군. 정의는 나에게 있도다!"

"총리님, 그렇게 정했으면 이제 가셔야죠."

가이바라가 그렇게 말하고 일어섰다.

"뭐? 어딜 가자는 건가?"

"학교에 가셔야죠. 쇼짱 대신 수업에 참석하겠다고 약속하셨잖습니까?"

가이바라의 말이 끝나기도 전에 다이잔이 얼굴을 찡그렸다.

"가이바라, 자네가 대신 가주면 안 될까?"

"그래도 괜찮겠습니까? 캠퍼스에 가면 젊은 여학생이 우글우글할 텐데요……."

다이잔의 성격을 누구보다 잘 아는 가이바라는 설득할 방법도 알고 있었다. 그가 예상한 대로 다이잔의 귀가 움찔거리나 싶더니, "하나밖에 없는 아들을 위해서는 내 한 몸 희생하는 수밖에 없겠지" 하고 말과는 달리 싫지 않은 얼굴로 일어섰다.

"그럼 닛타 형사님, 잘 부탁합니다. 무슨 일이 있으면 연락해 주십시오."

가이바라는 닛타에게 고개를 숙인 뒤, 다이잔의 등을 밀어 공저에서 나왔다.

4

쇼가 다니는 게이세이대학 정문 앞에 검은색 차가 멈추고, 다이잔과 가이바라가 내렸다.

"가이바라, 지도를 주게."

"네, 여기 있습니다."

대학 건물의 배치도를 받아들고 다이잔은 얼굴을 찡그렸다.

"뭐야? 어디가 어딘지 알아볼 수 없잖아? 자네가 그렸나?"

가이바라가 불쾌한 표정으로 대답했다.

"제가 이렇게 그릴 리가 있겠습니까? 쇼짱입니다."

"이래선 위쪽이 어디인지, 아래쪽이 어디인지도 모르겠잖아? 머리 나쁜 녀석이 지도를 그리면 이렇게 되는군. 이런 건 필요 없어!"

다이잔은 곧바로 지도를 구겨서 쓰레기통에 버렸다.

마침 정문 옆의 안내판에서 첫 수업이 있는 서쪽 강의동을 확인하고, 두 사람은 함께 걸음을 내딛었다. 정문 앞에서 멀지 않은 강의동의 지하를 통과해 중정으로 빠져나가자 이날 쇼의 수업이 있는 낡은 강의동이 나타났다.

"512, 512…… 어디 있지?"

강의동 안으로 들어가 두리번거리는 다이잔을 향해 가이바라가 손짓을 했다.

"아! 총리님, 저쪽입니다!"

앞을 보니 학생들이 어느 강의실로 우르르 들어가고 있었다. 500명쯤 들어갈 수 있는 계단식 강의실이었다.

"가이바라, 들어가자."

"네? 저도 말입니까?"

가이바라는 귀찮은 표정을 지었다. 다이잔이 수업을 듣는 동안 학생식당이나 근처 커피숍에서 시간을 보내려고 한 것이다.

"나 혼자 출석시킬 생각이었나? 어서 따라오게."

다이잔은 재빨리 강의실 안으로 들어가 교단과 가까운 한가운데에 자리를 잡았다.

"이건 무슨 수업이지?"

가이바라가 쇼에게서 받은 커리큘럼 일람표를 꺼냈다.

"어디 보자…… 아, 현대정치학입니다. 다행히 우리의 주특기군요."

"오호! 쇼 녀석, 생각보다 제대로 수업을 듣고 있나 보군."

다이잔이 미소를 지으며 감탄할 때, 수업 시작을 알리는 벨소리가 들렸다.

"교수 이름은 뭔가?"

"여기엔 쓰여 있지 않습니다."

가이바라가 그렇게 대답했을 때, 시끌벅적한 강의실이 조용해졌다. 뒤쪽 문에서 담당 교수가 들어온 것이다.

"이렇게 중요한 수업을 맡은 걸 보면 분명히 훌륭한 분이겠지?"

다이잔이 그렇게 말한 순간, 한 남자가 다이잔의 옆을 지나쳐 교단으로 올라갔다.

"초, 총리님!"

교수의 모습을 언뜻 쳐다본 가이바라가 입을 다물지 못했다. 기겁한 것은 다이잔도 마찬가지였다.

"고나카가 왜 여기에······!"

트레이드마크인 담배 파이프를 물고 교단의 의자에 앉아 거만하게 몸을 뒤로 젖힌 사람은 정치평론가인 고나카 주타로였다.

믿을 수 없다는 표정으로 다이잔이 중얼거렸다.

"가이바라, 어떻게 된 건가?"

"정치평론가론 한물갔으니까 알바를 하는 거 아닐까요?"

가이바라가 자신의 추측을 입에 담았을 때, 고나카는 익숙한 모습으로 아무런 서두도 없이 말하기 시작했다.

"최근의 민정당은 너무나 한심해서 봐줄 수가 없더군. 한자도 못 읽는 무능 다이잔. 참, 무능 다이잔이 아니라 무토 다이잔이던가? 게다가 경제산업장관의 음주 기자 회견도 있었지. 이름이 쓰루타라서 그런지 기자 회견에서 쓰루루룩 미끄러졌더군. 아하하하!"

고나카는 아재 개그로 수업의 문을 열었다. 너무나 썰렁해서 강의실은 한겨울처럼 얼어붙었지만, 그는 그런 것에 신경 쓰는 남자가 아니다.

고나카는 잇달아 민정당에 독설을 퍼부었다.

"선진국 중에 일반 사람의 수준으로 볼 때 비웃음을 당할 만한 사람이 리더로 있는 나라는 어디에도 없어. 미국 대통령도, 영국 총리도, 나아가서는 독일과 프랑스 총리도 모두 학식과 인품을 갖춘 인텔리가 아닌가? 반면에 무토도, 전 총리였던 다나베도, 전전 총리였던 안자이도 솔직히 말해 모두 바보들이지. 그 인간들은 자기 힘으로 정치인이 된 게 아니야. 아버지가 정치인이었기에 정치인이 된 것뿐이지. 아마 아버지가 두부장수였다면 두부장수가 되었고, 생선장수였다면 지금쯤 고무 앞치마를 두른 채 경트럭을 타고 어시장에 생선을 사러 다녔을 거야. 무토 같은 사람은 그런 모습이 더 잘 어울릴걸……."

다이잔의 목덜미에서 불끈불끈하는 소리가 들리는 듯했다. 굵은 핏대가 꿈틀거린 것이다.

"가이바라, 그만 가세. 불쾌해서 있을 수 없군."

일어서려던 다이잔을 가이바라가 만류했다.

"총리님, 안 됩니다. 출석 확인을 수업이 끝날 때 하는데, 그때까지는 있어야 합니다."

"이런 우라질!"

다이잔은 분통을 터트리며 팔짱을 낀 채 단상을 노려보았다.

고나카의 이야기가 이어졌다.

"어느 나라나 정계와 재계가 있지만, 이 나라는 재계 사람들에 비해 정계 사람들의 수준이 너무 낮아. 난 이게 현재 일본의 최대 문제라고 생각해. 그 차이를 메우기 위해 관료가 힘을 가지고, 아무리 바보 멍청이라도 돈이나 정당의 지지만 있으면 정치인이 될 수 있는 체제가 갖추어져 있지. 덕분에 가까스로 정권을 운영할 수 있지만, 무토 같은 사람은 최악의 정치인이야."

그때 '끄르르르' 하는 소리가 나서 가이바라는 황급히 주변을 둘러보았다. 강의실 어딘가에 사자라도 있는 게 아닐까 했지만, 옆에 있는 무토의 입에서 나오는 신음 소리였다.

"정치인들이 관료들에게 왜 어려운 정책을 만들게 한 줄 아나? 그건 전쟁 이후에 정치인들이 자신의 멍청한 아들에게 정치꾼이라는 가업을 물려주기 위해 만든 일종의 비즈니스 모델인 거야. 그런데 최근의 정치인들은 자신이 그 혜택을 입은 줄도 모르고 '탈관료'라는, 듣기 좋은 말만 늘어놓고 있잖나? 애당초 무토란 작자도 젊은 시절부터 부모 돈으로 뒹굴뒹굴 놀던 인간이지. 그렇게 멍청한 인간이 어떻게 세상을 다스리는 법안을 만들 수 있겠나? 이게 말이 된다고 생각하나?"

고나카는 점점 흥분해서 입에서 나오는 대로 마구 떠들어댔다.

"총리님, 저 인간 보자 보자 하니까 아무 말이나 막하고 있군요."

가이바라의 말은 또다시 '끄르르르'라는 다이잔의 신음 소리에 파묻혔다. 당장이라도 고나카에게 달려들어 목을 조를 것 같았다.

"한심한 건 매스컴도 마찬가지야. 낙하산으로 온 관료가 퇴직금을 얼마 챙겼다고 난리를 피우잖아? 그런데 너희도 생각해봐. 그런 식으로 힘들게 돈을 번 건 도쿄대를 나온 우수한 사람뿐이지. 민간 기업에 가면 임원이 될 수 있는 우수한 사람들인데, 구태여 국가를 위해 공무원으로 일한 거야. 그 정도 돈도 못 챙길 바에는 누가 바보처럼 얼마 안 되는 월급을 받고 일하겠어? 물론 그자들도 발상은 종적 사고방식이고, 머리가 너무 좋은 탓에 바보도 안 하는 일을 하는 거지만 말이야. 어쨌든 평균적으로 보면 정치인들보다 훨씬 우수한 사람들이지. 지금 이나라가 세계에 자랑할 수 있는 브레인은 관료들뿐이야. 그들에게 퇴직금으로 1억을 준다고 해도, 한자도 못 읽는 정치인이 모순투성이인 법을 만드는 것보단 나아. 무토는 그런 걸 전혀 모른다니까. 이 세상에 그렇게 멍청한 자는 없을 거야……."

고나카 주타로는 관료 출신이라는 특이한 이력을 가진 정치평론가다. 관료 시절에 정치인에게 받은 괴롭힘에 앙심을 품고 있던 그는 민정당이 인기를 얻기 위해 시작한 탈관료주의 선언을 철저하게 비판하고 있다.

"고나카 녀석……."

다이잔의 머리에서 뜨거운 김이 모락모락 솟구쳤다.

고나카는 최근 민정당이 추진하고 있는 탈관료주의를 일일이 비판한 다음, 본거지인 무토 내각에 대한 공격으로 나아갔다.

"애초에 무토 내각은 중의원을 해산하고 총선거를 노린 잡동사니 같은 내각이지. 참의원에서는 헌민당에 제1당을 빼앗겼으니, 이른바 죽은 내각이라고나 할까? 무토라는 인간은 말이야, 모든 국민들이 싫어하는데도 꾸물거리며 중의원을 해산할 배짱도 없는 얼간이에 불과해. 지금 선거를 치르면 민정당은 틀림없이 처참하게 패배할걸? 이게 다 그동안 제1당에 안주하여 2세 의원이 횡행하는 세습정치를 거듭해온 대가라고 할 수 있지."

그때 뿌드득뿌드득 하는 소리가 들려서 가이바라는 다시 주변을 둘러보았다. 어딘가 나무 바닥이라도 썩은 게 아닐까 싶었는데, 그것은 다이잔이 이를 가는 소리였다.

점점 흥분한 고나카는 마이크를 들고 더욱 몸을 젖힌 탓에, 지금은 뒤쪽으로 쓰러질 것 같았다. 그는 무토 내각에 대해 한바탕 비난을 퍼붓더니, 당사자가 그 자리에 있는 줄도 모른 채 다이잔에 대한 인신공격으로 나아갔다.

"이건 여기서만 하는 얘기인데, 무토 다이잔은 뒤통수를 한 대 탁 때려주고 싶을 만큼 여자를 밝히지. 얼굴도 나쁘지만 머리는 더 나빠. 손버릇도 나쁘고 성격도 나쁘고 말이야. 한자도 못 읽는 총리가 다음 총선에서 승리할 리가 있겠나? 참패할 건 불을 보듯 훤해. 만에 하나 민정당이 선거에서 이기면 내가 옷을 홀딱 벗고 알몸으로 황궁을 한 바퀴 돌겠어."

"초, 총리님, 괜찮으세요……?"

분노로 창백해진 다이잔은 굴욕감을 이기지 못해 입술을 바들바들 떨었다.

"이 녀석…… 고나카 녀석. 용서 못 해!"

"아! 총리님, 안 됩니다."

하지만 가이바라가 한 발 늦었다. 다이잔이 손을 들고 천천히 일어선 것이다.

"한 말씀 드려도 되겠습니까?"

무슨 말을 할까 생각한 순간, 다이잔은 고나카를 똑바로 바라보며 물었다.

"교수님, 만약 다음 총선거에서 민정당이 승리하면 정말로 알몸으로 황궁을 한 바퀴 도실 겁니까?"

다이잔의 눈에는 강렬한 적의가 활활 타오르고 있었다.

"자네는 뭔가? 질문을 하려면 좀 괜찮은 질문을 하는 게 어때?"

고나카는 무시하는 눈길로 다이잔을 내려다보며 덧붙였다.

"그래, 그렇게 하고말고. 물론 하늘이 무너져도 민정당이 이길 리는 없지만. 시시한 질문은 하지 말게."

다이잔은 자리에 앉자마자 가이바라에게 말했다.

"가이바라, 나중에 『주간 조류潮流』에 전화하게."

"네? 그건 왜요?"

"민정당이 이기면 고나카 주타로가 알몸으로 황궁을 한 바퀴 돌기로 약속했다고, 기사로 쓰라고 하는 거야. 아마 재미있는 일이 벌어질걸."

가이바라의 입술 끝에도 심술궂은 미소가 매달렸다.

"그렇군요. 이 사건이 해결되면 헌민당은 확실히 무너질 테니까요."

"그러기 전에 하고 싶은 말을 실컷 하게 놔두지 뭐."

다이잔은 다시 희희낙락하며 떠들기 시작한 고나카를 비스듬히 바라보았다.

"고나카, 어디 두고 보자. 나중에 울부짖으며 후회하게 만들어줄 테니까."

5

"가이바라, 그만 가세."

수업 종료를 알리는 벨이 울리기 직전, 다이잔은 겨우 돌아온 출석표에 '무토 쇼'라고 쓰고 나서 말했다.

"총리님, 한 가지 문제가 있습니다."

쇼에게서 받은 '꼭 해줘야 할 일' 목록을 들여다보던 가이바라는 "그럼 다음 주에 만나지"라는 고나카의 말과 함께 소란스러워진 강의실을 당황한 얼굴로 둘러보았다.

"성실해 보이는 학생한테 노트 복사본을 구해달라고 쓰여 있습니다. 어디 보자……."

가이바라는 쇼가 써놓은 내용을 읽었다.

"단, 손자 복사까지는 가능…… 읽을 수 있는지 없는지 반드시 확인할 것……."

"손자 복사라는 게 뭔가?"

"누군가의 노트 복사본이 아들이고, 그 복사본을 복사한 게 손자입니다."

다이잔은 마음에 들지 않는지 부루퉁한 얼굴로 말했다.

"세상 참 편리해졌군. 내가 대학에 다닐 때는 그런 게 없었는데."

"그거 안됐네요. 그래도 용케 학점을 받으셨군요."

"입 다물어!"

다이잔이 발끈했을 때, 옆에서 말을 거는 사람이 있었다.

"쇼, 지난번에는 괜찮았어?"

작은 체구에 머리를 짧게 자른 여학생이다. 어디서 본 것 같은데 기억이 나지 않는다.

"아아, 그래."

다이잔은 미소를 지으며 가이바라를 향해 작은 목소리로 물었다.

"가이바라, 누군가?"

가이바라도 작은 목소리로 대답했다.

"제가 알 리가 없잖습니까?"

당연하다. 그때 가이바라가 기지를 발휘하며 명함을 내밀었다.

"잠깐 실례하겠습니다. 난 이런 사람입니다."

"보좌관…… 님……?"

명함을 받은 여학생이 당황한 눈길로 가이바라를 보았다.

"며칠 전에 쇼 군이 위험한 일을 당하는 바람에 오늘 같이 왔습니다. 실례지만 이름이……?"

"미나미 마이예요."

마이는 동그란 눈을 살짝 치켜뜨고 대답했다.

"쇼 군과는 어떤 관계인가요?"

"친구예요. 어학 수업을 같이 들어요."

가이바라는 짐짓 근엄한 표정을 지으며 고개를 끄덕였다.

"그렇군요. 그런데 쇼 군이 전해달라고 했는데, 노트를 좀 빌려달라고……."

다이잔이 팔꿈치로 가이바라를 찔렀을 때는 이미 늦었다. 마이가 눈을 동그랗게 뜨고 옆에 있는 다이잔을 가리킨 것이다.

"전해달라고요? 여기에 있는데요?"

"참, 그렇죠. 깜빡했네요. 세상에는 가까이 있어도 먼 존재라는 게 있거든요. 정치인과 보좌관이 바로 그런 관계입니다. 아하하하."

가이바라는 웃음으로 얼버무리고 뻔뻔스럽게 덧붙였다.

"어쨌든 미나미 씨, 노트 좀 빌려주시겠습니까?"

"보좌관님은 참 재미있는 분이시군요. 제 타입이에요."

"그런가요?"

앞머리를 쓸어 올린 가이바라에게 다이잔이 독설을 날렸다.

"멍청하긴! 놀리는 것도 몰라?"

"그럼 이거 가져가."

마이는 가방에서 꺼낸 노트를 다이잔에게 내밀고 유혹하는 눈길로 덧붙였다.

"그런데 쇼. 오늘 밤에 우리 클럽에서 또 파티하는데, 안 올래? 네가 오면 다들 좋아하거든."

"너희 가게?"

다이잔은 그제야 기억이 났다. 지금의 마이는 롯폰기 클럽에서 봤을 때와 느낌이 전혀 다르다. 새삼스레 바라본 마이는 동안에다 체구도 작았다. 야무지게 보이긴 하지만 도저히 학생 창업가로는 보이지 않았다.

다이잔이 대답하기 전에 가이바라가 먼저 물었다.

"장소는 어디인가요?"

아무래도 마이에게 첫눈에 반해 이미 가기로 마음먹은 것 같다.

"롯폰기 아르테미스. 저녁 7시. 쇼, 그럼 기다릴게. 보좌관님
도요."

"가이바라입니다."

"네, 가이바라 씨도요."

생긋 웃으며 사라지는 마이를 가이바라는 황홀한 눈길로 바
라보았다.

6

"가이바라, 정말 자네도 갈 건가?"

그날 밤 롯폰기 교차로 근처. 차에서 내린 다이잔은 귀찮은
얼굴로 가이바라를 보았다.

"당연하지요. 저도 초대를 받았으니까요."

다이잔이 단정적으로 말했다.

"그걸 진심으로 받아들이는 녀석이 어디 있어? 그런 걸 인사
치레라고 하는 거야. 정치가 보좌관이라면 그 정도는 알아야
지. 예쁜 여대생이 자네 같은 아저씨를 진심으로 유혹할 리가
없잖나?"

가이바라가 상처 입은 얼굴로 대꾸했다.

"아저씨라뇨! 아직 서른두 살밖에 안 됐습니다!"

"그 나이면 아저씨야."

"그럼 총리님은 어떠십니까? 이제 곧 환갑이시잖습니까?"

계단을 내려가려던 다이잔이 발길을 멈추고 히쭉 웃었다.

"가이바라, 내가 지금 환갑으로 보이나? 난 지금 20대의 젊은이야. 그리고 내 젊은 시절처럼 상당한 미남이지. 지금 이 문 너머에는 수많은 여대생들이 나를 기다리고 있어. 자, 간다!"

"하, 하지만 총리님. 이 파티에서는 후원금을 받을 수 없습니다."

두 계단씩 내려가는 다이잔을 향해 가이바라가 황급히 말했다.

"가이바라, 자네는 어쩜 그렇게 쪼잔한가? 이 세상에 돈이 전부는 아니잖나?"

가이바라가 탄식하며 대꾸했다.

"도저히 무토 다이잔의 입에서 나온 말이라곤 생각할 수 없군요."

"자네 귀가 나쁜 거야. 귀가 나쁘지 않으면 머리가 나쁜 거고. 어서 가세."

말이 끝나기도 전에 다이잔은 황급히 문 너머로 사라지려고 했다.

"아, 총리님. 같이 가요!"

계단을 뛰어 내려간 가이바라는 어느새 사라진 다이잔을 쫓아서 지하의 중후한 문을 밀고 있었다.

간접조명이 비치는 클럽 안에는 젊은 남녀들이 발 디딜 틈도 없이 들어서 있었다. 적어도 백 명은 되지 않을까?

"쇼, 와줘서 고마워."

입구에서 두리번거리는 다이잔을 보고 마이가 다가왔다.

"저야말로 초대해주셔서 영광입니다."

"말투가 왜 그래? 딱딱한 인사는 그만둬. 뭐 마실래? 와인? 맥주?"

"와인의 상표는?"

"2002년 부르고뉴를 중심으로 몇 종류를 준비했어."

다이잔의 얼굴에 미소가 퍼져나갔다.

"오호, 굉장해! 좋은 와인을 준비했군."

"시음해볼래? 아라키, 가져와."

뒤에서 대기하고 있던 웨이터에게 명령할 때, 마이의 목소리는 한순간 여왕님 같았다. 다이잔의 뒤에 있던 가이바라가 그런 마이를 뜨거운 눈길로 바라보았다.

웨이터가 정중하게 와인 병을 들고 눈앞에 있는 잔에 와인을 따랐다. 다이잔은 한 모금 머금고 잔에 있는 레드와인을 물끄러미 바라보았다. 그는 전문가가 무색할 정도로 와인통인 것이다.

"쇼, 어때?"

"뭐랄까……."

고개를 갸웃거린 다이잔을 대신해 대답한 사람은 가이바라였다.

"역시 빈티지 와인은 맛있군요!"

그 말을 듣고 마이가 만족스럽게 웃었다.

"그렇게 말씀해주셔서 기뻐요, 보좌관님."

"가이바라입니다."

"참, 가이바라 씨였죠? 오늘 밤은 마음껏 즐기시길 바랄게요."

"감사합니다!"

하지만 흥분한 가이바라와 달리 다이잔은 나지막하게 중얼거렸다.

"뭔가 다르군."

가이바라의 얼굴을 가득 메웠던 미소가 의아함으로 바뀌었다.

"다르다니, 뭐가 말입니까?"

"이 와인 말이야. 부르고뉴의 레드와인은 피노 누아 품종으로 정해져 있지. 그런데 이 포도는 아무리 봐도 카베르네야."

다이잔은 다시 와인을 약간 입에 머금었다.

"역시 그래. 보르도나 캘리포니아 주변에서 파는 싸구려 와인 맛이야."

"총리님, 너무하잖아요! 노트를 안 빌려주면 어쩌려고 그러세요!"

가이바라가 작은 목소리로 속삭였을 때 마이가 말했다.

"쇼, 제법인데? 네가 그렇게까지 와인 전문가일 줄은 몰랐어.

그래, 안에 있는 건 캘리포니아의 싸구려 와인이야."

그때까지 얼굴에 깃들었던 애교를 거두고 마이는 천연덕스럽게 인정했다.

"싸구려 와인이라고요? 아까 분명히 부르고뉴라고……."

가이바라가 멍하니 입을 벌렸다.

"그건 병이 그렇다는 거예요. 내용물은 다르고요."

"이, 이건 사기예요……."

가이바라가 경악하며 고개를 숙였다.

"나는 진짜 부르고뉴를 주겠어?"

다이잔이 상처 입은 가이바라에게 신경도 쓰지 않고 말했을 때. 뒤에서 여성의 목소리가 들렸다.

"무토, 마이의 비즈니스를 방해하면 안 되지."

뒤를 돌아본 순간, 다이잔은 숨을 들이마셨다. 가슴이 깊이 파인 칵테일 드레스를 입은 아름다운 여성이 서 있었기 때문이다. 예전에 한 번 만난 적이 있다. 이름은 분명…….

가이바라가 여성을 보고 물었다.

"실례지만 누구신가요?"

"이 아저씨는 누구야?"

"아저씨……."

다시 상처 입은 가이바라를 보면서 다이잔은 만족스러운 미소를 지었다.

"이 사람은 우리 아버지 보좌관이야. 이름은 가이바라라고."

여성은 가이바라를 무시한 채 다이잔을 보면서 말했다.

"그래? 어쨌든 무토, 지난번엔 미안했어. 그때는 대화가 좀 엇갈린 것 같아. 내 친구가 한심한 짓을 한 것 같고."

"한심한 짓……?"

"클럽 밖에서 싸웠다고 마이한테 들었거든."

쇼와 의식이 바뀐 날의 일이다.

"그쪽 이름은 뭐죠?"

가이바라가 다시 물어보자 여성은 귀찮은 듯이 대답했다.

"에리카야. 무라노 에리카."

"에리카, 그럼 화해하는 의미로 건배하지 않겠어? 아라키 씨, 이 여인에게도 부르고뉴를 가져다주게."

다이잔의 말투를 듣고 에리카가 웃음을 터트렸다.

"무토, 지금 놀이하는 거야? 아재 놀이?"

"뭐, 그렇다고 해두지. 잠시 저쪽에서 얘기하지 않겠어?"

다이잔은 에리카와 가볍게 잔을 부딪친 뒤, 은근슬쩍 그녀의 허리에 손을 돌린 채 테이블로 이끌었다.

"초, 총리님. 저는 어떻게……."

완전히 소외된 가이바라가 불쌍한 목소리로 말했다.

"자네는 저 캘리포니아산 부르고뉴라도 마시고 있게. 시간이 남으면 다음 연설 원고라도 써둬. 한자 읽는 방법은 꼭 달아놓고!"

다이잔은 사람들 눈에 잘 안 띄는 구석의 테이블을 선택했다. 웨이터가 곧바로 와인과 치즈, 과일 접시를 가져온 것은 마이의 배려이리라.

"에리카, 정말 아름답군. 건배할까?"

다이잔은 그렇게 말하고, 진짜 부르고뉴가 담긴 잔을 들었다.

"고마워. 너도 꽤 괜찮은데?"

에리카는 아르마니 정장으로 몸을 감싼 다이잔을 새삼 바라보았다.

"지난번 일은 잊어버리고…… 정식으로 자기소개를 하지 않을래? 난 너에게 관심이 있어."

말이란 건 참 이상하다. 아저씨가 말하면 온몸에 소름이 돋을 만큼 오글거리는 말이지만, 스물네 살의 젊은 남자가 말하면 자연스럽게 들린다.

"좋아. 나도 너에게 관심이 있으니까."

느낌이 좋다. 다이잔은 마음속으로 회심의 미소를 지었다.

"학교에서는 무슨 공부를 하고 있지?"

"룸살롱에서 아저씨들이 할 만한 질문이군. 역시 아재 놀이 중이야?"

"뭐 비슷한 거야. 에리카, 룸살롱에서 일한 적 있어?"

아니면 '일하고 있어?'라고 물어야 할까?

"말도 안 돼!"

"그럼 대답해줘. 낮에는…… 그게 아니라 학교에서는 무슨 공부를 하고 있지?"

"무토, 정말 알고 싶어?"

"그래, 알고 싶어."

"그럼 말해줄게. 난 너와 같은 대학에 다니고, 너와 같은 정치학과 학생이야. 더 구체적으로 말하자면 너와 같은 어학 수업을 듣고 있고. 그것 말고도 수업의 절반 정도는 너와 겹쳐. 강의실에서 널 본 적은 거의 없지만 말이야. 그래서 날 모르는 건 당연할지도 몰라. 그런데 지난번에도 이런 말을 하지 않았던가?"

상대의 말을 무시하고 다이잔은 한마디로 대답했다.

"기이한 우연이군."

"반응이 뭐 그래? 그게 전부야?"

깜짝 놀라는 에리카의 얼굴은 너무나 아름다웠다. 간접조명 속에서 기다란 머리칼을 살짝 치켜올리는 동작이 섹시해 보였다.

"취미는?"

에리카가 쿡쿡 웃으면서 대답했다.

"이번에는 꼭 맞선을 보는 듯한 질문이네?"

"맞선을 본 적 있어?"

"있을 리가 없잖아. ……내 취미는 뭐랄까, 정치라고나 할까?"

다이잔은 진지하게 대답했다.

"좋은 취미군."

"무토, 네 취미는 뭐야?"

다이잔은 등줄기를 쭉 펴고 말했다.

"물론 정치야. 정치인이 되고 싶으니까. 우리는 마음이 잘 맞을 것 같군."

그러자 에리카가 어이없는 표정을 지었다.

"정치인이 되고 싶다니, 요전에는 그렇게 말하지 않았잖아? 일반 회사에 취직한다고 하지 않았어?"

"누가 그렇게 말했을까?"

"시치미 떼지 마. 무토, 네 입으로 직접 그렇게 말했거든!"

"그렇게 말한 건 또 하나의 나야. 머리가 나쁜 쪽의 나. 실은 내가 두 명이거든."

"오늘은 머리가 좋은 쪽이 여기에 있는 거야?"

다이잔은 가슴을 펴고 당당하게 말했다.

"그래, 이제야 말이 통하는군. 물론 한자도 제대로 읽을 수 있어."

"그럼 너희 아버지하곤 다르구나."

다이잔은 약간 발끈하면서 말했다.

"아버지도 두 명인데, 요즘 머리가 나쁜 쪽이 나와 있어."

"너희 집은 참 독특하구나."

"칭찬해줘서 고마워."

"칭찬이 아니라……."

"에리카, 난 너에 대해 더 많이 알고 싶어."

다이잔은 옆에 있는 에리카의 손을 잡고 자신의 무릎에 올려놓았다. 여기를 룸살롱으로 착각하는 게 아닐까?

"너의 모든 걸 알고 싶어."

그때 뒤에서 걸걸한 목소리가 들렸다.

"뭘 그렇게 똥폼을 잡으시나?"

뒤를 돌아본 다이잔의 눈앞에, 빈정거리는 미소를 짓는 여우 같은 얼굴이 나타났다. 짧게 자른 머리를 금발로 염색하고, 태닝숍에라도 다닌 듯한 얼굴은 어두컴컴한 클럽 안에서도 알아볼 수 있을 만큼 까무잡잡했다. 남자의 뒤에 있는 친구 두 명이 다이잔을 노려보았다.

본 적이 있는 자들이다. 쇼와 의식이 바뀐 날 밤, 이 클럽에서 싸운 녀석들이다. 엔카 가수인 하시다 요이치로의 아들이라고 했던가?

다이잔은 웃으면서 상대하지 않으려고 했다.

"아하! 하시다라는 애송이냐? 네게는 볼일 없으니까 꺼져."

"왜 이렇게 큰소리를 치실까?"

하시다의 얼굴에서 히죽거리는 웃음이 사라지고, 눈 안쪽에서 광기를 닮은 시뻘건 불꽃이 타올랐다.

"하시다, 그만해."

"에리카, 넌 가만히 있어."

사태가 심상치 않음을 알아차리고 가이바라가 뛰어와 하시다의 앞을 가로막았다.

"왜, 왜 이래? 너희들은 뭐야? 저리 가지 못해!"

큰소리친 것도 잠시, 가이바라는 하시다가 다리를 걸자 눈 깜짝할 사이에 바닥으로 고꾸라지고 말았다. 가이바라의 비명을 듣고 달려온 마이가 두 손을 허리에 대고 말했다.

"너희들, 이 안에서 싸우면 출입 금지시킬 거야."

"마, 마이 씨. 이, 이 사람들을 말려주세요."

바닥에 뻗어서 비굴하게 말하는 가이바라를 향해 마이는 쌀쌀맞게 말했다.

"그건 제 힘으론 불가능해요. 이럴 땐 한번 끝까지 싸우는 수밖에 없어요."

"마이, 잘 알고 있군. 하지만 아직 배우가 다 모이지 않았잖아?"

다이잔이 그렇게 말한 순간, 한 남자가 나타났다.

"쇼, 늦어서 미안해."

키는 작지만 실팍한 체격의 남자로, 쇼의 친구인 마키하라였다. 새로운 배우의 등장에 하시다 패거리는 눈에 띄게 동요했다. 합기도 2단인 마키하라의 실력을 잘 알고 있는 것이다.

"뭐, 오늘은 특별히 봐줄까?"

허세를 부리며 하시다가 발길을 돌리려는 순간.

"하시다는 큰소리만 쳤지 실제론 별거 아닌가 보네."

에리카의 한마디에 스위치가 켜진 것처럼 등을 돌리던 하시다가 다시 돌아왔다.

"무토, 밖으로 나와."

다이잔이 엉덩이를 들면서 말했다.

"그럼 나가볼까? 가이바라, 자네도 도와줘."

"저, 저도 말인가요?"

가이바라는 지금이라도 울 것 같은 표정을 지었다.

"가끔은 자네도 세상을 위해 일해야지. 자아, 쓰레기를 청소하러 가세!"

다이잔은 마키하라와 나란히 클럽 밖으로 나왔다. 가이바라는 할 수 없이 그들을 따라가고, 마이와 에리카가 그 뒤를 이었다.

뒷골목.

"여러분, 역시 싸움은 그만두지 않겠습니까? ……폭력 반대, 앗!"

억지웃음을 짓던 가이바라의 얼굴에 하시다의 펀치가 작렬했다. 퍼억 하는 소리와 함께 가이바라의 몸이 뒤로 날아가 건물 사이에 있는 플라스틱 양동이에 부딪혔다.

그것이 신호였다. 하시다의 뒤에서 대기하고 있던 두 명이 다이잔을 향해 맹렬히 달려들었다. 다이잔은 그대로 밀리면서 건물의 벽에 부딪혔다.

"이 자식!"

한 녀석이 치켜든 주먹이 다이잔의 얼굴을 향해 날아왔다.

순간, 다이잔은 눈을 질끈 감았지만 파박 하는 소리를 듣고 눈을 가늘게 떴다.

밤의 어둠 속에서 뻗어 나온 팔이 다이잔의 얼굴에 닿기 직전에 상대의 주먹을 막은 것이다. 마키하라의 팔은 아니었다. 마키하라는 지금 다이잔의 시야 끝에서 하시다에게 강력한 보디블로를 날리고 있었다.

"닛타!"

어느새 나타났는지, 공안 형사가 여유 있는 표정으로 다이잔과 상대 사이에 끼어들었다.

"총리님, 도가 지나치시면 곤란합니다."

닛타는 작은 목소리로 그렇게 말하고, 상대의 주먹을 최대한 비틀었다.

"아야야야!"

상대의 표정이 순식간에 일그러졌다. 그 얼굴에 주먹을 작렬해서 뒤쪽으로 날려 보낸 닛타는 옆에 있던 또 한 녀석의 얼굴에 트레이드마크인 에나멜 구두를 선사했다.

"가이바라, 괜찮나?"

다이잔은 쓰레기통 사이에서 비틀비틀 일어선 가이바라에게 손을 내밀면서 닛타에게 물었다.

"여긴 어떻게 알고……?"

"공안에서 마크하고 있던 마나베가 이 클럽으로 갔다는 정보가 있었습니다. 총리님께 붙여놓은 형사에게선 총리님이 여기에 계신다는 정보가 들어왔고요. 혹시나 싶어서 와봤습니다."

마나베는 구라모토의 비서다.

"나에게 붙여놓은 형사?"

다이잔은 좌우를 둘러보았지만 그럴 만한 사람은 어디에서
도 보이지 않았다. 어디서부터 미행했는지는 모르겠지만 기척
조차 느끼지 못하다니, 역시 공안은 대단하다.

"다시 클럽으로 들어가실 건가요?"

닛타는 처음부터 끝까지 굳은 표정으로 지켜보고 있던 마이
와 에리카를 돌아보면서 물었다.

"그래, 파티니까. 자네도 들어가지 않겠나?"

다이잔이 그렇게 말했지만 닛타는 정중하게 사양했다.

"아뇨, 저는 됐습니다."

"뭐 어떤가? 가끔은 이런 곳에서 노는 것도 좋잖나?"

"형사는 금욕적이지 않으면 안 됩니다. 본래 정치인도 그래
야 하지 않습니까?"

뼈를 때리는 한마디를 남기고, 닛타는 다시 롯폰기의 밤거리
로 사라졌다.

"야! 언제까지 누워 있을 거야? 패배자 3인조, 일어나!"

마이는 지저분한 아스팔트 위에서 신음하는 세 명이 일어나
도록 도와주더니, 택시를 잡기 위해 큰길로 나갔다.

"이제 알았겠지? 한 번만 더 시비 걸면 숨통을 끊어놓을 거
야!"

마키하라의 말이 끝나기도 전에 사내들은 허겁지겁 마이의 뒤를 쫓아갔다.

그 모습을 보고 나서 마키하라가 다이잔에게 물었다.

"쇼, 괜찮아? 아까 그 아저씨는 뭐야? 실력이 끝내주던데?"

다이잔은 적당히 대답했다.

"내 경호원이야. 요즘 주변이 뒤숭숭해서 고용했어. 그보다 들어가서 한잔하자."

"초, 총리님……."

가이바라는 울상을 지으며 허둥지둥 다이잔의 뒤를 따라갔다.

다이잔은 클럽으로 돌아와 안을 둘러보았다.

그런 그를 보고 에리카가 물었다.

"찾는 사람 있어?"

"그런 건 아닌데, 아는 사람이 있을 것 같아서……."

"아는 사람? 대학 친구야?"

"아니, 비서야. 구라모토라고 알아? 헌민당 당대표인데."

"물론 알고말고. 내 취미가 정치거든."

"그 구라모토의 비서야."

"그 사람이 왜 이 파티에 오는데?"

"그건 아직 수수께끼이지만."

다이잔을 미행했다고는 생각할 수 없다. 만약 그랬다면 닛타가 그렇게 말했을 테니까. 하지만 감시하던 상대와 우연히 같은 곳에서 만나는 일은 있을 수 없다.

그렇다면 그가 여기에 올 만한 필연적인 이유가…… 마나베가 이 클럽에 올 만한 확실한 이유가 있는 것이다. 하지만 그 이유가 무엇인지는 아직 모른다.

잠시 생각에 잠긴 다이잔을 바라보며 에리카가 와인 잔을 들었다.

"술이나 마시는 게 어때? 수수께끼는 수수께끼인 상태가 더 즐거울지도 몰라."

"그래, 건배하자."

"맙소사! 너희들, 언제 그렇게 친해졌냐?"

마키하라는 약간 놀란 표정을 짓더니, 재빨리 아는 여자들이 있는 테이블로 옮겨갔다. 눈치가 빠른 녀석이다.

다이잔이 옆에 있던 가이바라에게 귀엣말을 했다.

"가이바라, 자네도 다른 곳에 가서 놀아."

"총리님, 너무하잖아요?"

"난 지금부터 이 여자를 공략하겠어. 멍청한 아들과 몸이 바뀌었는데, 이 정도 이점은 있어야지! 잘 들어, 마누라한테는 비밀이야."

"알겠습니다, 총리님."

"입 다물고 어서 가기나 해. 어서! 쉭, 쉭!"

다이잔에게 쫓겨난 가이바라는 어쩔 수 없이 클럽 안을 방황하기 시작했다.

"이제야 겨우 조용해졌군. 그런데 아까 어디까지 말했더라?"

다이잔은 에리카와 와인 잔을 가볍게 부딪치고 나서 물었다.

"나에 대해 더 많이 알고 싶다는 말까지 했어."

에리카는 아까 하던 이야기를 정확하게 기억하고 있었다.

"그래, 너에 대해 더 많이 알고 싶어."

그때 에리카가 생각지도 못한 제안을 했다.

"그럼 여기서 빠져나가 내 아파트로 가지 않을래?"

"어딘데?"

"아카사카. 물론 와인도 있어. 네 입에 맞을지는 모르겠지만. 갈래?"

"물론이야."

다이잔은 에리카의 손을 잡고 일어나 나란히 클럽 밖으로 나왔다.

7

클럽 앞에서 탄 택시는 가이엔히가시 길에서 아오야마 방향으로 질주했다. 뒷좌석에 나란히 앉은 에리카에게서 희미한 향수 냄새가 흘러나왔다. 여대생답게 상큼한, 살짝 장난기가 느껴지는 귤향이다. 얇은 칵테일 드레스의 깊게 파인 가슴은 어두컴컴한 택시 안에서도 하얗게 보였다.

에리카가 택시기사에게 말했다.

"아오야마 길 하나 앞의 신호에서 우회전해줄래요?"

차는 막힘없이 흘러갔다. 택시기사가 말없이 오른쪽으로 핸들을 꺾고 주택가를 누비듯 나아갔다.

"여기서 세워주세요."

에리카가 그렇게 말하자 다이잔이 돈을 내고 택시에서 내렸다.

"오호, 좋은 아파트에 사는군."

층이 높지 않은 고급 아파트다. 현관 벽에 새겨진 아파트 이름을 보니 대형 부동산회사에서 관리하는 고급 아파트임을 한눈에 알 수 있었다.

"여기에 혼자 살아?"

"응, 나 혼자 살아."

가끔 남자가 자러 오는 것 말고는, 이겠지. 오늘 밤은 내가 그 남자이고.

다이잔은 멋대로 그렇게 생각했다. 세상에는 나쁜 일만 있는 게 아니라고.

그는 우아하게 걸음을 내딛는 에리카의 뒤를, 마치 귀부인이 데리고 다니는 귀여운 강아지처럼 따라갔다.

"이쪽이야."

엘리베이터를 타고 2층으로 올라가니 복도가 양쪽으로 갈라져 있었다. 오른쪽 맨 안쪽의 문 앞에서 걸음을 멈춘 에리카는 핸드백에서 꺼낸 열쇠로 문을 열고 다이잔을 들여보냈다. 현관은 고급 대리석으로 되어 있었다. 집 안은 쥐 죽은 듯 조용해서 두 사람의 숨소리가 들릴 것 같았다.

그 정적이 다이잔의 욕망을 더욱 불타게 만들어, 온몸에서 불끈불끈 피가 끓어오르는 것이 느껴졌다. 어느새 까맣게 잊어버렸던 젊음의 기운이 몸속 깊은 곳에서 솟구치는 느낌이랄까?

젊음이 이렇게 좋을 줄이야……. 절실하게 기쁨을 곱씹는 다이잔의 옆에서 에리카는 아무렇게나 펌프스를 벗어던졌다.

현관에서 안쪽으로 이어지는 복도의 막다른 곳이 거실이었다. 혼자 사는 것치고는 상당히 넓고 화려한 아파트였다. 장소나 위치로 볼 때, 1억 엔은 족히 넘으리라.

"집이 참 좋군."

"고마워. 투자용 아파트지만 가격이 많이 떨어지는 바람에, 부동산 경기가 좋아질 때까지 내가 살기로 되어 있어."

에리카는 에르메스 핸드백을 소파에 내던지고 다이잔을 돌아보며 생긋 웃었다.

"취향은 부르고뉴였던가?"

"잊었어."

다이잔은 에리카에게 다가가 그녀의 허리에 두 손을 대고 나지막이 속삭였다.

"지금은 와인보다 네 속옷 브랜드를 알고 싶어. 지금 당장."

"어떡하지? 속옷을 안 입었는데?"

"헉! 코피가······."

다이잔이 주머니에서 황급히 손수건을 꺼내는 틈을 타 에리카는 그의 팔에서 슬쩍 빠져나왔다.

"이 바보, 농담이야."

"짓궂긴······."

다이잔은 근처에 있던 티슈를 말아 코에 끼워 넣었다.

"에리카, 농담인지 아닌지 확인해볼게."

다시 에리카에게 다가가려고 한 순간······.

"다이잔, 여자 꼬시는 말투가 너무 아재 같잖아?"

에리카의 입에서 나온 말을 듣고, 가냘픈 어깨에 손을 내밀던 다이잔은 흠칫 놀라 그대로 얼어붙었다. 그는 에리카를 뚫어지게 바라보았다.

"지금 뭐라고 했지?"

"아재라고 했네."

그것은 지금까지 들었던 에리카의 말투가 아니었다.

"너, 넌 누구냐!"

에리카의 눈동자에 지금까지와는 완전히 다른 표정이 깃들었다. 당황하는 다이잔의 모습을 즐기는 듯했다.

에리카가 물었다.

"자네, 다이잔이지? 아들과 몸이 바뀐 무토 다이잔. 아닌가?"

"그, 그걸 어떻게······."

시야의 한쪽 구석에서 사람의 그림자가 움직인 것은 그때였다. 상대를 확인한 순간, 다이잔은 숨을 들이마셨다. 그 남자였다. 구라모토의 비서라는 마나베 요시토. 마나베는 다이잔에게 시선을 고정한 채, 천천히 걸음을 옮겼다. 강하고 탄탄해 보이는 남자였다. 아무리 젊은 쇼의 몸이라곤 하지만 일대일로 붙으면 승산이 없다.

빌어먹을. 함정이었던가.

마음속으로 혀를 찼지만 이미 때는 늦었다.

다이잔이 물었다.

"에리카, 네가 어떻게 이 남자와…… 한패인가?"

"한패라고 할까, 내 경호원이라고 하는 편이 맞겠군."

에리카로부터 생각지도 못한 대답이 돌아왔다.

"최근의 테러리스트는 VIP급이군. 경호원까지 데리고 다니다니……."

다이잔은 최대한 허세를 부리며 비아냥거렸다.

"다이잔, 뭘 오해하고 있는 것 같군."

다이잔. 에리카는 그를 그렇게 불렀다. 다이잔이라고 이름으로 부르는 사람은 그렇게 많지 않다. 옛날부터 알았던 몇몇 정치인 정도다.

이 여자는 도대체 누구인가…….

다이잔의 머릿속에 의문이 떠올랐을 때, 에리카가 물었다.

"내가 누군지 모르겠나?"

"뭐야?"

다이잔은 에리카를 물끄러미 바라보았다.

"예전에 내가 굴튀김을 사줬잖나? 기억 안 나? 신토미마치 뒷골목에 있는 가가미야에서 말이야. 내가 신정당을 창당하기 전의 일이지. 그 은혜를 벌써 잊어버렸나?"

다이잔은 어이가 없었다.

"은혜라고? 거기 굴튀김은 고작해야 8백 엔이잖아!"

그렇게 말한 순간, 다이잔은 흠칫 놀라며 입을 다물었다. 가가미야는 오래된 메밀국수집이지만, 그가 아는 한 그곳의 단골 정치인은 한 명밖에 없다.

그리고…… 그리고 정계가 넓다곤 하지만 그가 아는 한 고작 굴튀김 가지고 이렇게 생색을 내는 남자도 또한 한 명밖에 존재하지 않는다.

"이, 이렇게 쫀쫀한 걸 보니 혹시……."

다이잔은 두 눈을 크게 뜨고 에리카의 아름다운 눈을 똑바로 바라보았다.

"구, 구라모토! 네 녀석이냐!"

에리카의 입에서 음침한 웃음이 새어나왔다. 본 적이 있는 웃음이다. 대표 질의에서 아무 짝에도 쓸모없는 하찮은 질문을 할 때 구라모토가 짓는 표정인 것이다.

"다이잔, 그걸 이제 알았냐?"

에리카, 아니, 구라모토가 말했다.

다이잔이 울부짖듯 소리쳤다.

"구라모토, 무슨 속셈이지? 이건 국가에 대한 테러야! 이런 짓을 하고도 무사할 것 같아?"

구라모토는 땅이 꺼져라 한숨을 내쉬더니 이내 웃음을 거두고 어깨를 떨구었다.

"다이잔, 착각하지 마. 실은 나도 피해자일세."

다이잔은 새삼 구라모토를 보았다.

"자네도 피해자라고? 혹시 최근에 치과에 갔었나?"

"그래, 자네와 똑같아. 시부야의 마루야마치과. 에리카도 그렇고. 나도 나름대로 조사해봤네."

구라모토의 집은 다이잔과 마찬가지로 쇼토에 있다. 그 주변에 사는 정치인은 적지 않으니까 단골 치과가 겹친다고 해도 이상할 게 없다.

다이잔은 탄식하며 깊은 한숨을 내쉬었다.

"이거 기쁘기 한량없는 일이군. 그런데 에리카는 누구지? 자네 애인인가?"

저렇게 젊고 아름다운 애인이 있다니……. 부러워서 미칠 것 같다.

"내가 자네 같은 줄 아나? 에리카는 내 딸일세. 이혼한 아내와의 사이에서 낳은 딸. 그래서 성이 다른 거야."

다이잔이 눈을 휘둥그레 떴다.

"그러면 지금 국회에서 심술궂은 질의를 하고 있는 건……."

"그쪽이 에리카야."

"이거 불쌍해서 어쩌나? 근성이 비뚤어진 아버지의 추악한 몸과 바뀌다니. 이것이야말로 테러의 고귀한 희생이 아니고 무엇이랴! 그에 비해 자네는 온갖 기쁨을 누리고 있군. 살짝 만져봐도 되겠나?"

다이잔이 가슴으로 내미는 손을 구라모토가 찰싹 때렸다.

"어딜 함부로 만지려고 그래!"

구라모토가 옆에서 대기하고 있던 비서를 불렀다.

"……이보게, 마나베. 슬슬 손님이 올 때가 됐으니까 보고 오게."

다이잔이 의아한 얼굴로 물었다.

"손님? 누구 말인가?"

"공안 형사들 말이야. 함부로 쳐들어와서 문을 부수기라도 하면 큰일이니까."

형사 출신인 만큼 그런 예측은 빈틈이 없다.

그의 말대로 마나베가 현관으로 가자마자 쿵쾅쿵쾅 발소리가 들리고, 낯빛이 달라진 닛타가 뛰어 들어왔다.

"다들 움직이지 마! ……총리님, 다치신 데는 없습니까?"

상부의 허락을 얻었는지 손에는 권총을 들고 있었다. 닛타의 뒤에는 다이잔도 처음 보는 남자들이 두 명 있었고, 그중 한 남자는 마나베를 뒤에서 붙잡고 있었다.

"닛타, 수고 많았네. 괜찮으니까 놓아주게."

다이잔은 구라모토를 가리키며 덧붙였다.

"이쪽은 헌민당의 구라모토 시로 당대표라네."

닛타가 경계를 풀지 않고 물었다.

"총리님, 어떻게 된 겁니까?"

"아무래도 우리처럼 뇌파가 바뀐 것 같아. 사태는 우리가 생각한 것보다 훨씬 심각하군."

8

"구라모토, 나는 지금까지 정권 교체를 노리는 자네의 소행이라고 생각했네."

다이잔이 차분히 설명했다.

"그럴 리가 없잖아!"

구라모토는 정색하며 말한 뒤, 뇌파가 바뀐 경위를 설명하기 시작했다.

"마루야마 치과에 간 건 2주 전의 수요일이었네. 사랑니를 빼야 한다고 하더군. 비슷한 시기에 다른 치과에 갔던 에리카도, 그 치과의 소개장을 들고 마루야마 치과에 왔던 모양이야."

다이잔과 쇼가 바뀐 무렵에 구라모토는 이미 '어린이화', 즉 딸과 바뀌었던 것이다.

"마루야마 치과가 수상하단 건 어떻게 알았지?"

"옛날 연줄을 통해……."

구라모토는 다이잔도 몰랐던 극비 정보를 알고 있었다. 과연 옛 경찰 관료의 우두머리다. 경찰 내부에 빈틈없이 둘러쳐져 있는 그의 정보 수집망은 공안에 필적한다고 한다. 민정당과 결별하고 새로 만든 신당을 짧은 기간에 제1야당으로 성장시킨 것도 뒤에서 정보를 조종하는 그의 힘이다.

다이잔이 다시 물었다.

"나도 그렇게 됐다는 건 어떻게 알았나?"

"자네 아들이 멍청하다는 얘기는 에리카에게 들었네. 그래서 혹시나, 하고 생각했지. 반대로 우리 딸은 워낙 똑똑해서 자네 같은 걱정은 하지 않아도 되네."

다이잔이 입술을 삐죽거리며 비아냥거렸다.

"그거 다행이군. 차라리 이대로 계속 자네 대신 딸이 정치하는 편이 낫지 않겠나? 자네도 딸의 멋진 몸매를 가졌으니까 불만은 없을 거잖아?"

"딸의 몸매를 보고 좋아하는 아버지가 이 세상에 어디 있나? 만약 있다면 그놈은 변태겠지. 물론 딸의 몸으로 있는 이상, 더러운 벌레를 쫓아낼 수 있는 건 다행이지만. 그보다 가슴이 너무 무거워서 어깨가 결리지 뭔가?"

구라모토가 그렇게 말하며 어깨를 빙빙 돌리자 칵테일드레스의 가슴이 흔들리면서 다이잔의 시선을 사로잡았다.

"구, 구라모토, 자네 뇌파와 내 뇌파를 교환하는 건 어떻겠나?"

"자네는 원숭이 뇌파하고나 교환하는 게 어때?"

구라모토는 경멸을 잔뜩 담아 다이잔을 노려보면서 이야기를 원점으로 돌렸다.

"그보다 다이잔, 이 사건에 관해 어디까지 알고 있지? 지금은 서로 정보를 공유해 공동전선을 펴는 게 어떻겠나?"

"좋아, 비밀회의를 하세."

에리카의 아파트에서 나온 두 사람은 닛타의 보호를 받으며 방위성 지하의 회의실로 향했다.

회의실에는 내각 회의를 마친 쇼와 가리야가 이미 와 있었다.

"으아! 아버지, 어떻게 된 거예요? 왜 에리카를 데려왔어요?"

안으로 들어온 구라모토와 다이잔을 보고 쇼가 괴이한 소리를 질렀다.

"이 사람은 에리카란 여자애가 아니야. 구라모토 시로지."

다이잔의 설명을 듣고 쇼는 눈을 동그랗게 떴다.

"네? 그럼 내게 시답잖은 질의를 마구 퍼부었던 그 빌어먹을 영감탱이가……."

그 말에 대답한 사람은 이미 전후 사정을 들은 가이바라였다.

"그 사람이 에리카 씨라더군. 너하곤 머리 수준이 다른 것 같아."

"그런 여자는 딱 질색이야!"

그렇게 말하면서 쇼는 가리야와 함께 칵테일 드레스 차림의 에리카를 말똥말똥 쳐다보았다.

"그건 그렇고 바퀴벌레처럼 생긴 구라모토와는 털끝만큼도 안 닮았군. 다이 씨, 어떻게 생각하세요?"

가리야가 다이잔을 보면서 물었다.

"솔직히 말하면 좀 부럽더군."

"지금 누구더러 바퀴벌레래? 내가 바퀴벌레라면 자네는 흰개미겠지."

예전에 같은 민정당 의원이기도 해서 구라모토와 가리야는 원래 친했다. 그 말투를 듣고 가리야는 고개를 끄덕였다.

"그래, 분명히 구라모토군. 그건 그렇고 여장이 취미였을 줄이야……."

구라모토가 화를 내며 고함을 질렀다.

"그게 아니잖아! 가리양, 이게 여장으로 보이나? 머리만이 아니라 눈도 나빠진 모양이군."

화제를 돌린 사람은 다이잔이었다.

"가리양, 오늘은 어땠나?

"한자는 잘 읽었습니다. 그렇지, 쇼짱?"

마치 머리 나쁜 초등학생과 가정교사 같은 대화다.

"자식의 수준이 여론을 좌우할 줄이야. 지금 헌민당 지지율은 하늘 높은 줄 모르고 치솟고 있지."

구라모토는 그렇게 빈정거리면서 여유 있는 표정을 지었다.

"그건 눈 깜짝할 사이에 역전될 겁니다. 안 그런가요?"

지지율 이야기만 나오면 유난히 정색하는 가이바라가 되받아쳤다.

"눈 깜짝할 사이에 역전된다고? 재미있는 말이군. 다음 선거가 기대되는데? 다이잔, 빨리 중의원이나 해산하게."

"서두르지 않아도 할 거야. 그때까지 자네가 얼마나 쪼잔한 사람인지 들키지 않도록 조심하게, 굴튀김."

"그건 둘째치고 이런 상태에선 두 분 다 선거를 치를 수 없겠지요."

사나다는 탈선하려고 하는 대화를 본선으로 되돌리면서, 미국 정부에서 받은 극비정보를 구라모토에게도 제공했다.

모든 이야기를 듣고 나서 구라모토는 말했다.

"CIA에서 최첨단 기술을 도난당했다는 얘기는 나도 들었네. 문제는 그 기술을 훔친 테러리스트야. 자네들은 누구라고 생각하나?"

"현재 정보 수집에 모든 힘을 쏟고 있지만 새로운 정보는 없습니다."

가이바라가 자신의 의견을 말했다.

"혹시 알 카에다의 소행이 아닐까요? 그러면 일본뿐만 아니라 모든 주요국의 수뇌가 어린아이로 변할 가능성도 있습니다. 그렇다면 눈에 보이지 않아도 이건 9·11사태급 테러입니다."

다이잔이 물었다.

"다른 나라에서 비슷한 일이 일어났다는 연락은 없었나?"

"없었습니다. 실제로 똑같은 테러가 일어났을 가능성은 있지만, 그것을 드러내고 말할 나라는 없을 겁니다. 국가 방위상 최고 기밀일 테니까요."

가리야가 고개를 갸웃거렸다.

"아무리 그래도 이해가 안 되는군요. 다이 씨나 쓰루 씨는 노릴 수 있다고 해도, 구라모토까지 노리는 건 왜죠?"

구라모토가 가슴을 펴고 말했다.

"우리가 다음 선거에서 여당이 된다고 생각해서겠지."

가이바라가 노골적으로 투쟁심을 드러내며 말했다.

"구라모토 의원님, 그건 아니라고 생각합니다. 지지율에서는 민정당이 더 높으니까 지금 단계에서 테러리스트가 헌민당 따위를 노릴 리는 없겠지요."

구라모토가 발끈하며 되받아쳤다.

"지금 '따위'라고 했나? 말조심하게! 어디서 함부로 말하는 거야?"

"자네의 선거 공약 중에 테러리스트의 심기를 건드릴 만한 게 있다든지……."

다이잔의 말에 구라모토는 팔짱을 끼고 생각에 잠기더니, 이윽고 고개를 가로저었다.

"그런 건 생각나지 않는군."

"여러분, 좀 더 유연하게 생각해보시는 건 어떨까요?"

닛타가 그렇게 말하자 전원의 시선이 그에게 쏠렸다.

"이슬람 원리주의자만이 테러의 용의자라곤 할 수 없습니다.

지금 범인을 특정하는 건 좋은 방법이 아니라고 생각합니다."

화려한 옷을 입은 공안 형사의 눈길이 이때만은 민완 형사를 방불케 할 만큼 날카로웠다.

닛타가 말을 이었다.

"범인에게는 분명히 범행을 저지를 만한 동기가 있습니다. 그 동기가 종교적 이유인지, 국가적 신념인지, 또는 다른 것인지 밝혀내려면 범죄를 해결하는 수밖에 없겠지요."

너무도 당연한 의견에 잠시 침묵이 이어졌다. 그 침묵을 맨 먼저 깨뜨린 사람은 가장 성질이 급한 구라모토였다.

"공안은 참 태평하기도 하군. 현직 총리와 장관, 그리고 제1야당의 당대표가 테러를 당했는데 그렇게 느긋하게 말해도 되나? 용의자가 있다면 지금 당장 체포한 뒤, 고문을 해서라도 진상을 토해내게 하는 게 자네들의 일이잖아!"

닛타가 경멸이 담긴 눈길로 구라모토를 바라보았다.

"유감스럽지만 공안은 비밀경찰이 아닙니다. 그리고 조금 전에 들어온 정보에 따르면, 헌민당 의원이 롯폰기에 있는 고급 매춘 클럽의 고객이었다는 사실이 드러났다고 합니다."

구라모토가 눈을 부릅뜨고 물었다.

"그럴 리가 없어! 도대체 누가?"

"하마하타 겐자부로 의원입니다."

구라모토의 얼굴에서 감정이 빠져나갔다. 눈을 깜빡이는 것조차 잊고 입을 벌렸지만 입술만 움찔거릴 뿐이었다.

"하, 하마하타가⋯⋯."

하마하타는 구라모토와 함께 헌민당의 얼굴이다. 아직 젊은 의원으로, TV나 잡지에서 서로 인터뷰를 하려는 잘생긴 의원으로도 알려져 있다.

닛타가 다시 말을 이었다.

"조금 전에 그 매춘 클럽을 적발했는데, 압수한 고객 명단에 하마하타 의원의 이름이 있었다고 합니다."

"어떻게 이런 일이! 여자가 필요하면 내게 말하지⋯⋯."

"아~ 아~ 이거 불쌍해서 어쩌나?"

가리야가 태연한 얼굴로 어깨를 들썩이며 말했다.

"젠장. 이럴 때가 아니야. 난 먼저 실례하겠네."

구라모토가 비서를 돌아보며 명령했다.

"마나베, 어서 가자. 헌민당 당사로!"

"나 원, 적의 불행은 나의 행복이군. 적의 불행이 이토록 달콤할 줄이야⋯⋯."

허겁지겁 뛰어나간 구라모토의 뒷모습을 보면서 다이잔은 여유 있는 표정을 지었다. 반면에 가이바라는 가차 없이 독설을 날렸다.

"지지율이 조금 올랐다고 목에 힘을 준 탓에 벌을 받은 겁니다."

"다이 씨, 이제 다음 선거는 안심해도 되겠군요."

그런 가리야의 말을 반박한 사람은 뜻밖에도 닛타였다.

"과연 그럴까요?"

"닛타, 아직 안 갔나?"

"이것도 조금 전에 들어온 정보입니다만, 『주간 조류』에 민정당 거물 의원의 애인이었다는 여자의 인터뷰가 실린다고 합니다. 그것도 실명으로요."

다이잔의 얼굴이 순식간에 새파랗게 질렸다.

"그게 정말인가? 누구 애인이지?"

가리야가 조심스럽게 말했다.

"다이 씨…… 혹시 미카가 아닐까요? 요전에 위자료를 깎았잖아요?"

"아니야, 한 푼도 안 깎고 100만 엔을 줬어. 아뿔싸! 너무 적게 줬나……!"

다이잔이 머리를 껴안았을 때, 닛타가 말했다.

"긴자의 루비라는 클럽에서 일하는 나나미라는 여자입니다."

다음 순간, 비명을 지른 사람은 다이잔이 아니라 가리야였다.

"가, 가리야 아저씨, 왜 그래요?"

영문을 몰라 어리둥절한 표정을 지은 쇼에게 가이바라가 귀엣말을 했다.

"나나미는 가리야 장관님의 여자였습니다. 얼굴이 하얗고 조금 경박해 보이는, 서른 살쯤 된 여자지요. 다른 여자가 생겨서 갈아탔지만요."

쇼가 입술 끝에 미소를 매달고 말했다.

"가리야 아저씨도 보통이 아니시군요."

"쇼짱, 지금 농담할 때가 아니야!"

가리야가 뭉크의 절규와 똑같은 얼굴로 다이잔을 돌아보았
다.

"다, 다이 씨, 어떡하죠?"

머리가 터질 것 같아서, 다이잔은 이 이상 생각하는 걸 포기
했다.

"가리야, 그걸 생각하는 게 관방장관의 일이잖나!"

"이, 이럴 수가……!"

가리야는 머리를 껴안고 비명을 지를 수밖에 없었다.

제5장

스캔들

1

"그래, 다이 씨……!"

머리를 껴안고 있던 가리야가 돌연 얼굴을 들었다. 일행은 무거운 분위기를 이끌고 방위성을 나와 총리 공저로 장소를 바꾼 참이었다.

"혹시 이것도 테러가……."

쇼가 짜증 난다는 얼굴로 대꾸했다.

"……그럴 리가 없잖아요. 이렇게 말도 안 되는 테러가 어디 있어요?"

"그렇겠지? 다이 씨, 죄송합니다."

힘없이 어깨를 떨군 맹우를 보고 다이잔은 너그럽게 대꾸했다.

"괜찮아, 실수는 누구나 하는 법이니까. 그나저나 어떻게 할 건가? 은밀하게 수습하려고 해도 『주간 조류』는 힘들거든. 거기는 뇌물이 통하지 않으니까. 자네도 알고 있겠지만."

가리야는 넋이 나간 얼굴로 깊은 한숨을 쉬었다.

"그건 그렇죠……. 지금은 인정할 수밖에 없습니다. 사실이니까요."

다이잔도 잠시 생각하고 나서 포기하듯 말했다.

"그래. 어설프게 거짓말을 하면 괜히 무덤만 팔 뿐이고, 오히려 역효과가 날 거야."

가이바라가 심각한 얼굴로 물었다.

"하지만 이런 스캔들이 드러나면 지지율이……. 총리님, 어떻게 할까요?"

대답은 돌아오지 않았다. 맹우의 스캔들에 어떻게 대처해야 할지 판단이 서지 않는 것이다.

가리야가 결심한 얼굴로 말했다.

"다이 씨, 저를 경질해주지 않겠습니까? 깨끗하게 물러나겠습니다."

"가리양……."

가리야가 다시 애원했다.

"경질해주십시오. 정권의 발목을 잡을 수는 없습니다."

다이잔이 야단치듯 말했다.

"가리양, 서둘 것 없어. 자네 없이 어떻게 정권을 유지할 수

244

있겠나? 자네를 기용한 건 단지 맹우라는 이유 때문만이 아니야. 정치가로서 역량이 뛰어나기 때문이지. 모테기 파나 하야시다 파가 딴지 걸지 않고 정권의 방향에 협조하는 건 자네가 이리저리 뛰어다니며 조정해주기 때문이 아닌가? 자네는 내 정권에 꼭 필요한 사람이야. 아니, 민정당에, 아니 일본에 꼭 필요한 정치가지. 내 마음을 알겠나, 가리양!"

가리야가 눈을 새빨갛게 물들인 채 입술을 파르르 떨었다.

"다이 씨……. 그렇게 말씀해주셔서 얼마나 기쁜지 모릅니다. 하지만 사람들은 애인 문제가 있는 관방장관을 용서하지 않을 겁니다. 매스컴에서도 난리를 피울 테고요. 그건 싫습니다."

가이바라는 어디까지나 객관적으로 대답했다.

"하긴 절호의 때리기 재료니까요. 최근에 큰 뉴스가 없었죠. 분명히 개떼처럼 달려들 겁니다."

"하지만 가이바라, 매춘 클럽보다는 낫지 않나?"

"그거나 이거나 마찬가지입니다. 최소한 기사의 내용만이라도 먼저 알면 좋겠는데요."

가이바라의 말투에는 비아냥거림이 담겨 있었다.

그때 닛타의 입에서 뜻밖의 말이 흘러나왔다.

"알 수 있습니다."

"어, 어떻게?"

"공안에서 이미 기사의 샘플을 손에 넣었습니다."

"팩스로 받아볼 수 있겠나?"

잠시 후, 그들은 팩스 세 장의 맨 앞에서 춤추는 커다란 제목을 보았다.

'풍만한 가슴의 스타 마담! 가리야 장관과의 관계를 적나라하게 고백하다!'

"나나미의 가슴이 그렇게 컸던가?"

"원래는 그렇게 크지 않았습니다. 가슴 확대 수술을 했지요."

"그렇군."

그런데 뒤에 이어지는 기사를 본 순간, 그 자리에 있던 모든 사람이 입을 다물지 못했다.

'가리야 씨는 내 거기에 바나나를 넣고…….'

쇼가 바들바들 떨면서 말했다.

"아, 아저씨. 벼, 변태였어요?"

가리야가 창백한 얼굴로 변명했다.

"그, 그게 아니라 거기로 바나나를 먹을 수 있다고 하기에 확인해보려고……."

"먹을 수 있을 리가 없잖아!"

기막힌 표정을 지은 다이잔의 옆에서 가이바라가 진지한 얼굴로 말했다.

"경질하지 않는다면 분명히 지지율이 급락할 겁니다."

"이 정도로 그만두게 한다면, 이 세상에 정치가는 씨가 마를 거야!"

가이바라는 여느 때와 달리 단호하게 대꾸했다.

"속마음은 그렇더라도 겉으론 그렇게 말할 수 없으니까요. 한 가지 다행인 점은 헌민당도 스캔들이 터졌다는 겁니다."

"그럼 무승부인가?"

하지만 가이바라는 냉정한 얼굴로 고개를 가로저었다.

"그렇지 않습니다. 정권의 핵심인 장관과 일개 의원의 스캔들은 차원이 다릅니다. 국가적인 문제와 일개 의원의 문제라고나 할까요? 애인 문제가 있는 관방장관을 기용한 이상, 임명한 책임을 추궁할 겁니다."

가이바라는 문제의 핵심을 예리하게 지적했다.

"그럼 어떡하면 좋겠나?"

가이바라는 잠시 생각에 잠겼다.

"여성 스캔들은 미묘한 문제라서 그저 책임지고 물러난다고 되는 게 아닙니다. 일단은 여론을 정확하게 파악할 필요가 있습니다. 그 여론 형성에는 매스컴 보도가 가장 큰 영향을 미치니까, 매스컴에 어떻게 대응할지 대책을 강구하는 게 좋겠습니다."

"그 녀석들은 미끼만 물면 정신없이 떠들어대니까."

다이잔은 지긋지긋한 얼굴로 말했다. 오랜 정치 인생에서 매스컴으로 인해 불쾌한 일을 당한 적이 한두 번이 아닌 것이다.

가이바라가 냉정한 얼굴로 덧붙였다.

"문제가 한 가지 더 있습니다. 매스컴에 대응해야 하는 사람이 총리님이 아니라 쇼짱이라는 겁니다."

쇼가 움찔거리며 되물었다.

"네? 내, 내가 대응해야 한다고요?"

"지금 너 말고 누가 있어?"

다이잔은 차갑게 말하고 가이바라에게 시선을 돌렸다.

"가이바라, 당장 예상 문답지를 만들어주게. 쇼, 너는 무슨 질문을 받아도 그 대답만 반복하는 거야. 알았지?"

"쳇, 내가 뭐 꼭두각시 인형이에요?"

쇼가 불만스럽게 말하자 다이잔이 노려보았다.

"인형이 뭐가 나빠? 피노키오도 마지막에는 인간이 되지. 너도 이번 일을 제대로 해내면 인간이 될 수 있어."

"아버지, 뭔가 착각하는 것 같은데요, 난 처음부터 인간이었거든요!"

그때 가이바라가 TV 스위치를 켰다.

"밤 11시 뉴스를 전해드리겠습니다."

"맙소사! 벌써 시끌벅적하군."

화면에 나온 것은 아카사카에 있는 헌민당 당사 앞이었다. 수많은 기자들에게 에워싸인 채 테이프로 묶은 마이크 다발을 앞에 두고 구라모토, 즉 에리카가 새파랗게 질려 있었다.

에리카는 옴짝달싹 못한 채 대답했다.

"저희 당으로서는…… 차분하게 경찰의 수사를 기다리고 있습니다."

"하마하타 의원이 매춘 클럽을 이용했다는 건 알고 계셨습니까?"

"아니요, 전혀 몰랐습니다. 그야말로 청천벽력 같은 소식으로, 진심으로 유감스럽게 생각합니다."

"하마하타 의원은 헌민당의 국회대책위원장인데요, 만약 체포되면 어떻게 대응하실 생각입니까?"

"현재 경찰에서 수사 중인 사건이라서, 현시점에서는 대응을 생각하고 있지 않습니다."

에리카의 대답은 어디까지나 신중했다.

"당에서는 어떤 처분을 내리실 겁니까?'

"다시 말하지만 아직 수사 중인 사건이라서 결과를 보고 나서……."

"의원직을 내놓아야 한다는 이야기가 나오고 있습니다만."

에리카가 인내심을 발휘하며 대답했다.

"그건 하마하타 의원이 판단할 문제라고 생각합니다."

"기자 질문에 일일이 대응하지 말고, 빨리 차에 올라타면 되는데……."

본래라면 야당의 실수에 손뼉이라도 치며 좋아해야 하지만, 이때만은 다이잔도 안됐다는 표정을 지었다.

쇼를 힐끔 보면서 가이바라가 에리카를 칭찬했다.

"구라모토 의원의 따님이 아주 야무지군요. 누구하고 달리."

쇼가 가이바라를 쏘아보았다.

"그거 참 미안하네요. ……그나저나 저 녀석들, 정말 하이에

나 같군요. 아까부터 계속 처분이 어쩌고저쩌고. 도대체 원하는 게 뭘까요?"

"한마디로 말해서 책임지고 의원직에서 물러나게 하라는 거야. 헌민당의 실수라든지, 도덕의 실추라든지, 국회의원의 품격이 땅에 떨어졌다든지, 그런 논조의 기사가 눈에 보이는 것 같군."

가리야가 어깨를 떨어뜨리며 힘없이 말했다.

"가이바라, 남의 일이 아니야. 내일은 내 차례니까."

그때 우울한 공기를 뚫고 가이바라의 휴대폰이 울렸다. 짤막한 통화를 마치고 가이바라가 말했다.

"가리야 장관님, 내일이 아니라 오늘입니다. 이 건에 관해 이야기를 듣고 싶다고, 관저에 기자가 스무 명쯤 와 있다고 합니다."

다이잔이 깜짝 놀라며 엉거주춤 일어섰다.

"벌써 왔다고! 가리얏, 어떡하지?"

"지금은 어쩔 도리가……."

가리야가 지친 얼굴로 일어섰다. 얼굴에는 자신의 운명을 받아들이고, 사지로 가는 남자의 분위기가 떠다니고 있었다.

"다이 씨, 다녀오겠습니다."

"가서 어떡할 생각인가?"

"사실대로 말하겠습니다."

이제 여기까지다. 그렇게 마음먹었는지, 가리야는 단호하게

250

말하고 후련한 미소를 지었다.

"사나이 가리야 고지. 제가 뿌린 씨는 제가 거두겠습니다."

가리야는 한 걸음 물러서서 차렷 자세를 취했다.

"폐를 끼쳐서 죄송합니다."

"가리양……."

가리야는 아연해하는 다이잔을 향해 깊숙이 고개를 숙인 뒤, 로봇처럼 어색한 걸음걸이로 총리 공저에서 모습을 감추었다.

2

버라이어티쇼는 별안간 정계에 쏟아진 스캔들로 떠들썩했다.

공저의 TV 화면에는 어젯밤 총리 관저 앞에서 인터뷰에 응한 가리야가 나오고 있었다. 지금 세상은 여성과의 스캔들을 인정한 가리야를 때리느라 정신이 없었다.

"여보, 가리양도 보통이 아니네."

아야가 식탁 너머로 TV를 보며 그렇게 말한 순간, 다이잔은 자기도 모르게 사레가 들어 컥컥거렸다. 자신도 큰소리 칠 처지가 아니란 걸 알기 때문이다.

"아! 아버지, 더럽게……. 내 매트에 밥알이 튀었잖아요!"

"그 정도 가지고 뭘 그래? 가리양은 지금 바늘방석에 있는 심정일 텐데."

"그게 밥알과 무슨 상관이 있어요?"

쇼가 따지듯 말했을 때, TV에서 귀에 거슬리는 목소리가 들렸다.

"가리야 장관님, 잘못을 인정합니까?"

가리야에게 마이크를 들이댄 사람은 버라이어티쇼에서 인기 있는 예능 리포터다.

"저런 사람까지 취재하러 간 거야? 정치에 관해선 아무런 관심도 없는 주제에."

다이잔이 이마에 깊은 주름을 잡는 걸 보고 아야가 대답했다.

"이 사람들이 관심 있는 건 정치가 아니라 스캔들이야. 그나저나 어떻게 할 거야? 결국 가리양을 그만두게 할 거야?"

"농담이라도 그런 말은 하지 마. 지금 이런 상황에서 가리양까지 없어 봐. 무토 내각에 내일은 없어. 가리양은 마지막 보루라고! 쇼, 알고 있겠지? 내 말 명심하고 어떻게든 이 난국을 극복해!"

쇼가 귀찮은 얼굴로 말했다.

"명심하긴 뭘 명심해요? 자업자득이잖아요. 그보다 아버지, 오늘 면접 볼 회사는 내 제1지망이에요. 아버지야말로 면접에서 실수하지 말아요."

"이 다이잔에게 맡기면······."

"말은 그렇게 하면서 맨날 사고만 치잖아요! 은행에서는 2차 면접에 대한 연락도 없고, 다른 회사 면접에는 가지도 않고. 내 장래는 어떻게 돼도 괜찮아요?"

다이잔의 얼굴이 갑자기 진지하게 변했다.

"쇼, 한 가지 묻고 싶은 게 있는데, 넌 정말로 월급쟁이가 되고 싶냐?"

쇼도 진지한 얼굴로 대답했다.

"네, 월급쟁이가 되고 싶어요."

"내 지역구는 어떻게 되지?"

"그딴 거 내가 알게 뭐예요? 아버지의 지역구가 있으면 자식이 정치인이 되어야 하나요? 그렇게 하니까 2세 정치니 세습 정치니, 그딴 소리를 듣는 거잖아요? 전통 무용이나 무형문화재를 물려받는 것도 아니고, 부모의 뒤를 이어서 정치하는 것 자체가 이상하지 않나요? 그런 걸 당연하게 생각하는 게 아버지의 한계예요."

그건 지난 며칠간 정치에 몸을 담은 쇼의 솔직한 심정이기도 했다.

"한자도 못 읽는 녀석이 거만하게 말하긴."

다이잔이 비아냥거릴 때, TV 화면이 바뀌었다. 화면을 가득 채운 것은 고나카 주타로의 이죽거리는 웃음이었다.

고나카는 입을 열자마자 토해내듯 말했다.

"관방장관이나 되는 자가 그렇게 천박한 짓을 하다니, 정말 어이가 없군요. 도저히 믿을 수 없는 일이 벌어졌습니다. 어떻게 저런 작자에게 일본의 국정을 맡길 수 있죠? 한자도 못 읽는 총리에 주정뱅이 경제산업장관으로도 모자라 이번에는 바나나 관방장관인가요? 기가 막혀서 숨도 쉴 수 없을 지경입니다."

"제기랄! 고나카 녀석, 여자 치마폭에서 헤어나지도 못하는
주제에……."

그때 노크하는 소리가 들리고, 뜻밖에도 가리야 본인이 얼굴
을 내밀었다.

"가리양, 괜찮나? 어서 들어오게. 밥은 먹었나? 같이 먹세."

"감사합니다. 하지만 다이 씨, 지금은 밥 먹을 기분이 아니라
서 사양하겠습니다."

"그럼 차라도 들게."

다이잔은 잠 부족과 스트레스로 인해 초췌해진 가리야에게
의자를 권했다.

"살다 보면 이런저런 일이 있는 법이지. 기운 내게."

"괜찮습니다. 아직 기운이 넘치니까요."

가리야는 가볍게 미소를 지었다. 억지로 기운을 내려고 오기
를 부리는 것이다. 그런 심정을 누구보다 잘 아는 만큼, 다이잔
의 마음은 안타까움으로 가득 찼다.

"울고 싶을 때는 마음껏 울게. 우리는 동지잖나? 동지 앞에서
오기를 부려서 뭐 하겠나?"

"울고 싶은 마음은 굴뚝같습니다. 하지만 다이 씨, 이건 제가
뿌린 씨입니다. 전부 제 잘못이죠. 다이 씨의 마음은 고맙지만,
저는 한 나라의 관방장관입니다. 관방장관은 울 수 없습니다."

"자네는 이런 때에도……."

다이잔의 눈에 희미한 눈물이 고이고, 울음을 집어삼키는지 목젖이 움직였다.

"자네는 정말 훌륭한 사람이야!"

"훌륭한 게 아니라 가여운 거 아닌가요?"

쇼가 불평을 하듯 끼어들어서 다이잔의 눈총을 받았다.

가리야가 쓸쓸한 얼굴로 말했다.

"다이 씨, 괜찮아요. 사실이니까요. 저 같은 사람은 어떻게 돼도 상관없습니다. 그보다 지금은 다이 씨나 쓰루 씨 문제를 해결하는 게 먼저입니다. 구라모토는 어떻게 되어도 상관없지만요."

"지당한 말이네. 가리양, 지금 내가 믿을 사람은 자네밖에 없어. 부탁하네."

"알고 있습니다. 쇼짱, 그만 가자. 오늘 아침엔 9시 반부터 당 3역* 회의가 있어."

"할 수 없군요."

밥을 입안으로 집어넣고 쇼가 일어섰다.

"가리야 아저씨, 출격이에요! 오늘도 잘 부탁합니다!"

엄지손가락을 세우며 폼을 잡는 쇼를 보고, 다이잔은 불안을 이기지 못해 한숨을 쉬었다.

---

* 정당에서 주요 의사를 결정하는 세 가지 직책. 자유민주당에서는 간사장, 정무조사회장, 총무회장을 말한다.

"쇼, 정신 똑바로 차리고 잘해."

쇼는 양복 소매에 팔을 넣으면서 대답했다.

"아버지야말로 잘하세요. 실수하지 말고요."

"그건 내가 할 말이야."

다이잔은 쇼와 가리야의 뒷모습을 바라보고 나서 일어섰다.

"그럼 나도 나가볼까?"

그 모습을 보고 아야가 말했다.

"어머나, 벌써 나가려고? ……그나저나 뭐 잊은 거 없어?"

"잊은 거라니?"

다이잔이 멈추어 서서, 태연함을 가장하고 물었다.

"돈 말이야. 설마 잊은 건 아니겠지? 도대체 언제 줄 거야?"

다이잔은 떨떠름한 표정을 지었다.

"물론 기억하고 있어. 하지만 보다시피 지금은 정신이 하나
도 없잖아? 조금만 더 기다려."

"조금만 더? 얼마나 기다려야 하는데?"

"조금만이야, 조금만."

다이잔은 모호하게 말하면서 시계를 보았다. 인터폰이 울리
고 가이바라가 도착했음을 알린 것은 그때였다.

"구렁이 담 넘어가듯 은근슬쩍 넘어가려고 해도 소용없어.
이번엔 그냥 넘어가지 않을 테니까."

"준다고 했으면 줄 테니까 조금만 기다려!"

다이잔은 골치 아픈 빚쟁이를 뿌리치듯 말했다. 아내란 존재

는 언제부터 이렇게 악착스러워지는 걸까?

"사나이 다이잔, 한 입 가지고 두말 안 해. 그럼 다녀올게."

아야가 또 잔소리를 하기 전에 다이잔은 허둥지둥 가이바라 가 기다리는 현관으로 향했다. 집에서 아야와 같이 있을 바에 야 면접이라도 보는 편이 훨씬 나은 것이다.

3

"가이바라, 오늘은 어느 회사지?"

움직이기 시작한 차 안에서 다이잔이 물었다.

"애그리시스템이라는 회사입니다."

가이바라는 쇼에게서 받은 자료 파일에서 회사 이름이 적힌 부분을 다이잔에게 보여주었다. 자료를 슬쩍 들여다본 다이잔 은 곧바로 얼굴을 들고 물었다.

"뭐 하는 회사인가?"

"자료에 따르면 농업 관계 회사 같습니다."

다이잔은 황당한 표정을 지었다.

"뭐? 농업? 쇼 녀석, 농사라도 지을 생각인가?"

"무농약 식품을 만들어 판매하는 회사라고 합니다."

자료에 끼워져 있던 팸플릿에는 계약한 농가에서 재배하는 다양한 채소밭과 수확하는 풍경 사진이 실려 있었다.

다이잔이 감탄한 눈길로 말했다.

"오호! 쇼 녀석, 제법 좋은 회사를 선택했군."

"도저히 총리님 아들 같지 않습니다."

또 입을 잘못 놀려서 다이잔에게 질책의 눈초리를 받은 가이바라는 헛기침을 한 번 하고 화제를 바꾸었다.

"아! 웬일로 지원 동기가 쓰여 있습니다. 읽겠습니다……. 며칠 전의 일입니다. 친구가 좋은 식당이 있으니까 같이 가자고 해서 갔는데, 그곳에서 지금까지 먹어본 적이 없는 채소를 먹었습니다. 15센티미터쯤 되는 가늘고 긴 초록색 잎인데, 양쪽 옆면이 들쑥날쑥했습니다. 먹어보니 투명하고 달콤한 맛이 입 안에 화악 퍼져서 저도 모르게 '맛있다!'라고 말했지요. 저는 카운터 안쪽에 있는 주인에게, '이건 무슨 채소인가요?'라고 물었습니다. 그러자 돌아온 대답은…… 시금치였습니다."

"오호."

다이잔과 가이바라를 태운 차는 관공서가 모여 있는 가스미가세키 거리를 미끄러지듯 달려갔다. 차의 뒷좌석에서 별다른 관심 없이 듣고 있던 다이잔은 무의식중에 이야기에 빨려 들어갔다.

가이바라가 말을 이었다.

"진짜 시금치의 맛은 이렇다고 주인이 가르쳐주었습니다. 저는 그때까지 씹으면 쌉쌀한 맛이 퍼지는 둥근 잎의 시금치밖에 몰랐습니다. 왜 이렇게 맛있는, 본래의 시금치가 식탁에서 사라졌는가! 그것이 제가 귀사에 관심을 가진 계기였습니다. 그리고 조사하는 사이에 농가가 처해 있는 비참한 현실을 알게 되었습니다. 낮은 가격을 내세우며 앞다퉈 싸게 파는 채소, 농약을 사용해 보기에만 예쁘고 쌀수록 잘 팔린다는 발상으로 만든 채소가, 비싸서 살 사람이 얼마 안 된다는 이유로 옛날 재배 방식의 채소를 슈퍼마켓의 선반에서 내쫓은 것입니다."

가이바라가 얼굴을 들고 덧붙였다.

"꽤 재미있군요. 어쩌면 바보가 아닐지도 모릅니다."

다이잔이 혀를 차면서 꾸짖었다.

"가이바라, 자네는 항상 한마디가 많아서 탈이야. 계속 읽어주게."

"조사해보니 시금치만이 아니라 토마토도, 무도, 당근도, 우리가 평소에 보는 모든 채소가 본연의 맛과 동떨어져 있다는 사실을 알게 되었습니다. 많은 사람들은 단지 싸다는 이유만으로 시금치 맛이 나지 않는 시금치를 먹고, 당근 맛이 나지 않는 당근을 먹고 있는 것입니다. 현재 불경기가 계속되고 월급이 줄어들면서, 사람들의 생활은 더욱 힘들어지고 있습니다. 되도록 생활비를 줄이고 싶어 하는 사람은 적지 않을 겁니다. 하지만 그런 와중에도 일본인으로서, 인간으로서 지켜야 할 선이 있지 않을까요? 그것이 바로 식문화입니다. '진짜 채소는 비싸서 사지 않겠다!' 이렇게 생각하는 건 상관없습니다. 하지만 몰라서 사지 않고 몰라서 살 수 없는 사회가 된다면 일본의 식문화는 점점 더 엉망이 되지 않을까요? 저는 귀사에 들어가서 진짜 채소의 맛과 쌀의 맛, 생산자의 고집, 사람들이 잊어버린 일본의 식문화를 세상에 널리 알리고 싶습니다."

가이바라는 끝까지 읽고 나서 조용히 얼굴을 들었다.

"총리님……. 제법 잘 썼는데요?"

다이잔이 가볍게 한숨을 쉬면서 말했다.

"자네 대신 연설 원고를 쓰게 할까?"

"말도 안 됩니다! 정치인 보좌관은 여기저기 널렸지만, 이 가이바라보다 연설 원고를 잘 쓰는 사람은 한 명도 없습니다."

"농담이네."

다이잔은 가이바라의 손에서 자료를 들고, 쇼가 작성한 지원 동기를 다시 훑어보았다.

"그 녀석, 어느 틈에……."

그러곤 어깨를 흔들며 웃더니 먼 곳을 바라보았다.

"이 회사에 꼭 넣어주고 싶군. 그다음엔 함께 쇼가 재배한 시금치를 먹지 않겠나?"

가이바라가 힘차게 대답했다.

"그거 좋은데요? 총리님, 꼭 그렇게 해요!"

"면접은 몇 시부터인가?"

"여유롭게 나왔으니까 아직 한 시간쯤 시간이 있습니다."

"알았네. 가이바라, 자네는 그때까지 면접에서 내가 말할 원고를 써두게."

"네? 총리님, 그건 직접 생각하시는 게……."

"연설 원고를 쓰는 건 자네 일이잖나?"

"물론 연설은 그렇지요. 하지만 이건 3분 스피치입니다."

"연설을 영어로 말해보게."

"스피…… 아……!"

가이바라는 멍하니 입을 벌린 채 다물지 못했다.

"3분 스피치이니까 3분 만에 쓸 수 있겠지? 기왕 쓰는 김에 5분짜리 원고도 부탁하네. 한자 읽는 법은 필요 없어."

"총리님, 너무합니다!"

가이바라의 항의에 귀를 기울이지 않고 다이잔은 여느 때와 달리 만족스러운 미소를 지으며 눈을 감았다.

가이바라는 포기한 얼굴로 한숨을 쉬고 가방에서 노트와 연필을 꺼냈다. 그리고 취직 면접에서는 어떤 식으로 말하는 게 좋을까 생각하면서 흘러가는 차창 밖 풍경으로 시선을 돌렸다.

4

차가 총리 관저로 들어가자 쇼와 가리야를 기다리고 있는 수많은 기자들이 보였다.

"무슨 기자들이 저렇게 많지? 가리야 아저씨, 기자들에게게서 우리 목을 조여 숨통을 끊겠다는 살기가 느껴져요. 살아서 안으로 들어갈 수 있을까요?"

"차에서 내리면 아무 말도 하지 말고 그냥 지나가. 뒷일은 내

게 맡기고, 쇼짱이 할 일은 무사히 관저 안으로 들어가는 거
야."

"아, 아저씨 혼자 괜찮을까요?"

"내, 내가 어떻게든 해낼게."

말은 그렇게 했지만 가리야의 얼굴은 창백하기 이를 데 없었
다.

"그럼 가볼까?"

차가 현관 앞에 멈추고 뒷좌석 문이 열린 순간, 쇼는 가리야에
게 "먼저 들어갈게요"라는 말을 남기고 밖으로 나가려고 했다.

하지만 코멘트를 들으려는 기자들이 쇼의 앞길을 가로막더
니, 곧바로 이중, 삼중으로 사람의 울타리가 생기며 서로 뒤얽
혔다.

"비켜요, 비켜……!"

사람의 울타리를 헤치며 들어오려는 SP를 기자 한 명이 팔꿈
치로 쳐서 밖으로 튕겨냈다.

"너야말로 비켜! 우린 이렇게 해야 먹고산다고!"

SP가 악착같이 달려드는 기자를 떼어내려고 팔을 잡았지만,
한 사람이 떨어져나가면 상어 이빨처럼 뒤에서 또 달려드는 상
황이라서, 아무리 애를 써도 기자들을 떼어낼 수 없었다. 녹음
기를 든 기자들이 해일처럼 밀려들고, 그러는 동안에도 TV 카
메라는 계속 돌아갔다.

"총리님, 총리님……!"

"한 말씀 해주십시오!"

"책임지고 설명해주십시오!"

"바나나 관방장관이라고 불린다는 건 아십니까?"

"임명 책임을 느끼시나요?"

기관총처럼 퍼붓는 질문을 듣고도 쇼는 가리야가 시킨 대로 말없이 기자들을 헤치고 지나가려고 했다. 그런데 그때 누군가가 한 말을 듣고, 기자를 밀쳐내려던 손을 멈추었다.

"지금 도망치는 겁니까?"

고개를 들자 눈앞에는 여성기자가 무서운 얼굴로 서 있었다. 어디선가 본 적이 있다 했더니, 오늘 아침 TV에서 본 예능 리포터였다. 그녀는 눈앞에 적이라도 있는 것처럼 살기등등한 모습이었다.

쇼가 물었다.

"도망친다고? 내가 왜 도망쳐야 하지?"

"그럼 질문에 대답해주세요."

"당신은 누구인가?"

"리포터인 무라이 미유키입니다."

그녀는 이름을 말하더니 곧바로 질문으로 넘어갔다.

"여성 스캔들을 일으킨 사람을 관방장관으로 임명하셨지요? 그에 대한 책임은 어떻게 생각하시나요?"

"책임? 어떤 책임 말인가?"

"총리님!"

뒤에서 애타게 부르는 가리야의 목소리가 들렸다. 기자와 몸싸움을 하면서 빨리 안으로 들어가라고 손짓을 하고 있었다. 하지만 쇼는 그것을 무시한 채 무라이를 바라보았다.

"공교롭게도 관방장관의 사생활에는 관심이 없네."

그 즉시 무라이의 미간에 세로주름이 새겨지면서 신경질적인 목소리가 날아왔다.

"지금 몰랐다는 말로 끝내려는 건가요? 총리님이 선택했습니다. 국민에게 사죄해야 하지 않나요?"

"가리야 씨를 관방장관에 임명한 건, 그에 걸맞은 능력이 있었기 때문입니다."

쇼가 선언하듯 말하자 분노로 인해 리포터의 얼굴이 창백해졌다.

"뭐가 걸맞다는 건가요? 그에게는 애인이 있었습니다!"

"그래, 있었어."

쇼는 의연하게 말하고 재빨리 덧붙였다.

"그게 어쨌다는 건가?"

"초, 총리님……!"

가리야가 애타는 목소리로 부른 뒤, 죽을힘을 다해 기자들의 울타리를 뚫고 쇼에게 다가왔다. 그러곤 무라이를 향해 고개를 숙이며 사과했다.

"이, 이건 전부 제 부덕의 소치이고……."

"잠깐만요."

쇼는 가리야의 어깨에 손을 대고 만류한 뒤, 기자들을 노려보았다.

"당신들, 이렇게 어리석은 일은 이제 그만두는 게 어때? 지금 당신들이 하는 일은 뭐지? 남의 사생활을 들춰내, 여자와 이렇게 했다 저렇게 했다고 써대는 일인가? 그게 뭐 하는 짓인가! 그런 건 아무 의미가 없잖나? 당신들 매스컴이 바보짓을 하니까 국민들도 착각해서 자꾸 바보가 되는 게 아닌가!"

"초, 총리님, 그, 그만하십시오!"

가리야는 새파랗게 질린 얼굴로 어떻게든 쇼를 말리기 위해 기를 썼다. 하지만 쇼는 말을 멈추지 않았다. 한번 입을 연 순간, 가슴속에서 솟구친 분노와 지금까지 품었던 의문이 성난 파도처럼 밀려나온 것이다.

"당신들은 정치인으로서의 가리야 고지를 어떻게 평가하나? 가리야처럼 훌륭한 정치인이 어디 있지? 그는 지금까지 훌륭한 실적을 올렸고, 민정당을 하나로 모으는 데 중요한 역할을 하고 있어. 아무튼 가리야는 나의 내각에 반드시 필요한 사람이야!"

다이잔에게 들은 이야기이긴 하지만 쇼는 선언하듯 단호하게 말했다. 감격이 극에 달한 가리야는 무의식중에 눈물을 머금었다.

쇼가 다시 말을 이었다.

"아니, 나나 민정당만이 아니야. 가리야 관방장관은 우리 일본에 꼭 필요한 사람이지. 한번 생각해보게. 가리야가 관방장관으로서 무슨 실수를 저질렀는지! 정치인에게 중요한 건 결과가 아닌가! 가리야가 개인적으로 무슨 짓을 하든 그런 건 중요하지 않아. 더 구체적으로 말하자면 바나나든 사과든, 그건 내가 알 바 아니야! 당신들도 시시한 것에 지면을 할애하지 말고, 좀 더 건설적인 논의를 하는 게 어떻겠나! 정치인의 스캔들로 신문이나 방송이 모두 나서서 야단법석을 피우는 건 일본뿐이야. 당신들, 그런 일을 하고도 부끄럽지 않나! 제발 정신 똑바로 차리게!"

무라이가 분노한 나머지 기절할 듯한 얼굴로 쇼를 노려보았다.

"그러면 묻겠습니다만, 총리님께선 헌민당 하마하타 의원의 일은 어떻게 생각하십니까?"

무라이가 가까스로 정신을 차리고 물었다. 민정당으로서는 제1야당의 인기 있는 의원 스캔들을 희희낙락하며 공격하리라고 여긴 것이다.

"하마하타? 아아, 그 사람 말인가?"

쇼는 문득 옛날에 만났던 하마하타를 떠올렸다. 딱 한 번이기는 하지만 부모님을 따라 어느 정치인이 주최한 파티에 참석했을 때였다. 당시 아직 중학생이라서 부모님이 시키는 대로 참석했는데, 하마하타는 따분해하던 쇼에게 말을 걸어주는 등 신경을 써주었다. 시시한 일은 잊어버려도, 그런 친절함은 중요한 때에 생각나는 법이다.

쇼는 진지한 얼굴로 말했다.

"하마하타는 참 좋은 사람이지. 사람은 누구나 실수를 할 수 있어. 모두 어른이 되자고!"

쇼는 아연해하는 기자들을 헤치고 재빨리 관저 안으로 들어 갔다.

5

다이잔은 지금 면접장인 대형 홀의 부스에서 두 면접관을 상대하고 있었다.

질문을 하는 면접관은 40세쯤 됐을까? 안경을 쓴 예리해 보이는 사람으로, 다이잔이 의자에 앉자마자 퉁명스럽게 물었다.

"우리 회사에 지원한 동기를 말해주겠나?"

다이잔은 면접장에 오고 나서 깜짝 놀랐다. 요즘 젊은이에게 농업이 인기가 있는지, 면접장에는 수많은 학생들의 열기가 넘치고 있었다. 파란색 칸막이로 구분된 부스가 수십 개 놓여 있고, 그 뒤에 마련된 대기 공간에도 호명을 기다리는 학생들이 가득해서 빈자리는 거의 보이지 않았다.

다이잔이 쇼가 써놓은 지원 동기를 말하자 면접관은 안경을 조금 위로 올리고 신기한 동물 보듯 쳐다보았다.

면접관이 아무 감정도 없는 얼굴로 말했다.

"지원 동기가 상당히 훌륭하군. 하지만 그건 우리 회사가 아니라도 상관없잖아? 우리 경쟁사로는 어디를 지원했지?"

다이잔은 같은 업종의 회사나 그에 가까운 회사 이름을 몇 군데 말했다. "아마 물어볼 테니까 외워놓으십시오"라는 가이바라의 말을 듣기를 잘했다.

"귀사를 포함해 몇몇 농업 체험 세미나에도 참가했습니다."

다이잔은 그렇게 덧붙였다. 실제로 쇼는 몇몇 세미나에 참가했다.

"그런데 백 퍼센트 무농약을 고집하며 채소 재배를 지도하는 곳은 귀사뿐이었습니다."

면접관은 뭐가 마음에 들지 않는지 부루퉁하게 대꾸했다.

"하지만 솔직히 말해서 팔리지 않아. 요즘 같은 불황에는 더욱 팔리지 않지. 아무리 우리가 무농약을 고집해도, 소비자가 사는 건 농약으로 뒤범벅된 외국산 채소야. 그 세미나는 어느 면에서는 홍보에 지나지 않아. 지금은 그런 세상이지. 자네의 지원 동기는 훌륭하지만 유감스럽게도 우리 회사의 현실에는 맞지 않아."

쇼가 들었다면 분명히 실망하리라. 하지만 이 회사가 방향을 전환하려고 하는 현실에 오히려 실망한 사람은 다이잔이었다.

"그걸로 좋습니까?"

다이잔의 질문에 면접관이 귀찮은 얼굴로 되물었다.

"무슨 말이지? 어쩔 수 없잖아? 이건 회사의 방침이니까."

"무농약 채소를 국민의 식탁에 전한다는 고귀한 신념은 이미 버렸다는 말씀입니까?"

면접관의 대답은 돌아오지 않았다.

"참 한심한 얘기군요. 이제 외국산 채소라도 수입해 돈을 벌려는 겁니까?"

"미안하지만 우리는 상장기업이거든."

면접관의 대꾸는 냉담했다.

"그렇다면 상장 같은 건 하지 않는 편이 좋았겠네요. 괜히 허세를 부려 대기업이 되려고 하니까 말과 행동에 모순이 생기는 겁니다."

"뭐야? 하지만 상장하지 않았다면 자네도 지원하지 않았겠지."

다이잔은 태연하게 대답했다.

"아뇨, 지원했을 겁니다. 제가 상장기업이라서 여기에 지원한 줄 아십니까? 무농약 채소를 사람들의 식탁에 전하고 싶다는 회사의 신념에 공감했기에 지원한 겁니다. 그런데 지금 보니 당신들은 고정관념에 사로잡혀 있군요. 비싸서 안 팔린다든지, 상장기업이라서 학생들이 지원한다든지. 과연 그게 사실일까요? 전 그렇게 생각하지 않습니다."

조금 전까지만 해도 쇼인 척했지만, 뜻밖의 상황에 다이잔은 본래의 자신을 드러냈다.

"자네, 하고 싶은 말이 뭔가?"

면접관의 말투가 거칠어졌다.

"잘 팔리지 않는다고 해서 농약으로 뒤범벅된 채소를 태연하게 파는 자들은 무농약 채소를 팔 자격이 없다는 겁니다!"

"뭐야?"

'아뿔싸!' 하는 생각이 들었지만 이미 때는 늦었다.

"알았어. 이제 가도 돼."

"그러지 않아도 갈 겁니다."

다이잔은 허리를 절반쯤 들면서 덧붙였다.

"하지만 다른 학생들은 실망시키지 마십시오. 다들 기대하고 왔을 테니까요. 잘 팔리지 않는다고 해서, 싸다고 해서, 돈을 벌기 위해 외국산 채소만 팔면 장차 일본의 식문화가 어떻게 되겠습니까? 식탁이 엉망이 되지 않겠습니까? 지금 당신들이 하는 일은 일본인의 마음을 파는 것이나 다름없습니다. 지금 귀사가 해야 할 일은 일본인에게 진정한 맛을 전하는 게 아닌가요? 농약을 일체 사용하지 않는 자연 그대로의 식품을 만들어 식탁에 전하는 일에는 중요한 의미가 담겨 있습니다. 눈앞의 이익을 얻기 위해 가장 중요한 것을 잊은 건 아닌가요? ……실례하겠습니다."

고개를 숙이고 떠나는 다이잔의 뒷모습을 면접관 두 명이 아연한 얼굴로 바라보았다.

"빌어먹을!"

음침한 얼굴의 면접관이 욕설을 하면서 면접용 종이에 뭐라고 쓰더니 옆에 있는 젊은 남자에게 주었다.

"여기 있어."

"괜찮겠습니까? 저렇게 건방진 학생을 채용해도?"

면접관이 내뱉듯이 말했다.

"그건 나도 알아. 하지만 저런 녀석을 채용하지 않고 누구를 채용하겠어?"

6

"초, 총리님……."

다이잔이 면접장 밖에서 대기하고 있던 차로 돌아왔을 때, 가이바라의 표정은 처참하게 일그러져 있었다. 한눈에 쇼가 사고를 친 걸 직감한 다이잔은 이유도 묻기 전에 미간에 주름을 잡았다.

자동차용 TV 화면에는 관저 앞에서 매스컴에 둘러싸인 쇼와 가리야의 얼굴이 크게 나오고 있었다. 쇼를 에워싼 기자단 안에서 싸울 듯이 질문하는 리포터를 보고 다이잔은 얼굴을 찡그렸다.

가이바라가 화면을 보면서 말했다.

"저 여자 리포터, 최근에 이혼했다고 스포츠 신문에서 봤습니다. 남편이 바람을 피웠다고 하더군요."

"그래서 저렇게 화가 난 건가?"

"꼭 그렇진 않겠지만요."

가이바라가 그렇게 대답한 것과 "그게 뭐 하는 짓인가! 그런 건 아무 의미가 없잖나?" 하고 쇼가 소리친 것이 거의 동시였다.

"당신들 매스컴이 바보짓을 하니까 국민들도 착각해서 자꾸 바보가 되는 게 아닌가!"

가이바라는 무의식중에 비명을 지르며 몸을 뒤로 젖혔다.

"으아아! 총리님, 큰일입니다! 이건 대형 사고입니다!"

다이잔이 온몸에서 힘이 빠져나간 것처럼 연약하게 말했다.

"가, 가이바라. 이건 환청이야. 그렇다고 말해주게."

"가리야처럼 훌륭한 정치인이 어디 있지?"

자기도 모르게 눈을 돌린 다이잔의 귀에 그 말이 뛰어 들어왔다.

"아무튼 가리야는 나의 내각에 반드시 필요한 사람이야!"

"쇼……."

다이잔은 무심코 중얼거렸다. 아연한 얼굴로 TV 화면을 바라보는 가이바라도 그곳에서 눈을 뗄 수 없었다.

"총리님의 생각을 그대로 말했군요."

다이잔이 진지한 얼굴로 대답했다.

"그래. 하지만 내가 저 자리에 있었다면 저렇게 말할 수 있었을까?"

"가리야 관방장관은 우리 일본에 꼭 필요한 사람이지."

다이잔은 허를 찔린 심정이었다.

"멍청한 녀석, 저렇게 솔직하게 말하다니…….."

그는 굳은 얼굴로, 매스컴을 상대로 고군분투하고 있는 쇼를 바라보았다.

"나는…… 나는 지금까지 매스컴이나 국민들 눈을 너무 신경 썼는지도 모르겠군. 가리야라는 사람이 중요하다는 건 누구보다 잘 알고 있어. 그런데 그걸 가리야에게 말하는 것과 TV 카메라나 신문기자들 앞에서 말하는 것과는 큰 차이가 있지."

"속마음과 겉모습이군요. 그걸 구분해서 사용하는 게 정치인이 아닌가요?"

"자네 원고는 너무 겉모습뿐이야!"

쇼는 감정적인 모습으로 말을 이었다.

"바나나든 사과든, 그건 내가 알 바 아니야! 모두 어른이 되자고!"

화면이 스튜디오로 바뀌었다. 화면에 나온 고나카는 불만이 가득한 얼굴로 콧구멍을 부풀리고 있었다. 그가 말을 하기 전에 가이바라가 리모컨을 들고 TV를 껐다.

"예전에 프랑스의 미테랑 전 대통령도 여성 문제가 불거진 적이 있었습니다. 총리님도 기억하시죠?"

그래, 그런 일이 있었지, 하고 다이잔은 기억을 떠올렸다. 가이바라가 말을 이었다.

"그때 기자들이 사실을 추궁하자 미테랑은 '에 아롤Et alors', 번역하면 '그래서 어쩌라고?'라고 멋지게 되받아쳤는데, 그것으로 끝났다고 합니다."

"프랑스는 아무리 정치인이라도 개인적인 문제에는 깊이 파고들지 않는 풍조가 있으니까. 하지만 미국은 그렇지 않아."

"그렇습니다. 불현듯 DC 마담 사건이 생각나는군요."

"그게 뭐였더라?"

"미국에서 고급 매춘 클럽이 적발되었는데, 당시 뉴욕 지사였던 엘리어트 스피처가 그곳의 고객이었음이 드러났습니다. DC 마담이라는 건 그 매춘 조직의 두목이었던 여자의 별명이었는데……."

겨우 기억이 났는지 다이잔이 대꾸했다.

"아무리 자업자득이라곤 하지만 그때 스피처는 너무나 불쌍했지. 꽤 능력 있는 정치가였는데 말이야. 거대 증권사와 보험회사의 부정을 밝혀내지 않았던가?"

"그렇습니다. 그런데 일단 스캔들이 터지면 그런 공적은 무시하고 오직 때리기만 하지요. 그때 『이코노미스트』만은 이런 일로 그가 지금껏 쌓아올린 공적을 전부 짓밟아도 되느냐고 옹호했습니다. 지금 이렇게 어리석은 일로 소란을 피울 때냐고 말이지요. 언론은 다양한 의견을 제시해도 좋지만, 저는 이것이야말로 매스컴의 올바른 모습이 아닐까 합니다."

"자네는 가끔 좋은 말을 하는군."

"총리님은 거의 좋은 말을 하시지 않지만요."

"섣불리 말하면 내 무덤을 파게 되니까 그렇지. 나도 좋은 말을 할 수 없는 건 아니야."

다이잔은 설득력 없는 변명을 했다.

"그 대신 쇼짱이 말해주었잖습니까? 총리님의 본심을요."

"그놈은 항상 사고만 친다니까. 한심한 놈 같으니……."

하지만 말과 달리 다이잔은 곤혹스러워하지도 않고, 화를 내지도 않았다. 가이바라의 입에서 웃음이 튀어나왔다.

"사실은 총리님께서도 그렇게 말씀하시고 싶었던 게 아닙니까? ……다들 어른이 되라고."

"글쎄……."

다이잔은 잠시 스스로에게 물어보듯 사이를 두었다.

"분명히 지금은 온 일본이 어린애 같은 생각이 드네. 정치가에게 여자가 있으면 발칙한 일이고, 증세라도 하면 두 팔을 걷어붙이고 반대하지. 오직 각 세대에 돈을 뿌린다든지, 고속도로를 싸게 건설한다든지, 그런 눈앞의 이익에 달려들고 있어. 과연 이게 옳은 일일까? 요즘은 진정한 여론은 어디에도 없네. 있는 건 오직 요구뿐이지. 이 일본에, 일본의 장래를 진지하게 생각해서 투표하는 사람이 과연 얼마나 되겠나?"

"국민도 그렇지만 정치가도 똑같습니다."

"겸사겸사 말하자면 보좌관도 그렇지."

다이잔은 비아냥거림으로 대꾸했지만, 말과 달리 표정은 진지하기 그지없었다. 가이바라는 재빨리 되받아치려고 했지만 그것을 가로막듯 휴대폰이 울리기 시작했다. 다이잔이 양복 안

주머니에서 휴대폰을 꺼냈다.

사나다가 짤막하게 말했다.

"그 건입니다. 이쪽으로 오실 수 있겠습니까?"

"알았네."

다이잔도 짤막하게 대답하고 운전기사에게 지시했다.

"이치가야로 가주게."

그 말을 끝으로 다이잔은 침묵하고, 총리와 보좌관을 태운 검은색 승용차는 사나다가 기다리는 방위성으로 향했다.

7

방위성 지하에 있는 회의실에는 쇼와 가리야가 먼저 와서 초췌한 얼굴로 기다리고 있었다. 공안 형사인 닛타도, 여전히 야쿠자 같은 화려한 차림으로 옆에서 대기하고 있었다.

"아버지, 면접은 어땠어요!?"

다이잔이 안으로 들어가자마자 쇼가 매달리듯 물었다.

"그게 저기……."

말문이 막힌 다이잔을 대신하여 가이바라가 심각한 얼굴로 합장을 했다.

"삼가 명복을 빕니다."

망연자실한 쇼의 눈이 허공을 방황했다.

"지금 농담하는 거죠? 아버지, 어떻게 된 거예요? 무슨 일이 있었죠?"

"뭐, 이런저런 일이 있었어."

쇼가 이해되지 않는다는 얼굴로 물었다.

"이런저런 일이란 게 뭐예요? 또 거만하게 일장 연설을 한 건 아니겠지요? 국회와 면접도 구별 못 해요? 면접 하나도 제대로 못 보는 사람이 어떻게 한 나라를 이끄는 총리 일을 할 수 있겠어요?"

가리야가 연약한 목소리로 제지했다.

"쇼짱, 진정해. 다이 씨도 최선을 다했을 거야. 하지만 세상에는 어쩔 수 없는 일도 있잖아. 그렇죠, 다이 씨?"

다이잔은 무슨 말인가 하려다 지금의 쇼에게는 어떤 변명도 통하지 않는다는 걸 알았는지 웬일로 순순히 사과했다.

"미안하구나."

그것이 반대로 상처가 되었는지, 쇼의 어깨가 힘없이 축 처졌다.

"그래도 믿었는데……. 난 아버지 대신 가리야 아저씨를 지켰다고요!"

낙담한 쇼에게 말을 거는 사람은 아무도 없고, 잠시 어색한 분위기가 흘렀다.

"쇼, 미안하다."

다이잔은 사과만 할 뿐, 면접장에서 무슨 일이 있었는지 말하지 않았다. 말하면 오히려 쇼가 상처를 받으리라고 여겨서였다. 그 대신 사나다를 돌아보고 이야기를 본론으로 가져갔다.

"사나다, 뭐 좀 알아냈나?"

"미국 정부에서 극비리에 연락이 왔는데, CIA에서 그 기술을 훔쳐낸 용의자를 특정해서 조금 전에 체포했다고 합니다."

쇼의 얼굴에서 눈이 반짝였다.

"잘됐어요! 이제 원래대로 돌아갈 수 있는 거죠?"

하지만 사나다의 얼굴에서는 웃음기를 찾아볼 수 없었다.

"아니, 기술을 훔쳐낸 용의자는 이용만 당했을 뿐, 아직 주모자를 알아낸 건 아니야."

다이잔이 물었다.

"체포된 용의자는 누구지? 이슬람 원리주의자인가?"

사나다는 작게 고개를 흔들었다.

"아니요, 체포된 사람은 CIA 전 정보분석국 부장인 로버트 앨런으로, 첨단기술개발에 관여했던 현역 간부입니다."

다이잔이 믿을 수 없다는 표정을 지었다.

"CIA의 현역 간부라고? 내부 소행이라는 건가?"

"동기는 밝혀졌습니까?"

냉정하게 질문한 사람은 닛타였다

"자세한 건 모르지만 누군가에게 매수됐을 가능성이 높아."

"매수? 정보기관의 간부가 돈 때문에 위험을 저지르면서까지 정보를 훔쳐냈다는 겁니까?"

닛타는 도저히 이해되지 않는다는 얼굴로 말했다. 당연하다.

닛타라면 아무리 많은 돈을 준다고 해도 그런 짓을 하지 않았을 테니까.

사나다의 설명이 이어졌다.

"금액에 따라 다르겠지. 1천만 달러, 즉 10억 엔에 가까운 돈이 용의자의 계좌로 들어간 모양이야."

순간, 그 자리에 있는 전원이 숨을 들이마셨다.

쇼가 물었다.

"테러리스트가 그렇게 부자인가요?"

그 말에 대답한 사람은 가리야였다.

"그러고 보니, 알 카에다인 오사마 빈 라덴의 본가는 아랍의 부호라고 들은 적이 있어. 재산이 5천억 엔쯤 된다고 하더군."

"대박! 아버지, 우리 집보다 부자예요!"

쇼가 눈을 동그랗게 떴을 때, 또 가이바라가 참지 못하고 입을 놀렸다.

"일본의 작은 부자와는 당연히 스케일이 다르지."

가이바라의 말이 끝나기가 무섭게 다이잔이 날카롭게 노려보았다.

"누가 작은 부자란 거지?"

그때 사나다가 다시 새로운 정보를 말하며 화제를 돌렸다.

"어쨌든 이번에 돈을 댄 사람은 이슬람 원리주의자가 아닌 것 같습니다."

"이슬람 원리주의자가 아니라고? 그럼 뭐지? 어느 양아치 나라의 짓인가?"

사나다는 험악한 표정을 지으며 고개를 옆으로 가로저었다.

"아닙니다. 지금까지 테러라고 하면 우리 머릿속에는 이슬람 원리주의자라든지 어느 국가의 군사작전이라든지, 그런 것밖에 없었습니다. 그런데 이번에는 그런 쪽이 아니라…… 기업입니다."

"뭐? 기업?"

어안이 벙벙한 얼굴로 다이잔이 물었다.

"어느 기업인가?"

사나다는 미국 쪽에서 받은 정보를 말했다.

"제약회사라는 것까지만 알았다고 합니다. 정보를 훔쳐낸 로버트 알렌은 자신에게 거액의 보수를 지급한 익명의 상대가 누구인지 전혀 몰랐다고 합니다. 알렌과 익명의 범인 측과는 스무 번이 넘게 접촉했는데, 알렌은 그중 한 사람에게 도청기를 설치해 상대의 신분을 확인하려고 했습니다. 그런데 그 도청기는 곧바로 발견되어 제거되었고, 짧게 녹음된 것 중에 어느 약품의 테스트 상황에 대한 대화가 남아 있었다고 합니다. 지금 CIA가 그 녹음을 입수해서 조사하는 중입니다."

"그러면 그게 어느 제약회사의 약품인지 알면, 흑막을 알아낼 수 있다는 건가?"

다이잔은 거기까지 말하고 고개를 갸웃거렸다.

"그나저나 제약회사가 왜 이런 짓을……."

8

"이유야 뻔하잖아? 그 제약회사에 이익이 되기 때문이겠지."

다음날 아침. 식사를 하면서 다이잔이 사나다에게 들은 이야기를 해주자 아야는 이렇게 말했다. 총리 공저의 식탁이다.

다이잔이 헬멧 쓴 머리를 들고 물었다.

"무슨 말이야?"

아직 마음의 한쪽에서 남편과 아들의 의식이 바뀌었다는 걸 믿지 않는 아야는 의심스러운 눈길로 다이잔을 보았다.

"당신과 쇼의 뇌파를 바꾸었고, 쓰루 씨와 구라모토 씨의 뇌파도 바꾸었다면서? 그게 사실이라면 그 기업에 그만한 이익이 있을 거라는 뜻이야."

밥을 먹으면서 쇼가 물었다.

"이익이라뇨? 어떤 이익인데요?"

"그건 나도 모르지. 하지만 이렇게까지 하는 걸 보면 그 제약회사에 상당히 이익이 굴러들어올 게 틀림없어. 엄청난 돈이 굴러들어오니까 이런 짓을 하겠지."

다이잔은 부정적으로 말했다.

"나는 도무지 이해가 되지 않아. 우리 뇌파를 바꾸는 게 어떻게 제약회사의 이익으로 이어지지?"

"그건 나도 모른다니까! 당신이 직접 생각해봐."

그때 계단을 뛰어오르는 발소리가 쿵쾅쿵쾅 들리더니 가이바라가 노크도 하지 않고 황급히 들어왔다.

"초, 총리님, 신문 보셨습니까?"

다이잔은 식탁 끝에 접혀 있는 신문을 힐끔 보더니 내치듯이 말했다.

"보고 싶지 않네."

총리 공저에서는 전국지와 경제지를 비롯해 신문을 네 종류 보고 있는데, 얼핏 보아도 모든 신문이 바나나 관방장관과 무토 총리의 '폭언'을 1면 톱으로 다루고 있었다. 우울해서 쳐다보기도 싫을 정도였다.

"사람들의 관심이 식을 때까지 기다릴 수밖에 없겠지."

그런데 가이바라가 뜻밖의 말을 했다.

"지금 그렇게 느긋하게 말씀하실 때가 아닙니다. 문제는 공화당입니다, 공화당!"

"공화당이 왜?"

"지지율이 오르고 있습니다."

"뭐야?"

다이잔은 젓가락을 든 채 가이바라가 내민 신문을 보았다.

"아! 정말이네!"

"그렇죠? 오른 정도가 아니라 헌민당을 추월해 우리 당을 바짝 뒤쫓고 있습니다. 지금 중의원을 해산하고 총선거를 하면 공화당 의석은 확실히 늘어날 겁니다. TV나 신문에선 연일 민정당을 때리고 있고, 헌민당도 실수 연발이니까요. 어쩌면 이

틈을 타서 공화당이 단숨에 앞으로 나설지도 모릅니다."

"이거 큰일이군. 가이바라, 지금 중의원 해산 총선거라는 비장의 카드를 쓰면 어떻게 되지?"

"잘하면 가까스로 이기고, 잘못하면 공화당에게 제1당을 빼앗길지도 모릅니다."

"어떻게 이런 일이! 그야말로 설상가상, 엎친 데 덮친 격이군."

다이잔이 심각한 얼굴로 말했을 때, 옆에서 이야기를 듣고 있던 아야가 말했다.

"여보, 혹시 그거 아니야?"

다이잔이 재빨리 얼굴을 들고 물었다.

"그게 무슨 말이야?"

"여당인 민정당과 제1야당인 헌민당의 지지율이 떨어지고 제3정당인 공화당의 지지율이 올랐다면서? 그게 테러리스트의 목적이 아니냐는 거지."

"공화당의 지지율이 올랐다고 해서 테러리스트에게 무슨 이득이 있지?"

다이잔의 반론에 대답한 사람은 가이바라였다.

"아닙니다. 총리님, 잠시만 기다리십시오."

가이바라는 가방에서 소형 노트북 컴퓨터를 꺼내더니 그 자리에서 인터넷에 접속했다. 그가 검색해서 불러낸 것은 공화당의 웹사이트였다.

"가이바라, 뭐 짐작되는 게 있나?"

"초, 총리님, 혹시 이거 아닐까요?"

가이바라가 노트북의 화면을 다이잔에게 향했다.

"이건 그 녀석들의 썩어빠진 선거공약이잖아?"

쇼도 옆에서 들여다보면서 물었다.

"이게 뭔데요?"

"공화당의 선거 공약에는 미국 제약회사에 유리한 문장이 들어 있습니다. 보십시오······."

가이바라는 공화당의 선거 공약 중 하나를 가리켰다.

'의약품 인허가의 대폭 완화'

"아······!"

다이잔은 작게 탄식한 뒤, 한동안 노트북에서 눈을 돌릴 수 없었다.

"아, 아버지. 이게 뭐예요?"

다이잔은 오른쪽 눈썹을 꿈틀거리며 쇼를 무시하듯 말했다.

"보고도 몰라? 가이바라, 설명해주게."

"아버지도 모르는 거죠?"

"시끄러워."

이런 상황에서도 여전히 부자가 말다툼을 하는군, 하는 얼굴로 바라보면서 가이바라는 쇼에게 설명하기 시작했다.

"일본의 의약품은 쇄국 상태라고 할 만큼 폐쇄적이야. 지금도 구미에서는 이미 사용하지 않는, 시대에 뒤떨어진 약품을 사용하고 있어. 왜냐하면 신약 승인에 문제가 있어서……."

쇼가 아는 척을 했다.

"신약 승인요? 아! 보건소에서 하는 것 말이죠?"

가이바라가 쇼를 힐끔 보고 찬찬히 설명했다.

"아니야. 의약품의 인허가를 관장하는 곳은 후생노동성이지. 일본에서는 새로운 약을 함부로 팔아서는 안 되게 되어 있어. 신약을 개발하면 일단 후생노동성에 자료와 함께 사용 신청을 하면서 약을 팔아도 되냐고 물어봐야 하거든."

"왜요?"

"확실히 증명되지 않은 약을 팔면 피해가 나올 가능성이 있기 때문이야. 그래서 정부에서 제대로 감시해서, 정말로 안전하고 효과가 있는 약만 세상에 나올 수 있도록 시스템을 만든 거지."

쇼는 웃으면서 단순하게 반응했다.

"좋은 시스템이네요. 약해*를 막기 위해서는 꼭 필요한 일이잖아요?"

가이바라가 찜찜한 얼굴로 설명했다.

"물론 그런 면도 있지만, 후생노동성 공무원의 본심은 달라.

---

* 藥害. 약을 잘못 써서 받는 해.

그들이 가장 두려워하는 건 약해가 아니라 약해소송재판에 져서 인가를 해준 자신의 경력에 흠집이 나는 거야. 따라서 조금이라도 위험하다고 생각하면 절대로 인가해주려고 하지 않지. 그 결과 약해로부터 국민을 지키기 위한 규칙으로 인해 오히려 폐해가 생기고 있어."

"폐해요?"

예전에 이 문제에 대해 연설 원고를 써서 그런지, 가이바라는 전후 사정을 잘 알고 있었다.

"예방접종만 해도 그래. 최근 일본에서 승인받은 미국 와이스 사의 폐렴구균 백신이 미국에서 승인을 받은 건 10년 전이지. 그걸 일본은 세계에서 98번째로 승인받았을 만큼 한참 늦었고."

"즉, 새로운 백신이 나왔는데도 일본 사람들은 오래된 백신을 맞았다는 건가요?"

"그래. 이런 사정으로 인해 구미에서는 이미 사용하고 있는데, 일본에서는 아직 사용하지 못하는 약들이 많아. 이걸 '시간 지연'이라는 뜻의 타임 래그^{Time Lag}에 빗대어 드러그 래그^{Drug Lag}라고 하는데, 구미에서 사용하는 의약품 중 20퍼센트가 일본에서는 아직 승인을 받지 못했어. 문제는 그중에 항암제처럼 환자의 생사에 관한 약도 포함되어 있다는 점이야. 공무원의 경력을 위해 수많은 환자의 생명이 희생되고 있다고 해도 과언이 아니지."

쇼가 어이없는 표정을 지었다.

"그렇게까지 자신의 경력을 지키려는 거예요? 소름 끼치는 이야기네요."

"약해소송에서 정부가 잇따라 패소한 적이 있거든. 자라 보고 놀란 가슴, 솥뚜껑 보고 놀라는 거지. 세상에서는 단지 자신의 경력을 위해서가 아니라 국내 제약회사를 배려하는 게 아니냐고 손가락질하는 사람들도 있고."

"그런 것까지 알고 있다면 민정당이 신약 승인 조건을 완화해주면 되지 않나요?"

"그게 말이야, 거기엔 이런저런 사정이 있어서……."

가이바라의 말끝이 흐려지자 다이잔이 대신 대답했다.

"민정당은 제약회사에 큰 신세를 지고 있거든."

쇼가 황당한 얼굴로 말했다.

"뭐예요? 그럼 결국 개나 닭이나 한통속이잖아요?"

"개나 닭이 아니라 개나 소야. 그리고 우리도 살아야 하니까."

다이잔은 재빨리 쇼의 말을 정정해주고, 그럴 듯한 말을 덧붙였다.

"사람이 죽어도 혼자만 거드름을 피우다니, 이렇게 말도 안 되는 일이 어디 있어요? 그래도 정치인인가요?"

그 말에 대답한 사람은 가이바라였다.

"그게 바로 정치인이야."

"그렇다면 테러의 표적이 되어도 어쩔 수 없군요. 다 자업자득이잖아요? 하지만 거기에 나까지 휘말렸다면 얘기는 다르죠. 계속 말해줘요. 그래서요?"

그렇게 말하는 쇼의 눈동자 안쪽에서는 분노의 불길이 활활 타올랐다.

"신약 승인에 관해서는 민정당뿐만 아니라 헌민당도 신중한 자세를 보이고 있어."

"즉, 두 당의 정책 모두 적의 제약회사에 불리하다는 건가요?"

가이바라는 고개를 끄덕였다.

"바로 그거야. 하지만 공화당이 선거에서 승리해 정권을 잡으면 일본의 신약 승인에는 단숨에 속도가 붙겠지. 지금까지 문을 꽉 닫아놓았던 일본의 약품 시장이 개방되면 선진적인 구미의 약품회사에게는 천재일우의 비즈니스 기회가 되고, 거액의 이익을 얻을 거야."

"그게 적의 목적이란 건가요?"

"아마도."

엄숙하게 중얼거리는 가이바라를 보면서 쇼는 잠시 입을 다문 채 아무 말도 하지 않았다. 이윽고 그의 입에서 나지막한 말이 새어나왔다.

"용서할 수 없어요. 이놈이고 저놈이고, 머릿속에 있는 건 자기 이익뿐이잖아요? 그래도 되나요?"

"쇼짱, 세상은 그런 거야. 깨끗한 일만 하고 살 수는 없어."

쇼가 토해내듯 말했다.

"뭐가 깨끗한 일이에요? 국민을 생각하지 않는 정치인을 정치인이라고 할 수 있나요? 그런 건 더러운 정치꾼이에요. 그런 자들이 깨끗한 일을 운운할 자격이 있나요?"

쇼가 의자를 박차고 일어서서 양복 소매에 팔을 넣었다.

"가이바라 씨, 가요."

가이바라가 눈을 동그랗게 떴다.

"어디로?"

"어디긴 어디예요? 당연히 국회죠. 내가 말할 원고는 다 썼죠? 썩어빠진 말은 빼주세요."

"한자에는 모두 읽는 방법을 달아놓았어."

"좋아요!" 쇼는 가이바라가 내민 원고를 슬쩍 보더니, 그것을 둘둘 말아서 양복 주머니에 쑤셔 넣었다. "아버지, 언제까지나 썩어빠진 정치꾼으로 있진 말아주세요."

가이바라를 이끌고 나가는 쇼의 뒷모습을 아연한 얼굴로 바라보면서 다이잔은 한숨을 내쉬었다.

"하여간 허세는……. 또 실언이나 하지 마."

"무슨 말이야? 쇼는 실언 같은 거 안 해."

그때까지 말없이 상황을 지켜보고 있던 아야가 등줄기를 쭉 펴고, 홍차 잔을 입으로 가져가면서 말했다.

"어른이 돼……라고 했던가?"

다이잔은 평소와 달리 숙연하게 말하고 쓸쓸한 미소를 지었다.

"당신도 속으론 실언이라고 생각하지 않지?"

짧은 침묵이 있은 후에 다이잔이 대답했다.

"그야 뭐……."

아야는 그런 다이잔을 향해 생긋 미소를 지었다.

"지금 쇼를 보고 있으면 오래 전에 내가 좋아했던 정치가가 떠올라."

"당신이 좋아했던 정치가?"

"그래. 그 사람은 굉장히 정직하고, 구부러진 걸 싫어했어. 자기 힘으로 일본을 바꾸려고 했지. 세상 곳곳에 뿌리 깊게 박혀 있는 모순을 없애기 위해, 괴로워하는 국민들을 구하기 위해 혼자 일어서려고 했어."

"그렇게 훌륭한 정치가가 있었나?"

"있었어."

아야는 다이잔은 똑바로 바라보며 고개를 끄덕였다.

"그 사람이라면 이번 테러가 없었어도 제일 먼저 신약 승인을 추진했을 거야. 좋은 신약이 있는데, 소송을 두려워해서 승인해주지 않다니. 이건 느긋한 살인이나 마찬가지잖아? 그 정치가라면 그런 보수적인 공무원은 당장에 날려버렸을 거야. 이름도 얼굴도 똑같은데, 지금 그 정치가는 국익이라고 말하면서 당리당략을 우선하는 정치꾼이 되어버렸지. 하지만 아직 잊지 않았을 거야. 그래, 무토 다이잔, 바로 당신이야. 무토 다이잔은 국민을 지키기 위한 정치가였잖아? 난 그런 당신을 좋아했지."

제6장

우리의 민왕

1

공화당의 후유지마가 질의하러 나왔다. 기름기가 잔뜩 낀 이마가 조명을 받고 번들번들 빛났다. 은테 돋보기가 빛을 반사해 안쪽에 있는 눈동자는 보이지 않았다. 오늘 아침 신문을 오른손에 들고, 옅은 웃음을 머금은 얼굴에는 빈정거림이 잔뜩 달라붙어 있었다.

"총리님, 얼마 전에 교체한 에미 전 장관에 이어, 이번에는 가이야 관방장관이 상상도 할 수 없는 일로 매스컴에 보도가 되었는데, 이에 대해 어떻게 생각하는지 다시 한번 묻고 싶습니다."

"가리야 아저씨, 저 녀석 바보 아니에요? 조금 전에 질문한 녀석과 똑같은 걸 묻고 있어요. 아무것도 안 들은 거 아닌가요?"

쇼는 다른 사람에게 들리지 않도록 불평을 했다. 가리야가 작은 목소리로 주의를 주었다.

"쇼짱, 예산위원회 질의자로 당대표가 직접 나섰어. 지금이 기회라고 생각해서 끈질기게 파고들 생각이야. 조심해야 해."

아침부터 시작된 중의원 예산위원회의 답변은 점심을 사이에 두고 벌써 여덟 시간째에 접어들었다. 더구나 각 당에서 나온 질문은 대부분 가리야 스캔들에 대한 것들뿐이다. 유일하게 헌민당만이 고속도로 건설 문제에 관해 그럴듯한 질문을 했는데, 그것은 자기들 쪽에 매춘 의혹이 있는 의원이 있어서 괜히 지적했다가 긁어 부스럼이 되면 곤란하기 때문이다.

단상으로 걸어나간 쇼는 가이바라가 쓴 예상문답집에서 미리 준비해놓은 문장을 선택해 말하기 시작했다.

"아…… 그것에 관해서는 가리야 관방장관의 개인적인 문제라고 생각합니다."

젠장, 가이바라 녀석. 나를 무시해도 유분수지. '문제'라는 한자에까지 읽는 방법을 달아놓다니……. 벽 쪽에서 대기하고 있는 가이바라를 노려본 순간, 후유지마가 무시하는 듯한 목소리로 되물었다.

"개인적인 문제요? 그런 말로는 이번 사태가 가라앉지 않을 것 같은데요. 적어도 세상에서는 그렇게 생각하지 않습니다. 그건 이 신문을 보면 명확하지 않습니까?"

후유지마는 손에 든 신문을 횡횡 휘두르며 말을 이었다.

"그렇다면 총리님에게 다시 묻겠습니다. 세간에서 바나나 관방장관이라고 하면 누구를 가리키는지 아십니까?"

이렇게 시시한 질의나 하러 여기에 나온 것인가? 쇼는 야당의 당대표를 쏘아본 뒤, 가이바라의 예상문답집 원고를 손으로 둘둘 말아 주머니에 넣었다.

"바나나라는 이름의 관방장관은 없다고 생각합니다."

쇼의 눈에 가이바라의 일그러진 얼굴이 보이는 듯했다. 예상한 대로 대치하고 있는 후유지마의 얼굴이 곧바로 험악해졌다.

후유지마가 입에 침을 튀기며 소리쳤다.

"지금 세간에서는 가리야 관방장관을 그렇게 부르고 있습니다! 이렇게 꼴사나운 상황에 있으면서 끝까지 모르쇠로 일관하면 국민들이 납득할 것 같습니까? 총리님의 마음은 이미 민의와 동떨어진 곳에 있는 게 아닙니까?"

쇼는 마이크 앞으로 나아가 짤막하게 대답했다.

"그렇게 생각하지 않습니다."

후유지마가 어이없는 표정을 지었다.

"총리님……. 그건 답변이 되지 않습니다. 국민들에게 좀 더 구체적으로 설명해야 하지 않겠습니까?"

쇼는 단호하게 대답했다.

"가리야 관방장관의 개인적인 문제를 여기서 말할 생각은 없습니다."

"초, 총리님, 제 원고……"

허리를 숙이며 다가온 가이바라의 작은 목소리가 등 뒤에서 들렸지만 쇼는 태연한 얼굴로 무시했다.

"이렇게 심각한 사태에 관해 한마디도 설명하지 않다니! 이거야말로 민의를 짓밟는 어리석은 행위라고밖에 할 수 없습니다! 총리는 이 말에 대해 어떻게 생각하는지 묻고 싶습니다."

공화당 의원만이 아니라 다른 야당 의원들로부터도 일제히 박수가 솟구쳤다.

"쇼, 쇼짱……!"

슬쩍 뒤를 돌아보자 쇼의 대각선 뒤쪽에서 가리야가 창백한 얼굴로 서 있었다. 완전히 사면초가에 빠진 얼굴이다.

가이바라가 다시 뒤쪽에서 작은 목소리로 말했다.

"초, 총리님……. 원고를……."

"가이바라, 조용히 해."

쇼가 뒤를 돌아보고 나지막하게 꾸짖었다. 가이바라의 눈이 휘둥그레졌다.

"하지만 이대로 있으면 실언이……"

가이바라의 말이 끝나기도 전에 쇼가 마이크를 향해 주위가 떠나가라 호통을 쳤다.

"웃기지 마! 민의 좋아하시네!"

생각지도 못한 반응을 보고 후유지마의 얼굴이 순식간에 붉으락푸르락해졌다.

"문제 발언이다!"

"사과해라!"

곧바로 여기저기서 날아드는 야유를 향해 쇼는 "시끄러워!"
하고 되받아치고 나서, 자신을 바라보는 면면들을 노려보았다.

"여기는 예산위원회잖아? 일본의 국가 예산을 논하는 자리
야. 그런데 아까부터 잠자코 듣자하니 바나나가 어쩌고저쩌
고…… 국가 예산은 뒤로 제쳐놓고 시시한 질의만 하고 있잖
아! 다들 웃기는 소리 그만해! 가리야가 죄송하다고 사과했잖
아! 사람은 누구나 실수를 저지를 수 있어. 잘못했다고 사과하
면 용서해줘야지!"

쇼는 고집불통 친구를 타이르듯 조곤조곤하게 말했다.

"애초에 당신들은 무엇 때문에 국회의원을 하고 있지? 그렇
게 시시한 질의를 하기 위해서인가? 잘 들어, 민의는 바나나 같
은 건 신경도 쓰지 않아. 그런 것보다 국가를 더 좋게 만들어달
라, 경기를 빨리 회복시켜달라, 그렇게 생각하고 있을 거야. 그
런데 뭔가? 매스컴의 하찮은 선동에 편승해 당대표까지 나와
서 바나나니 뭐니, 괜히 시간만 낭비하다니! 그러고도 부끄럽
지 않나! 다시 한번 말하지만 여기는 지금 국가 예산을 논의하
는 자리야. 당신들, 국가 예산보다 바나나가 더 중요한가? 그건
아니잖아? 찬물에 세수라도 하고 다시 들어와! 어때? 또 물어
볼 것 있나?"

다음 순간, 분노의 목소리가 거센 파도처럼 소용돌이쳤다.

"총리가 막말을 하다니!"

"취소해라!"

그 소용돌이 속에 가리야의 신음소리가 뒤섞였다.

"쇼, 쇼짱⋯⋯. 이, 이제 틀렸어⋯⋯."

예산위원회가 끝난 뒤, 가이바라는 두 손으로 머리를 감쌌다.

"무토 내각은 이제 끝이야!"

국회 안의 대기실로 돌아온 쇼는 가이바라를 가볍게 타일렀다.

"뭘 그렇게 오버하고 그러세요?"

가이바라가 눈썹을 치켜올렸다.

"오버 좋아하시네! 그런 식으로 말하면 문제가 될 게 뻔하잖아! 내각 불신임안이 나올지도 몰라. 그러면 국정은 마비되고, 결국 민정당에 정권 운영능력이 없다는 말이 나올 거라고! 아까 같은 상황에선 한 귀로 듣고 한 귀로 흘려보내면 되잖아!"

쇼가 발끈하며 되받아쳤다.

"국정이 마비되든 말든 내가 알 게 뭐예요? 그런 말을 듣고 이리저리 도망치는 게 더 이상하잖아요? 그럴 때는 무를 자르듯 단호하게 대답해줘야 한다고요!"

"그런 문제가 아니라⋯⋯."

가이바라가 답답하다는 얼굴로 몸을 비틀었을 때, 뒤에서 굵은 목소리가 들렸다.

"이보게, 다이잔."

민정당을 좌지우지하는 시로야마 가즈히코가 다가와 쇼의 옆자리에 털썩 주저앉았다. 얼굴은 분노로 인해 잘 익은 토마토처럼 시뻘겋다.

"지금 들었는데, 자네 정신이 있나?"

각료가 아닌 시로야마는 예산위원회에 참석하지 않는다. 하지만 예산위원회에서 쇼가 무슨 말을 했는지 가장 먼저 들었으리라.

"저도 모르게 욱해서 그만……."

"욱해서 그랬다는 말로 넘어갈 수 있을 것 같나? 자네 임무는 타이밍을 잘 지켜보다 중의원을 해산하고 총선거를 실시하는 거잖나? 그러기 위해서는 최대한 지지율을 올려두어야 하는데, 계속 떨어뜨려서 어쩌자는 건가?"

"그런 일로 지지율이 떨어지나요?"

"그래."

"그렇습니다!"

시로야마와 가이바라가 동시에 대답했다.

"그래요? 그럼 어쩔 수 없죠 뭐."

시로야마는 멱살이라도 잡을 것처럼 달려들었다.

"다이잔, 웃기지 마! 끈질기게 버티는 자네의 주특기는 어디다 팔아먹었지?"

"옳은 말을 해서 지지율이 떨어진다면 어쩔 수 없잖아요?"

"내 말 잘 들어."

시로야마는 쇼의 어깨에 팔을 두르고 담배 냄새 나는 숨을 토해냈다.

"자네에게 이런 말을 하는 건 부처님 앞에서 설법하는 거지만…… 옳다든지 옳지 않다든지, 정치는 그런 것과 관계가 없어. 중요한 건 눈앞의 표라고, 표! 정치인에게 표를 얻지 못하는 정치는 잘못된 정치야! ……다이잔, 자네 마음은 이해하지만 지금 당장 가리야를 경질하게."

옆에서 듣고 있던 가리야의 목구멍에서 틈새바람 같은 가느다란 비명이 새어나왔다.

시로야마는 내뱉듯이 말했다.

"이대로는 이 상황을 무마할 수 없어. 다이잔, 울면서 마속의 목을 베게!"

쇼는 평소와 달리 진지한 눈길로 가이바라를 보고 물었다.

"가이바라. 울면서 마식의 목을 베라니, 그게 무슨 뜻이지?"

"마식이 아니라 마속입니다. 아무리 사랑하는 부하라도 규율을 깨뜨린 자는 처분해야 한다는 뜻이지요. 그래야 규율을 지킬 수 있으니까요."

"그렇군."

쇼가 고개를 끄덕이며 생각에 잠겼을 때, 가리야가 간절하게 호소했다.

"쇼짱……이 아니라, 다이 씨. 역시 저를 경질하는 게 좋겠습니다. 이런 일로 모두에게 피해를 끼치고 싶지 않습니다. 총리님, 결단을 내리십시오!"

어느새 다른 의원들도 이 상황을 알아차리고 멀리서 지켜보고 있었다. 스스로 경질을 탄원하는 가리야의 얼굴은 사흘 밤낮 거친 황야를 떠돌아다닌 나그네처럼 피폐해져 있었다.

이윽고 쇼가 입을 열었다.

"알았어. 하지만 그때는 나도 그만두겠어."

가리야의 얼굴에 무수한 금이 들어간 것처럼 보였다. 벌어진 입에서는 말이 나오지 않았다.

시로야마의 번들거리는 눈이 크게 벌어졌다.

"다, 다이잔, 진심인가? 왜 자네까지 그만두어야 하지? 그러면 야당이 의도하는 대로 되는 거잖나? 민정당 의석을 왼쪽으로 만들 생각인가?"

국회의 관례에 따라 여당 의원의 의석은 연단에서 봐서 오른쪽이다. 그것을 왼쪽으로 만든다는 것은 곧 야당이 된다는 뜻이다.

"그것만이 아니네. 가장 중요한 정상회담은 어떡할 건가, 정상회담은!"

시로야마의 뺨이 부르르 떨렸다. 주요국 정상회담이 눈앞으로 다가와 있다. 8년 만에 일본에서 개최되는 회의로, 지금 준비는 막바지에 이르렀다.

"자네가 그만두고 지금 총재 선거를 공시해서는 시간적으로 맞지 않네. 주최국 총리의 퇴임이 결정되면 일본의 체면은 땅에 떨어지지 않는가! 그러면 민정당에 대한 국민의 신뢰를 붙잡아둘 수 없어! 그대로 총선거를 치르면 결과는 불을 보듯 뻔하다고!"

쇼가 태연한 얼굴로 물었다.

"그럼 어떻게 하면 되나요?"

"그건 자네가 결정할 일이잖아! 그걸 내게 물어서 어쩌자는 건가?"

"뭐, 그건 그렇군요."

쇼의 가벼운 반응을 보고 시로야마의 입에서 탄식이 흘러나왔다.

"아아, 모든 게 끝이군."

"죄송합니다. 제 책임입니다."

가리야가 사과하자 시로야마는 씁쓸한 표정을 지었다.

"이제 와서 그런 말을 해봐야 무슨 소용이 있겠나? 바야흐로 최대의 위협은 공화당이 되고 말았으니 이걸 어떡한담?"

파벌의 우두머리인 만큼 시로야마는 세상의 추세를 읽는 데 탁월했다.

"그리고 여담이지만 예산위원회 도중에 하마하타가 경찰의 조사를 받은 것 같네. 내 말 듣고 있나?"

쇼는 고개를 끄덕였다. 예산위원회 도중에 메모를 본 것이다.

"아까 경시청 기자 클럽의 기자에게 들었는데, 하마하타 녀석이 기묘한 말을 했다고 하더군."

가리야가 물었다.

"기묘한 말요? 뭐라고 했는데요?"

"자기는 하마하타가 아니라고 했다지 뭔가?"

쇼와 가리야가 재빨리 얼굴을 마주보았다.

"차라리 순순히 인정할 것이지. 그러면 더는 이미지가 나빠지지 않을 텐데……. 이제 하마하타 녀석도, 헌민당도 끝이야."

시로야마는 그 말을 남긴 채, 쓸쓸한 미소와 함께 자리를 떠났다.

2

"가리야 아저씨, 구라모토의 휴대폰 번호를 가르쳐줘요."

시로야마의 뒷모습을 바라보고 나서 쇼가 말했다.

"쇼짱, 어떻게 하려고?"

"어떻게 하긴 뭘 어떻게 해요? 전화해서 확인해봐야죠."

"참, 그렇지. 잠시만 기다려."

쇼는 가리야가 휴대폰을 보고 불러준 번호로 전화를 걸었다. 연결이 되지 않는다.

"그럼 의원회관으로 걸어볼래?"

의원회관으로 걸었더니 이번에는 굵고 갈라진 목소리가 전화를 받았다.

"네."

쇼가 황급히 물었다.

"에리카야?"

"뭐야? 무토야?"

목소리는 똑같은데, 별안간 말투가 가벼워졌다.

"왜 실망한 목소리야? 상황은 어때?"

"최악이야. 얼마 전까지만 해도 잘될 것 같아서 기분 좋았는데, 가장 중요한 때 엉망이 됐어. 침대 위에서 힘 빠진 거시기처럼."

"지금 무슨 말을 하는 거야? 원래 그런 캐릭터야?"

에리카가 열받은 것처럼 대꾸했다.

"기왕 이렇게 된 거, 즐기지 않으면 손해잖아?"

"지금 장난할 때야!"

쇼가 목소리를 낮추고 덧붙였다.

"그보다 들었어? 하마하타란 녀석에 관해서."

에리카가 짜증나는 목소리로 대답했다.

"들었을 정도가 아니라 지금 난리도 아니야. 경찰에서 완강하게 혐의를 부인하고 있대. 네가 무슨 말을 하려는지도 알고 있어. 나도 테러리스트 소행 같아. 여기저기 알아봤더니 하마하타도 일주일 전에 치과에 갔는데, 지금 그 치과는 아무것도 없는 빈껍데기래. 틀림없어. 경찰 조사에 따르면 하마하타가 매춘 클럽에 등록한 게 그 무렵이었더라고. 너하고 달리 내가 너무 우수하니까 테러리스트도 조바심이 났겠지. 그래서 황급히 하마하타의 뇌파를 누군가와 바꿔서 자기 마음대로 조종하고 있나 봐. 덕분에 헌민당은 엄청난 타격을 입었어."

"하여간 비꼬는 성격은 여전하구나? 너에겐 힘 빠진 거시기가 잘 어울려."

쇼는 그렇게 말한 뒤, 미국 정부에서 흘러나온 정보를 에리카에게 전했다. 그리고 공화당의 선거 공약에 관한 가이바라의 분석도 덧붙였다.

"공화당이라……."

에리카는 전화기 너머에서 잠시 침묵하고 나서 물었다.

"그거 틀림없어?"

"짐작 가는 게 있어?"

대답은 돌아오지 않고 에리카는 다시 생각에 잠겼다. 이윽고 에리카가 무거운 입을 열었다.

"이건 전화로 말할 사항이 아니야. 무토, 지금 어디에 있어?"

"국회 대기실."

"내가 갈 수도 있지만 사람들 눈에 띌 거야. 지금 의원회관에 있는 내 방으로 올 수 있어? 제1의원회관 605호야."

"알았어."

쇼가 휴대폰의 덮개를 닫고 일어서자 가리야가 재빨리 물었다.

"쇼짱, 어디 가려고?"

"잠시 에리카와 말하고 올게요. 이번 건으로 뭔가 짐작 가는 게 있나 봐요."

"잠시만 기다려. 나도 같이 갈게. 가이바라, 자네도 따라오게."

가리야는 황급히 일어서서 가이바라를 재촉했다. 잠시 후, 세 사람은 나란히 국회의사당을 나왔다.

"다이 씨보다 취향이 좋군."

의원회관에 있는 구라모토의 방에 들어가자마자 가리야는 집기류를 둘러보면서 감탄사를 연발했다.

에리카가 세 사람을 맞이하면서 대답했다.

"제가 전부 바꿨어요. 너무 아저씨 방 같아서요."

"이 소파, 코르뷔지에 거지? 굉장히 비쌌을 텐데."

권하지도 않았는데 쇼는 3인용 소파에 몸을 묻고 쿠션감을 확인했다. 가리야도 똑같이 따라 하더니 연신 감탄하고 나서 말했다.

"완전히 세금 낭비군."

에리카가 부루퉁한 표정으로 말했다.

"세금이 아니라 아빠 돈으로 산 거거든요."

이번에는 가이바라가 빈정거렸다.

"그럼 정치 헌금을 함부로 낭비했군요."

그러자 에리카가 팔짱을 낀 채 무서운 얼굴로 노려보았다.

"당신들, 내 말을 들을 생각이 있긴 한 거예요?"

쇼는 헛기침을 한 번 하고 나서 진지한 얼굴로 에리카를 향했다.

"할 말이 뭐지?"

에리카는 황당한 얼굴로 쇼의 맞은편 팔걸이의자에 앉았다.

"아까 그 얘기 말인데, 흑막이 국제적인 제약회사라고 말했지? 그 말을 듣고 마음에 걸리는 게 있어서……."

쇼가 황급히 에리카의 말을 가로막았다.

"잠시만. 여기서 한 말은 그대로 상대에게 들어가게 돼."

"걱정 마. 가구를 바꿀 때 업자에게 부탁해 전자파를 전부 차단했으니까. 지금은 모든 전자파가 완벽하게 차단되고 있어."

가이바라가 주머니에서 휴대폰을 꺼내더니 놀란 표정을 지었다.

"정말이다! 안테나가 안 들어와!"

그제야 쇼는 고개를 끄덕였다.

"그래서 아까 휴대폰 연결이 안 됐구나. 에리카, 제법인데?"

"당연하지. 한번 하겠다고 마음먹은 이상, 철저하게 하지 않으면 직성이 풀리지 않는 성격이거든."

우락부락하게 생긴 구라모토가 여자처럼 말하는 모습은 너무나 기이해 보였다. 에리카는 곧장 본론으로 들어갔다.

"우리 아빠의 정보망에 들어온 이야기인데, 공화당의 후유지마 당대표에게 정치자금법 위반 혐의가 있다나 봐. 뭐라더라,

외국에서 들어온 거액의 정치 자금이 공화당으로 들어가고 있다는 소문이 있대."

"외국에서?"

"이번 사건의 흑막이 외국의 제약회사잖아? 마음에 걸리지 않아?"

"혹시 공화당의 후유지마가 이 테러와 관계가 있는 게 아닐까?"

가리야의 질문에 대답한 사람은 쇼였다.

"그럴 가능성이 있어요."

예산위원회에서 비아냥거림을 듬뿍 담아 질문하는 후유지마의 얼굴이 쇼의 뇌리를 가로질렀다.

"그 자식, 설마 우리가 바뀌었다는 사실을 알고 있었던 건 아니겠지?"

3

쇼가 예산위원회에서 인내심을 시험당하고 있었을 무렵, 다이잔은 공용차의 뒷좌석에 앉아 취업 면접장으로 향하고 있었다. 항상 같이 다니던 가이바라가 예산위원회에 지원을 나간 탓에 혼자 면접장에 가야 해서 그런지 오늘따라 유난히 불안했다.

차는 신주쿠 방면을 향해 수도고속도로를 질주하고 있었다.

"그나저나 오늘 회사는 어디지?"

가이바라가 미리 준비해놓은 파일을 본 순간, 다이잔의 입에서 탄성이 흘러나왔다.

"오호!"

파일 안에서 나온 것은 대형 제약회사인 히노데제약에 관한 자료였다.

"히노데잖아?"

다이잔은 살며시 안도의 한숨을 내쉬었다. 민정당과 친한 회사였기 때문이다. 거액의 정치 헌금을 내주는 단골손님 같은 곳이다.

"채소 다음은 약품이야? 쇼 녀석, 도대체 무슨 생각을 하는지……."

다이잔은 어이없는 얼굴로 혀를 차면서 파일에 있던 지원 동기를 읽어보았다.

'얼마 전에 친구를 따라 요코하마에 있는 호스피스 병원에 갔습니다. 불행하게도 치료가 안 되는 병에 걸려 인생의 마지막 순간을 맞이하려고 하는 사람들의 말상대가 되어주거나 다 같이 노래를 부르면서 환자들을 위로해주기 위해서입니다.

그때 어느 환자분이 이렇게 말했습니다.

"일본에 일 년만 일찍 좋은 약이 있었다면 아이들과 헤어지지 않아도 되는데."

말기 유방암 환자였습니다. 그분에게는 열 살배기와 여덟 살배기 아이가 있었는데, 그 아이들은 제가 그곳에 있는 동안 잠시도 떨어지지 않고 엄마 곁에 있었습니다. 얼굴에는 슬픈 웃음이 배어 있었습니다. 엄마가 슬퍼하지 않도록 이를 악물고 울음을 참고 있었던 것입니다. 저는 지금까지 그토록 슬픈 웃음을 본 적이 없습니다. 그 아이들처럼 불행한 아이들이 없었으면 좋겠다……. 그러기 위해선 그분의 바람이 이루어져야 합니다. 그분이 원하는 것은 에어로밀, 즉 히노데제약의 신약이었습니다. 그 약만 있으면 그분처럼 암으로 고통받는 수많은 사람들을 구할 수 있습니다.

신약 개발은 시간과의 싸움입니다. 저는 귀사에 입사해 암에 걸린 사람들에게 그 약을 전하고 싶습니다. 그것이 제 지원동기입니다.'

인쇄된 글자가 눈물로 얼룩졌다. 다이잔의 얼굴에는 웃음과 울음이 동시에 자리했다.

"쇼, 이 바보 녀석. 제법 좋은 말을 썼잖아? 이놈이 언제 이렇게 컸지?"

다이잔은 황급히 손수건으로 눈꼬리를 눌렀다. 그리고 공용차의 뒷좌석에서 혼자 맹세했다.

"쇼, 기다려라. 이번에야말로 내가 네 꿈을 이루어주마!"

면접장에 들어간 다이잔은 안내 직원을 따라 간이의자가 늘어선 곳으로 들어갔다. 학생 수가 적은 것은 3차 면접이기 때문인 듯했다. 쇼는 이미 면접을 두 번 통과한 것이다.

"여기선 절대로 떨어지면 안 되겠군."

다이잔이 웬일로 긴장하며 기다리고 있자 10분쯤 지나서 안내 직원이 부르러 왔다.

"무토 씨, 계신가요?"

다이잔은 대기 장소에서 나와 복도의 막다른 곳에 있는 회의실 앞으로 다가갔다. 문이 닫혀 있었다.

"들어가세요."

안내 직원은 문을 가리키며 그 말만을 하고 입을 다물었다. 즉, 그때부터 면접이 시작되는 것이다.

다이잔은 목례를 한 뒤 작게 심호흡을 하고 나서 문을 노크했다. 안에서 "들어오세요"라는 대답이 들림과 동시에 그는 문의 손잡이를 밀었다.

긴 테이블 너머에는 면접관 세 명이 앉아 있고, 그 앞에 빈 의자가 하나 놓여 있었다.

"이름은?"

한가운데에 앉아 있는 40세쯤 되는 남자가 질문하는 역할이었다. 새하얀 양복을 차려입은 덩치 큰 남자인데, 넓은 이마 밑에 있는 감정을 알 수 없는 눈으로 다이잔을 쳐다보았다. 다이잔의 머릿속에 떠오른 것은 서유기의 저팔계가 양복을 입은 듯한 모습이었다.

"무토 쇼입니다. 잘 부탁드립니다."

저팔계가 대꾸했다.

"앉으세요. 일단 지원 동기를 말씀해주시겠어요?"

"얼마 전에 친구를 따라 요코하마에 있는 호스피스 병원에 갔습니다……."

다이잔은 쇼가 쓴 지원동기를 뜨겁게 말했다. 국회에서조차 이렇게 뜨겁게 말한 적이 없을 만큼 두 주먹을 꼭 쥐고 끝까지 말한 뒤, 어떠냐는 듯이 가슴을 쫙 폈다.

그런데 돌아온 것은 맥이 빠질 만큼 평범한 반응이었다.

"네, 수고했습니다."

그러고 나서 손에 있는 면접 자료를 보더니 재빨리 덧붙였다.

"아아, 민정당 무토 총리님 아들이군. 그래서……인가?"

무슨 뜻인지 이해할 수 없어서 다이잔은 면접관을 똑바로 바라보았다.

"자네처럼 성적이 나쁜 학생이 어떻게 우리 회사의 3차 면접까지 남았는지 이상했는데, 이제야 알 것 같군."

"그게 무슨 말씀이신가요?"

질문할 처지가 아니라는 건 알고 있지만 묻지 않고는 견딜 수 없었다.

"우리 회사와 민정당은 상부상조의 관계라고나 할까? 우리는 정치 헌금을 제공하고, 민정당은 신약승인제도를 이용해 우리 같은 제약회사를 지켜주지."

"무슨 말씀이신지 잘 모르겠습니다만."

저팔계는 무시하는 눈길로 다이잔을 쳐다보았다.

"자네, 머리가 나쁘군 그래. 자네가 조금 전에 말한 에어로밀과 같은 효능이 있는 약은 구미의 제약회사에서 이미 개발했어. 다만 그게 일본에 들어오면 우리에게 손해거든. 우리 약을 팔 수 없으니까. 그래서 후생성에 승인을 늦춰달라고 부탁하는 거지."

다이잔은 아연한 얼굴로 상대를 바라보았다.

"뭐, 우리 회사로서는 자네를 채용하지 않을 수 없으니까 설명해주지. 신약 개발에는 돈이 한두 푼 드는 게 아니야. 거액을 투자해서 약을 개발했는데, 그 약과 똑같든지 그 약보다 효능이 좋은 외국 약품이 인가를 받으면 곤란하지 않겠어? 그래서 그렇게 되지 않도록 국내 제약회사를 보호해달라고, 후원금을 내면서 부탁하고 있단 뜻이지."

"그럼 후생성에서 외국 신약을 인가해주면 그 어머니는 죽지 않는다는 겁니까?"

괜한 말을 했다고 생각했는지, 저팔계는 적당히 얼버무렸다.

"그거야 나도 모르지. 살 수 있을지 없을지는 케이스 바이 케이스case by case니까. 하지만 일본의 제약회사가 도태되기라도 하면 후생성도 곤란하거든. 감독 책임도 있으니까 말이야. 승인을 뒤로 미루는 이유는 얼마든지 있어. 치험* 데이터가 불충분하

---

* 동물 실험을 마치고 사람에 대한 임상 시험 단계.

다든지, 부작용이 보고되었다든지. 반대로 미국에서는 신약을 너무 빨리 승인해주는 바람에 부작용이 빈발하고 있거든. 그런 사태를 감안해 판단했다고 하면 적당히 넘어갈 수 있지. 모든 건 말하기 나름이니까."

"그것 때문에 고귀한 생명이 사라지고 있습니다. 귀사의 이익을 위해 수많은 사람들이 사랑하는 어머니와 아내와 딸을 잃어버리고 있단 말입니다! 그래도 좋습니까?"

저팔계가 발끈하며 소리쳤다.

"그게 그렇게 마음에 걸리면 우리 회사 같은 곳에 면접을 보지 않으면 되잖아! 다른 제약회사에 가면 돼. 그곳이 우리와 똑같이 생각할 리는 없으니까. 다만 우리는 그렇게 생각하고 있다는 것뿐이야. 우리는 어떻게든 살아남아야 하니까."

다이잔은 자기도 모르게 내뱉듯이 말했다.

"도저히 못 들어주겠네. 여기가 이렇게 썩은 회사였다니."

"뭐야? 자네, 지금 뭐라고 했어?"

저팔계의 눈에 강한 분노가 깃들었다.

"회사도 썩었고 면접관의 마음도 썩었어. 너 같은 녀석들이 있으니까 세상까지 썩어 들어가는 거라고!"

저팔계의 입가에 비웃음이 매달렸다.

"자네는 아무것도 모르는 것 같은데, 자네 아버지도 우리와 한편이거든. 우리는 민정당 스폰서니까 말이야. 정계와 관계, 업계가 연계해서 일본의 산업을 키우는 건 당연한 일이 아닌가?"

다이잔이 저팔계를 꾸짖듯이 큰소리로 말했다.

"그게 무슨 잠꼬대 같은 소리야? 민정당이 신약승인제도를
유지하는 건 그게 국민을 위해서라고 믿고 있기, 아니 믿었기
때문이야. 모든 국민이 부작용 없는 약을 안심하고 사용할 수
있게 하기 위해서지, 너희 회사처럼 부패한 제약회사를 돈 벌
게 하기 위해서가 아니라고! 무토 다이잔을 얕보지 마!"

"흥! 한자도 못 읽는 총리가 뭘 알겠어?"

저팔계의 입에서 모욕적인 말이 튀어나왔다.

"미안하지만 한자는 못 읽어도 무엇이 옳고 무엇이 그른지는
알고 있어. 머리는 나빠도 마음까지 썩지는 않았으니까. 너희
처럼 비열한 악당과 똑같이 생각하지 마. 너희가 하고 있는 일
은 일본의 정직한 제약회사에 대한 모독이고, 정의에 대한 도
전이야. 직접 손을 쓰지는 않았어도 느긋한 살인과 똑같은 일
이라고! 너희들의 이익 때문에 엄마를 잃은 아이들이 있어. 그
아이들의 마음이 어떨지 생각해보는 게 어때? ……그만 실례
하지. 괜히 시간만 낭비했군."

자리에서 일어설 때 간이의자가 뒤쪽으로 쓰러졌지만, 다이
잔은 신경도 쓰지 않고 재빨리 그곳을 뒤로했다.

또 사고 쳤다.

히노데제약에서 나오면서 다이잔은 그렇게 생각했다. 하지
만 오히려 잘했다. 저런 회사에 들어갔다고 해서 쇼가 하고 싶

은 일을 할 수 있을 리가 없지 않은가.

그는 분한 얼굴로 공용차의 뒷좌석에 앉자마자 TV 스위치를 켜고, 마음에 걸렸던 예산위원회의 생중계를 보았다. 마침 마이크 앞에 선 자신이—물론 실체는 쇼이지만—준비된 원고를 더듬더듬 읽고 있는 참이었다.

"쇼, 어떻게든 버텨줘."

다이잔은 마음속으로 간절하게 기도했다.

"그나저나 세상일은 내 뜻대로 되지 않는 법이군."

한바탕 한숨을 내쉰 다이잔은 오늘의 일정표를 보고 얼굴을 찡그렸다.

'오후에는 수업에 출석할 것. 현대정치학, 512호 강의실.'

담당 교수는 고나카 주타로다.

"또 그놈 얘기를 들어줘야 하나?"

고개를 푹 떨군 다이잔을 태우고, 공용차는 게이세이대학으로 가는 외길을 질주했다.

4

"예전부터 한심하다고 여겼지만, 무토 내각이 돌아가는 꼴을 보니 기막히고 코 막혀서 숨을 쉴 수 없을 지경이군. 한자도 못 읽는 총리에, 스캔들 관방장관이라니! 관방장관이 바나나라면 무토 다이잔의 머리는 수박이라고나 할까? 수박 총리에 바나나 관방장관이야. 아하하하하!"

오늘따라 고나카 주타로의 말발은 더욱 거침이 없었다. 그 말을 듣고 있던 다이잔의 얼굴은 시뻘겋게 달아오르고, 입에서는 신음 소리가 흘러나왔다.

고나카 녀석, 수업 시간에 저런 막말을 하다니.

수업이 시작되고 이미 한 시간이 지났다. 다이잔에게는 지옥 같은 시간이었다. 몇 번이나 소리를 지르고 뛰쳐나가려고 했지만 심호흡을 하며 가까스로 참은 것은 수업이 시작되기 전에 마이가 미리 못을 박았기 때문이다.

마이는 다이잔을 발견하고 옆으로 다가와 진지한 얼굴로 이렇게 말했다.

"무토, 지난번 같은 일은 하지 않는 게 좋을 거야. 이 수업에서 탈락하면 유급이니까."

"나, 나도 알고 있어."

지금도 마이는 옆자리에서 가끔 걱정스러운 눈길로 다이잔을 보았다.

"무토, 괜찮아?"

"그래, 겨우 참고 있어……."

그렇게 대답하는 다이잔의 얼굴에 경련이 일었다.

"그것만이 아니야. 조금은 나을 줄 알았던 헌민당도 하마하타의 매춘 의혹이 터졌지. 여당이 바보라면 제1야당은 바보의 끝판왕이라고나 할까? 이런 상황이 계속된다면 일본은 망하고 말 거야."

고나카는 담배 파이프를 물고 거만하게 앉아서 두 다리를 교탁 위에 올리고 있었다.

"문제는 그것만이 아니야. 여러분도 봤겠지만 무토 다이잔의 그 태도는 뭐야? 관방장관을 지키려고 그런 것 같긴 하지만, 임명 책임도 지지 않은 채 매스컴이 바보라서 국민이 바보가 된다고 하다니! 그게 말이야, 방귀야? 어떻게 그런 말을 할 수 있지? 총리가 바보라서 국민도 바보가 된다는 말을 잘못한 거 아닌가?"

다이잔의 머리에서 쉬익 하는 소리가 나기 시작했다. 분노가 머리끝까지 솟구친 것이다.

"무, 무토······! 참아, 참아야 해."

옆에서 마이가 달랬다.

"아, 알고 있어."

하지만 다이잔의 목소리는 진도 8의 지진 속에서 중얼거린 것처럼 파르르 떨렸다.

"그런 헛소리를 지껄인 다음에 어른이 되라고 하다니. 우리가 뭐 때문에 초등학생 수준밖에 안 되는 자에게 그런 말을 들어야 하지? 이건 분노를 뛰어넘어 그 인간에게 따져야 하는 일이라고!"

고나카의 커다란 웃음소리가 마이크를 통해 강의실 전체에 울려 퍼졌다.

이를 악물고 참고 있자니 오만함이 하늘 높은 줄 모르고 치솟고 있다. 도저히 더는 참을 수 없었다.

"한 말씀 드려도 되겠습니까?"

생각도 하기 전에 다이잔은 이미 손을 들고 일어섰다.

"아, 무토……!"

옆에서 마이가 말리려고 했지만 이미 때는 늦었다.

지난번 수업에서 있었던 일을 기억하는지, 고나카의 얼굴이 일그러졌다.

"또 자네인가? 어차피 또 시시한 질문을 하겠지."

"강의가 시시하면 그것에 영향을 받아서 질문도 시시해지는 법이지요."

다이잔도 지지 않고 원한을 담아서 말했다.

"뭐야? 지금 나한테 시비 거는 건가?"

고나카는 입에서 담배 파이프를 떼고 다이잔을 노려보았다.

"천만에요. 지금 너무나 직접적으로 말씀하셔서, 교수님의 진심을 듣고 싶습니다."

고나카가 교탁에서 발을 내리고 상체를 약간 앞으로 숙였다.

"진심을 듣고 싶다고? 그게 무슨 뜻이지?"

"교수님께선 가리야 관방장관님에게 애인이 있으니까 발칙하다, 사임해야 한다고 생각하시는 것 같습니다만, 그것과 가리야 관방장관님의 정치적 능력과는 다른 문제가 아닙니까?"

"그게 무슨 말인가? 애인 있는 사람이 어떻게 국정을 제대로

운영하겠나?"

"실제로 국정을 잘 운영하고 있고 지금까지 많은 실적을 남겼습니다. 애인이 있느냐 없느냐, 그런 건 개인적인 문제겠지요. 그런데 평론가란 사람들은 그런 개인적인 문제만 비난하거나 신문에 써대기만 할 뿐, 정치가로서의 실적은 외면하고 있습니다. 그래도 된다고 생각하십니까?"

"그래도 된다고 생각하냐고? 세상은 원래 그런 법이야. 도덕성이 없는 자는 꺼져라, 그런 뜻이지."

"그럼 교수님도 꺼져야 하지 않을까요?"

고나카의 눈에 분노의 불꽃이 켜졌다.

"뭐야? 지금 무슨 말을 하는 건가?"

"요즘 시리우스의 안나와는 어떻습니까?"

한순간, 고나카의 안색이 바뀌었다.

"자, 자네, 그게 무슨 말인가?"

"교수님은 안나에게 생활비로 매달 50만 엔을 주시잖습니까? 아파트도 사주고, 일주일에 두 번은 그곳에서 주무신다고 하더군요. 교수님의 도덕성은 뭐죠? 도덕성이라곤 눈 씻고 찾아봐도 발톱의 때만큼도 없는 사람이 남의 실수를 파고들어 도덕성, 도덕성 하고 노래를 부르다니, 이건 모순이 아닙니까?"

누군가가 손뼉을 쳤다. 옆에서 마이가 두 손으로 머리를 감싸는 것을 알 수 있었다.

"무, 무슨 말인지 당최 모르겠군. 이건 명예훼손이야!"

"사실인지 아닌지, 주간지에 제보할까요?"

단상에 있는 고나카가 경계하는 눈길로 다이잔을 쳐다보았다.

"이거 참 재미있군. 자네 이름이 뭔가?"

"무토 쇼입니다."

"무토?"

가슴주머니에서 볼펜을 꺼내던 고나카가 고개를 갸웃거렸다.

"멍청한 총리와 성이 같군. 친척이라도 되나?"

절반쯤은 농담이었으리라.

"친척이 아니라……."

다이잔은 침착한 목소리로 말을 이었다.

"무토 다이잔은 저희 아버지입니다."

고나카는 안타까울 만큼 낭패한 표정을 지으며 뒤로 젖히고 있던 상체를 벌떡 일으켰다.

"자, 자네 지금 무슨 말을 하는 건가?"

"자기 일은 뒤로 제쳐두고 계속 무책임한 말씀을 하시다니! 그런 말씀은 이제 그만두시는 게 어떻겠습니까? 교수님에겐 그런 말씀을 하실 자격이 없으니까요."

다이잔은 단상의 고나카를 노려보며 말을 이었다.

"지금은 현대정치학 시간이지요? 그럼 그 타이틀에 맞게 수업을 해주시지 않겠습니까? 다들 비싼 수업료를 내고 이런 이야기나 들으러 온 건 아니니까요."

다이잔은 그 말을 끝으로 태연하게 자리에 앉았다.

수업이 끝나자마자 마이가 창백한 얼굴로 말했다.

"무토, 어쩌려고 그랬어? 교수님께 사과하는 편이 좋지 않을까? 잘못하면 또 유급할지도 몰라."

다이잔이 반박했다.

"내가 왜 사과해야 하지? 사과해야 할 사람은 그 녀석이야."

"정말 고집불통이라니까. 하지만 나도 속은 후련했어."

마이는 그렇게 말하고 화제를 바꾸었다.

"무토, 한 가지 부탁이 있는데, 총리님을 호스피스 병원에 데려와줄 수 있어?"

"호스피스 병원?"

"지난번에 나랑 같이 간 병원 말이야."

그 말을 듣고 다이잔은 짐작이 되었다. 쇼를 호스피스 병원에 데려간 친구가 마이였던 것이다.

"세상 사람들에게 '생애말기돌봄'의 실태를 알려주고 싶어. 총리님께서 와주시면 사회에서 많이 주목할 것 같아서 그래. 네가 부탁해주겠어?"

"알았어. 한번 가볼게……가 아니라 분명 간다고 할 거야, 아버지는."

"그럼 기다릴게. 내 일정은 총리님 스케줄에 맞출게."

"가이바라 보좌관에게 연락하라고 할게. 그러면 되겠지?"

마이의 얼굴에 상큼한 웃음이 퍼져나갔다. 사랑스럽고 야무진 여성이다.

　공용차로 돌아간 다이잔은 겨우 만족한 얼굴로 뒷자리에서 조용히 눈을 감았다.

5

　"아버지, 면접은 어땠어요?"

　다이잔이 공저로 들어가자마자 쇼가 달려와서 물었다.

　"뭐라고 할까……."

　쇼는 의심이 가득한 눈길로 다이잔을 쳐다보았다.

　"또 실수한 건 아니겠죠?"

　다이잔은 그럴듯하게 포장해서 말했다.

　"쇼, 취직은 인연이야. 인연이 항상 있는 건 아니지."

　"그걸 변명이라고 하세요? 인연이 없으면 어떻게 되는데요?"

　"인연이 없으면 다른 곳을 찾아봐야겠지. 취직이란 건 어차피 그런 거거든."

　"한마디로 말해 떨어졌다는 건가요? 내 장래는 어떻게 할 거예요!"

　쇼의 얼굴이 창백해지는 것을 보고 다이잔은 황급히 화제를 바꾸었다.

　"그보다 쇼, 예산위원회에서는 별일 없었지?"

　그러자 쇼의 말투가 모호해졌다.

"뭐라고 할까…… 시시한 질문만 계속되는 바람에 조금……."

"조금?"

불길한 예감을 느끼고 다이잔이 날카롭게 추궁했다.

"설마, '너희들, 국가 예산보다 바나나가 중요하냐?'라고……."

다이잔이 탄식하며 천장을 올려다보았을 때, 가리야가 본론을 꺼냈다.

"다이 씨, 그보다 그 사건 말입니다만."

"가리양, 무슨 진전이 있었나?"

가리야가 에리카로부터 들은 이야기를 해주자 다이잔의 안색이 순식간에 달라졌다.

"빌어먹을 공화당 놈들! 닛타에게 연락했나?"

"물론입니다. 조사해본다고 했습니다만 아직 연락은 없습니다."

성질이 급한 쇼가 끼어들었다.

"아버지, 연락을 기다릴 필요는 없잖아요? 형사의 힘을 빌리지 말고 우리가 직접 해결하는 게 어때요? 예산위원회에서 시답잖은 질문을 끝없이 늘어놓다니. 그런 개똥같은 영감탱이는 내가 박살을 내겠어요!"

가리야가 황급히 말렸다.

"쇼짱, 후유지마란 사람은 폭력적인 성향으로 유명한 사람이

324

야. 지금도 우락부락한 경호원을 데리고 돌아다니는 걸 봤잖아? 후유지마의 선거사무소를 만들 때, 간판을 쓰는 사람이 착각해서 '후유지마 조직'이라고 썼단 소문이 자자하더군."

쇼의 눈동자에 공포심이 스며들었다.

"정말이에요? 그래서 그 간판은 어떻게 했대요?"

"다시 주문할 시간이 없어서 뒤쪽에다 다시 썼대."

"그런 사람이 정치를 하다니."

쇼가 다이잔을 보며 덧붙였다.

"아버지, 놈의 사무실로 쳐들어가요. 정면대결을 하는 거예요!"

"쇼짱, 안 된다니까. 진짜로 다칠 수도 있어."

가리야가 당황한 얼굴로 다른 방안을 제시했다.

"그보다 몰래 잠입하는 게 어때?"

가이바라가 진지한 얼굴로 물었다.

"어디를요? 설마 그 조직 사무실에요?"

"의원회관에 있는 후유지마의 방 말이야. 어떤 제약회사와 손을 잡았는지 알 수 있을지 모르잖나?"

"그러다 들키면 어떡해요?"

"그때는 방을 잘못 찾았다고 하면 돼."

다이잔이 눈을 동그랗게 뜨고 탄성을 질렀다.

"그래, 그거야! 역시 가리양이라니까!"

"아버지, 지금 농담하시는 거죠? 도둑처럼 몰래 들어가자고요?"

쇼가 의문을 제기했지만 다이잔과 가리야는 아무래도 진심인 듯했다.

다이잔이 가이바라를 보며 지시를 내렸다.

"후유지마가 지금 어디서 뭘 하고 있는지 알아보게. 보좌관이나 비서들이 어디에 있는지도 알아보고. 우리 움직임은 절대로 들키지 말고!"

가이바라는 곧바로 자신의 인맥을 동원하여 여기저기에 전화를 걸기 시작했다. 당대표쯤 되면 동향을 파악하는 건 그렇게 어렵지 않았다. 정보는 금세 모였다.

"후유지마는 오늘 밤 8시부터 아카사카에 있는 요정에서 젊은 의원들과 간담회를 가질 예정이라고 합니다. 거기에 보좌관이 수행하고, 나머지 비서들은 이다바시에 있는 개인 사무실에서 대기한다고 합니다. 저녁 9시가 넘으면 의원회관 방에는 아무도 없는 것 같습니다."

"열쇠는 어떡하지? 의원회관은 어디서 관리하나?"

다이잔의 질문에 대답한 사람은 가이바라였다. 실무에 관해서는 모르는 게 없는 것이다.

"중의원 사무국 관리과입니다. 여벌 열쇠는 그곳에서 보관할 겁니다."

"가이바라, 가서 가져와."

다이잔의 지시를 받고 가이바라는 당황한 표정을 지었다.

"어, 어떻게요?"

"그건 자네가 생각하고!"

"그럴 수가……!"

"잔말 말고 빨리 가봐!"

가이바라가 황급히 방에서 뛰어나갔다. 그런 가이바라의 뒷모습을 보고 나서 가리야가 한숨을 쉬었다.

"아아, 마음이 급하군요. 정상회담 전까지는 해결될까요?"

다이잔이 혼잣말처럼 중얼거렸다.

"그때는 그때야. 그런데 총리로서 정상회담에 참석하고 싶으냐고 묻는다면, 솔직히 말해 지금은 자신 있게 대답할 수가 없네. 지위나 명예에 집착하는 사이에 정치가로서 가장 소중한걸 잃어버렸다…… 왠지 그런 생각이 드는군."

다이잔은 가슴속에 소중히 간직하고 있던 속마음을 살며시 털어놓았다.

"아버지가 웬일로 그렇게 기특한 말을 하세요? 오늘은 해가 서쪽에서 떴나요?"

쇼가 독설을 날렸다.

"쇼, 이건 너에게 배운 것이기도 해. 면접은 제대로 못 봤지만, 네 지원 동기를 보고 지금의 내게는 없는 발상이라는 생각이 들었지. 머리는 나쁘지만 진실을 꿰뚫어보는 눈은 가지고 있는 것 같더구나."

"머리가 나빠서 죄송하네요."

쇼는 그렇게 말했지만 표정은 말의 내용만큼 불쾌해 보이지 않았다.

"그것만이 아니야. 사람들의 식탁에 무농약 채소를 전하고 싶다는 이야기에도, 말기암에 걸린 어머니를 위해 일하고 싶다는 마음에도, 그곳에는 사람들의 행복을 위해 무엇을 할 수 있느냐는 본질적인 따뜻함이 배어 있더군. 그건 인간에게 가장 존엄한, 무엇과도 바꿀 수 없는 것이지."

"아버지……."

쇼는 어안이 벙벙한 얼굴로 다이잔을 바라보았다. 태어나서 처음으로 아버지에게 인정받은 순간이다.

다이잔은 아무것도 없는 공간에 조용히 시선을 고정한 채, 먼 곳을 바라보는 것처럼 눈을 가늘게 떴다.

"그동안 잊고 있었던 게 무엇이었는지 깨달았어. 옛날의 나는 지금의 너처럼……."

그는 자신의 아들을 보며 말을 이었다.

"유치하고 막무가내로 돌진했으며, 진심으로 세상을 위해 일하고 싶다는 마음이 넘쳤었지. 올바른 마음으로 살면서 모두의 목소리에 귀를 기울이고 어떤 어려움도 헤쳐 나왔어. 그런데 지금은 어떻지?"

그는 자조의 미소를 지으며 잠시 입을 다문 뒤, 목에서 쥐어짜듯 덧붙였다.

"정계의 논리에 칭칭 얽매어 정치를 위한 정치만을 하는 직업 정치꾼으로 추락했어. 지금의 나는 총리대신일지 모르지만, 진정한 의미에서 국민의 대표라고 할 수 있을까? 지금 내게 필요한 건 정상회담에서 세계의 정상들을 만나는 일이 아니라 한 사람의 정치인으로서 지금의 나 자신을 다시 바라보는 일이 아닐까? 그것을 깨달은 순간, 지금까지 내가 믿었던 게 단순한 금도금에 지나지 않았다는 걸 알게 됐지. 지금 나에게는 정치인으로서의 지위도, 명예도, 아무런 가치가 없어. 가리야, 미안하네. 시시한 말을 해서."

하지만 가리야는 놀랍게도 눈에 눈물을 가득 담은 채 다이잔을 바라보았다.

"아닙니다……. 그래야 총리님이십니다. 그렇게 생각하는 분이 제가 진심으로 믿어온 남자, 무토 다이잔입니다. 그런 사람이 정치를 해야 하고, 총리대신을 역임해야 한다고 저는 생각합니다. 지금이라도 늦지 않았습니다. 총리대신이기 전에 진정한 정치인이 되어주십시오. 저는 끝까지 다이 씨를 따라가겠습니다."

"가리야! 자네는 역시 내 맹우야!"

"다이 씨!"

옆에 있던 쇼는 서로를 부둥켜안는 두 사람으로부터 황급히 눈길을 돌렸다.

"으아, 소름……."

그렇게 독설을 날렸지만, 두 사람에게 들리지 않도록 작은 목소리로 말할 만큼의 배려는 잊지 않았다.

6

밤 10시가 되기 조금 전, 중의원 제1의원회관의 어느 집무실에서 나온 네 사람은 엘리베이터를 타고 5층으로 내려가 곧바로 공화당 후유지마의 집무실로 향했다.

밤이 늦은 것도 있어서 복도에는 사람의 그림자가 거의 보이지 않았다.

여벌 열쇠를 사용하기 전에 가이바라는 문을 노크하고 잠시 기다렸다.

"아무도 없습니다."

열쇠로 문을 열고 몰래 들어가려고 했을 때, 뒤쪽에서 남자의 목소리가 들렸다.

"이보게, 다이잔."

흠칫 놀라서 뒤를 돌아본 다이잔의 얼굴이 조각상처럼 굳었다.

"구, 구라모토! 여긴 어떻게……!"

구라모토의 옆에는 에리카도 있었다.

구라모토가 대답했다.

"자네 아들에게서 연락을 받았네. 사람이 많은 편이 자네도 마음 든든하겠지."

"이러면 너무 눈에 띄잖아!"

다이잔은 그렇게 반박했지만 여기서 따져봐야 소용없다고 생각했는지 "할 수 없지. 같이 들어가세"라고 말하며 살며시 안으로 발을 집어넣었다.

가이바라가 전기 스위치를 누르자 13평쯤 되는 공간이 나타났다. 다이잔을 비롯한 일행은 보좌관의 개인실을 지나 안쪽에 있는 후유지마의 방으로 들어갔다.

가이바라가 책상 위에 있는 서류함에서 서류를 들고 핏발 선 눈으로 읽기 시작했다. 구라모토와 에리카는 캐비닛의 파일을 뒤적이고, 가리야는 보좌관의 책상 서랍을 열었다.

후유지마의 책상 앞에서 다이잔이 쇼에게 말했다.

"쇼, 넌 오른쪽 서랍을 살펴봐. 나는 이쪽을 볼게."

책상 양쪽에는 각각 서랍이 세 개씩 달려 있었다.

"알았어요."

쇼가 맨 위의 서랍을 열었다. 안에 들어 있는 것은 연필과 볼펜, 지우개를 비롯한 문구류였다. 두 번째 서랍에는 서류 다발이 넘칠 듯이 들어 있었다. 그것을 전부 꺼내 책상 위에 펼쳤다. 조사회나 위원회 자료, 당내 회의의 의사록, 진정서, 정리하지 않은 명함 다발……. 마지막 서랍에는 라벨이 붙은 파일이 나란히 들어 있었다.

다이잔이 전원을 둘러보며 지시했다.

"의료관계 파일을 찾아봐. 단서를 찾을 수 있을지도 몰라."

전원이 입을 다물고 묵묵히 서류를 확인하기 시작했다.

책상 조사를 마친 쇼가 옆에 있는 캐비닛에서 '신약승인관계'라고 쓰인 파일을 발견한 것은 20분쯤 지났을 때였다.

"아버지, 찾았어요. ……이건 뭐지?"

파일을 펼친 쇼는 눈을 연신 깜빡였다. CLABINE, NELBINE, PEGAS……라는 알파벳이 쭉 늘어서 있었던 것이다.

"이건 미승인약 리스트 같군. 어떻게 생각하나?"

쇼의 옆에서 들여다보면서 다이잔이 가이바라에게 물었다.

"제가 잠시 보겠습니다."

쇼에게서 파일을 받은 가이바라는 알파벳으로 쓰여 있는 약품 리스트를 진지하게 읽었다.

"총리님, 이 약 이름은 어디선가 본 적이 있습니다. 분명히 암 관련 신약이었을 겁니다. 여기에 외국에서 승인받은 날짜가 적혀 있지요? 이건 국내 승인 대기 리스트입니다."

"선거공약 관련인가……."

말이 끝나기도 전에 다이잔이 화들짝 놀라며 그대로 굳어졌다. 갑자기 문이 열리고 선글라스를 낀 남자 두 명이 천천히 안으로 들어왔기 때문이다.

후유지마의 경호원들이다. 그 뒤에는 당사자인 후유지마가 서 있었다.

"이게 누구신가? 다들 여기에 계셨군요."

후유지마는 천천히 자기 방으로 들어오더니, "지금 내 방에서 뭘 하시는 걸까요?"라고 말하며 쇼를 날카롭게 쏘아보았다.

경호원 한 명이 보좌관 방에 있던 가리야를 뒤에서 잡고 바닥에 내동댕이쳤다. 그 순간, 다이잔이 재빨리 움직였다. 실체는 다이잔이라도 육체는 쇼인 덕분에 움직임은 민첩했다. 그런데…… 싸움에 익숙지 않은 탓에 경호원의 주먹을 맞고 눈 깜짝할 사이에 뒤로 발라당 넘어지고 말았다.

"아, 내 몸이! 이 녀석, 무슨 짓이야!"

쇼가 자기도 모르게 소리치면서 경호원에게 덤벼들었지만 육체는 다이잔인 탓에 움직임은 둔하기 짝이 없었다. 경호원이 가볍게 피하는 바람에 기세를 이기지 못하고 휘청거린 찰나, 경호원의 주먹이 쇼의 얼굴을 향해 날아왔다.

"쇼짱……!"

가리야가 소리친 순간, 경호원의 팔이 기묘하게 뒤틀렸다. 관절이 어긋나는 둔탁한 소리와 함께 경호원이 바닥에 굴렀다. 경호원의 얼굴을 내리찍은 것은 에나멜 구두였다.

다이잔이 소리쳤다.

"닛타!"

나머지 경호원이 닛타에게 천천히 다가갔다. 권투의 기본 방어 자세를 취한 경호원은 몸을 숙인 채 주먹 사이로 닛타의 빈틈을 노렸다. 경호원의 몸이 움직였다. 경호원은 주먹을 뻗는 척하다가 허공을 가르며 돌려차기를 날렸다.

예상치 못한 공격이었다. 정통으로 맞았다면 그대로 바닥에

뻗었으리라. 하지만 닛타는 순간적으로 방어한 뒤, 경호원이 무너진 균형을 바로잡을 틈도 없이 얼굴에 주먹을 작렬시켰다.

털썩하는 소리와 함께 의식을 잃은 경호원의 몸이 무릎부터 무너져 내렸다.

"너, 너희들! 이런 짓을 하고도 무사할 줄 알아?!"

닛타는 양복 안주머니에 있던 서류를 꺼내 큰소리치는 후유지마의 눈앞에 펼쳤다.

"후유지마 의원님, 압수수색영장입니다. 저는 경시청 공안과의 닛타라고 합니다. 움직이지 마십시오."

그 말을 신호로 복도에서 대기하고 있던 형사들이 골판지 상자를 들고 우르르 들어왔다.

후유지마가 고함을 지르며 저항했다.

"뭐야? 무슨 혐의지?"

"정치자금법 위반입니다."

"공안이 그런 혐의로 압수수색을 한단 말인가?"

후유지마가 의문을 제기했지만 닛타는 대답하지 않았다. 작은 목소리로 다이잔에게 설명한 사람은 가이바라였다.

"총리님, 별건 수사입니다. 공안에게 구실은 뭐든지 상관없습니다. 증거가 나오면 혐의를 바꿀 수 있으니까요."

"지금부터 사무실 내부를 압수수색할 테니 의원님께서 입회해주시기 바랍니다. 시작해!"

닛타의 지시에 따라 형사들이 일제히 움직이더니, 캐비닛과 책상의 서류를 골판지 상자에 넣기 시작했다.

"닛타 형사, 기왕에 올 거라면 더 일찍 오지 그랬나?"

입술에 새어나온 피를 손등으로 닦으면서 다이잔이 투덜거렸다.

"영장은 받아놓았지만 오늘은 압수수색 예정이 없었습니다. 총리님 덕분에 갑자기 예정을 바꾸었지요."

후유지마가 증오를 적나라하게 드러내며 말했다.

"이런 짓을 해봤자 소용없어. 아무것도 안 나오면 공안의 얼굴에 먹칠을 하게 되겠지."

하지만 닛타는 입을 다문 채 표정 하나 바꾸지 않았다.

다이잔이 후유지마를 보고 물었다.

"이봐, 후유지마. 내가 누군지 아나?"

후유지마가 물끄러미 다이잔을…… 쇼를 보았다. 그러곤 히죽 웃으면서 가볍게 대답했다.

"그럼, 알고말고."

이 녀석, 알고 있군.

다이잔이 그렇게 확신했을 때, 형사 한 명이 다가와 후유지마를 다른 방으로 데려갔다.

"그나저나 왜 이렇게 위험한 일을……."

닛타가 어이없는 얼굴로 물었다.

"누가 이럴 줄 알았나?"

다이잔은 손가락으로 이마를 문지르며 눈을 감았다. 말을 하지 않아도 그 자리에 있는 전원이 다이잔의 가슴속에 있는 의문을 공유했다.

"후유지마 녀석, 왜 갑자기 돌아온 거지? 분명히 간담회에 참석하기로 되어 있었는데. 그런데 어떻게……."

누구에게랄 것도 없이 중얼거린 다이잔의 말에 대답하는 사람은 아무도 없었다.

"감시하던 형사 말에 따르면 별안간 철수해서 이쪽으로 왔다고 합니다."

닛타도 이해가 되지 않는다는 얼굴이었다.

그때 형사 한 명이 다가와 후유지마의 책상에 있던 서류함 바닥에서 뭔가를 들고 빤히 보았다. 그러곤 잠시 생각한 끝에 관계없다고 판단했는지 원래대로 내려놓았다.

쇼가 그것을 보고 무의식중에 숨을 들이마셨다.

다이잔이 쇼에게 물었다.

"쇼, 왜 그래?"

"아무것도 아니에요."

소동을 듣고 사람들이 몰려들었는지 복도가 시끄러워졌다.

"기자에게 잡히기 전에 어서 나가십시오."

다이잔 일행은 닛타의 재촉을 받고 황급히 의원회관을 빠져나왔다.

"에리카."

의원회관 앞에서 헤어지려고 했을 때, 쇼가 에리카의 이름을 불렀다. 구라모토와 같이 등을 돌렸던 에리카가 쇼를 돌아보았다.

"왜?"

"너, 오늘 밤 계획에 대해 누군가에게 말하지 않았어?"

에리카의 얼굴에서 당황한 표정이 역력했다.

"말했지? 누구에게 말했어?"

7

방위성 지하 회의실에 다이잔과 쇼, 쓰루타 부자 등이 모인 것은 후유지마의 사무실을 압수수색한 지 사흘 후였다.

가리야가 심각한 표정으로 말했다.

"다이 씨, 사태가 심상치 않습니다. 압수품을 샅샅이 조사했는데, 그 안에 미국 제약회사와의 관계를 증명할 증거는 없었다고 합니다."

예상 밖의 상황에 모두 숨을 죽이면서 무거운 침묵이 내려앉았다.

"닛타 형사, 어떻게 된 건가?"

"주도면밀하게 은폐공작을 했더군요. 후유지마가 만든 정치단체의 회계 처리도 정밀 조사했습니다만, 불법 정치 헌금으로 보이는 건 아직 발견하지 못했습니다."

닛타가 자존심이 상한 듯이 미간에 주름을 잡았다.

가이바라가 상식적인 의견을 말했다.

"자금을 거슬러 올라가면 되지 않습니까? 입금만 확인하면 대부분 출처를 알 수 있으니까요. 애초에 현금으로 정치 헌금을 내는 건 금지되어 있고요."

"돈 세탁이 복잡해서 추적할 수 없는 경우도 있습니다. 자금을 거슬러 올라갔더니 기업의 해외 거래를 이용해 그물코 모양으로 해놓는 등, 출처를 모르도록 교묘하게 작업해놓았더군요."

"만약에 아무것도 나오지 않으면 어떡하죠?"

쇼의 질문에 가이바라가 대답했다.

"최악의 경우엔 테러 용의자로 구속하기는커녕, 증거 불충분으로 불기소 처분을 받겠지."

가리야가 지레 겁을 먹고 말했다.

"그렇게 되면 큰일입니다! 지금 공화당에선 이 수사를 민정당의 음모라고 주장하고 있으니까요. 만약 아무것도 나오지 않으면 민정당에 대한 비판이 솟구쳐서 지지율이 무너질 겁니다."

"미국 정부에서 온 정보는 없나요?"

쇼의 질문에 사나다는 고개를 옆으로 가로저었다.

"하지만 아직 이쪽에 전해지지 않았을 뿐일지도 몰라. 닛타 형사, 혹시 자네도 대강 짐작을 하고 있는 게 아닌가?"

사나다가 날카롭게 추궁하자 닛타의 얼굴에서 표정이 사라졌다.

잠시 후, 닛타가 나지막한 목소리로 신중하게 입을 열었다.

"실은 압수한 자료 중에 흥미로운 게 있었습니다. 미승인 약품에 관한 파일입니다."

가이바라가 생각났다는 얼굴로 말했다.

"그거라면 우리도 봤습니다. 약품 리스트가 쭉 나열돼 있던 것 말이죠?"

"그 약품 리스트 말입니다만, 나열돼 있던 건 일반명이 아니라 모두 상품명이었지요. 그것도 아셨습니까?"

가이바라는 고개를 옆으로 가로저었다.

"아뇨, 그건 몰랐습니다."

쇼가 의아한 얼굴로 물었다.

"무슨 말인지 모르겠어요. 일반명은 뭐고 상품명은 뭐죠? 뭐가 어떻게 다른데요?"

"예를 들면, 일반명이 아스피린이라면 상품명은 버퍼린이야."

가이바라는 간단하게 설명한 뒤, 손가락으로 이마를 누르고 후유지마의 리스트에 있던 약품명을 떠올리려고 했다.

"이겁니다."

닛타가 안주머니에서 꺼낸 종이를 펼쳐서 가이바라에게 보여주었다.

CLABINE, NELBINE, PEGAS······.

"여기에 있는 상품명은 전부 같은 제약회사에서 만든 약입니다."

"호, 혹시 그 제약회사가?"

가리야의 질문에 닛타는 신중하게 대답했다.

"아직은 상황 증거에 불과합니다."

다이잔이 물었다.

"이 약의 판매처는 어디인가?"

닛타는 대답하기까지 잠시 뜸을 들였다.

"뉴욕에 본사가 있는 제약회사인…… 메디시스입니다."

쇼가 눈알이 튀어나올 것처럼 눈을 크게 뜨고 물었다.

"메디시스? 실화예요?"

다이잔이 물었다.

"너, 그 회사에 대해 알아?"

"네, 일단 제약회사에도 응시하고 있으니까요. 메디시스는 미국에서 급성장하고 있는 신흥 세력이에요. 회사 이름은 알약을 팔아 거대한 부를 쌓은 메디치 가문에서 유래했다고 하더라고요."

가이바라가 코에 주름을 잡고 혐오감을 드러내며 쇼의 말을 받았다.

"경영 방침은 혀를 내두를 만큼 적극적입니다. 자신에게 이익이 되지 않는 상대는 수단과 방법을 가리지 않고 공격하지요. 그야말로 예전의 메디치 가문과 똑같습니다."

가이바라가 닛타를 보며 덧붙였다.

"일본 지사는 수색했나요?"

"일본 지사는 없습니다. 아직 약을 승인받지도 않았는데 지사를 둘 필요가 없다고 생각한 것 같더군요. 하지만 그곳이 흑막이라면 어딘가에 작전 본부가 있을 겁니다."

"후유지마는 알고 있을 거야. 입을 열게 만들 수 없겠나?"

다이잔의 질문에 사나다가 대답했다.

"현재 모든 혐의를 부인한 채 묵비권을 행사하고 있습니다. 하지만 이렇게 엄청난 테러를 도와줬으니 증거가 남지 않을 리가 없습니다."

닛타가 말을 받았다.

"물론입니다. 그밖에도 협조자가 있을 가능성이 높습니다. 실제로는 그 협조자가 정보를 수집하면서 상황을 확인하거나 후유지마와의 연락을 담당했을 가능성이 있습니다. 총리님이나 쇼 군에 대한 정보도 상당히 면밀하게 수집했을 겁니다. 가까운 사람 중에 그들에게 정보를 제공했을 스파이가 있을 수 있습니다. 현재 그 제3자를 특정하기 위해 최선을 다하고 있습니다."

"닛타 형사, 부탁하네."

다이잔이 엄숙하게 말했을 때, 쇼가 천천히 일어섰다.

"닛타 형사님, 그럼 슬슬 가볼까요?"

"가다니, 어디에 간다는 거냐?"

그렇게 물은 다이잔을 향해 쇼는 어이없는 표정을 지었다.

"호스피스 병원요, 호스피스 병원! 꼭 가겠다고 마이에게 약속한 사람이 누구였죠?"

"그런데 닛타 형사는 왜?"

"아버지도 같이 가요. 오늘은 수업도 없잖아요? 마이도 좋아할 거예요. 기왕에 이렇게 된 거, 엄마도 같이 가자고 하는 게 어때요?"

그렇게 말하고 나서, 쇼는 한 발 먼저 밖으로 나갔다.

8

자신의 죽음을 받아들인다는 건 어떤 걸까?

"지금부터 내가 만날 사람들은 남은 인생을 열심히 살아가려고 하는 사람들이지. 운명을 그대로 받아들이면서. '슬퍼할 시간이 있으면 가족들과 함께 웃고 싶어'라고 생각한다고나 할까?"

이것은 지난번에 왔을 때, 쇼의 가슴을 가장 먹먹하게 만들었던 환자의 말이다. 36세인 그 여성에게는 아이가 두 명 있었다. 학교가 끝나면 버스를 타고 만나러 오는 아이들과의 시간을 소중히 여기면서, 말기 암이 빼앗아가려고 하는 인생을 마지막까지 밝게 살려고 한 여성이다.

그 여성은 이렇게도 말했다.

"호스피스 병원은 자신의 죽음을 바라보는 곳이지. 아무리 괴로워도 환자는 죽음에서 눈길을 돌릴 수 없어."

다이잔의 공용차는 요코하마의 높다란 언덕을 향해 주택가 사이에 있는 길을 달려갔다. 앞 유리창 너머로 언덕 꼭대기에 있는 성 마리아 병원의 새하얀 건물이 눈에 들어왔다.

현관 앞에 마중을 나온 사람들 중에는 마이도 있었다. 지난번에 쇼가 만났던 원장인 나가노 수녀와 의사, 직원들, 그리고 지로와 곤도 있었다. 지로와 곤은 이 병원에서 기르는 슈나우저의 이름이다.

"먼 곳까지 와주셔서 감사합니다."

나가노 수녀는 60세가 넘은 아담한 체구의 여성이다. 안경 안쪽에 있는 다정한 눈은 상대가 누구든 차별하지 않는 자애로움으로 넘치고 있었다.

"저야말로 초대해주셔서 감사합니다."

쇼는 그렇게 말하고 옆에 있는 마이를 보았다.

"미나미 씨에게도 고맙단 인사를 해야겠지?"

마이가 미소를 지으며 대답했다.

"아니에요. 정말로 와주시리라곤 생각도 못 했어요."

병원에서는 일단 하얀 가운으로 갈아입었다. 다이잔과 쇼는 의사와 직원의 안내에 따라 병원 안을 돌아다니며 만나는 환자들에게 말을 걸었다.

나가노 수녀가 설명했다.

"이 병원에선 특히 젊은 환자들을 많이 받고 있답니다."

암을 비롯한 불치병에 걸려 죽음을 앞둔 30대, 40대 등 한창 일할 나이의 사람들이다.

정말로 불치병에 걸린 환자일까 하는 생각이 들 만큼 힘차게 걷는 사람도 있고, 침대에서 일어날 수도 없어서 천장만 올려다보는 사람도 있었다. 그들의 공통점은 모두 죽음을 받아들이기 위해 싸우고 발버둥을 치며 남은 인생을 열심히 살아가려고 한다는 것이다.

"여기에는 거짓이 없답니다."

나가노 수녀가 불쑥 입에 담은 말에 다이잔은 귀를 기울였다. 대충 시설을 둘러보고 식당에서 차를 마실 때였다.

"자신의 죽음을 바라보는 사람이 믿는 건 오직 진실뿐이죠. 앞으로 얼마 살지 못하는 사람에게 거짓말을 해서 자신을 포장하거나 번지르르하게 꾸미는 건 아무런 의미가 없습니다. 인생을 더 허무하게 만들 뿐이죠."

그 말을 듣고 다이잔은 스스로에게 물었다.

여기에 있는 사람들의 눈에는 우리가 어떻게 보일까? 거짓으로 똘똘 뭉친 정치 세계에 이 사람들이 추구하는 진실이 있을까? 기댈 곳이 있을까? 그런 정치로 과연 진정한 미래를 개척할 수 있을까?

"중정이 참 멋있어요. 꼭 보셨으면 좋겠어요."

마이의 말을 듣고 가이바라가 난색을 표했다.

"총리님, 이제 슬슬 가시지 않으면 다음 일정이……."

한 나라의 지도자에게 허락된 시간이 눈 깜짝할 사이에 끝나려고 하고 있었다.

"아니, 괜찮아."

"총리님……!"

무서운 표정을 짓는 가이바라를 무시하고 쇼는 마이를 향했다.

"그럼 중정을 보기로 할까?"

잔디가 빼곡히 깔린 광장에서 가을꽃이 흐드러지게 핀 화단을 향해, 벽돌이 깔린 오솔길이 단정하게 이어져 있었다.

"이 귀여운 꽃은 사랑초란 꽃이에요. 이건 시클라멘, 루드베키아, 샤프란……"

마이는 꽃 이름을 일일이 말해주었다. 모든 꽃들이 가을의 밝은 햇살을 받고 눈부실 만큼 아름답게 빛나고 있었다.

아야가 초록색 이파리 안에 보라색 꽃이 오밀조밀 피어 있는 꽃 앞에서 걸음을 멈추더니, 설명이 쓰여 있는 팻말을 읽고 다이잔을 돌아보았다.

"이 꽃의 꽃말은 '청춘시대'래. 나에게 딱 어울리는데. 여보, 어떻게 생각해?"

다이잔이 눈앞의 꽃을 가리키며 웃었다

"지금의 내 마음은 이 모란채야. 꽃말은 '위화감이 들다'라는군."

그때 또 잔소리를 하려는 가이바라를 무시하고 쇼가 벤치에 앉았다.

"여긴 참 기분 좋은 곳이군. 잠시 쉬었다 갈까? 미나미 씨도 잠시 앉는 게 어떤가?"

쇼가 마이에게 벤치의 옆자리를 권하자 가이바라가 다시 재촉했다.

"총리님, 이러시면 다음 일정이······."

"시끄러워!"

파리를 쫓듯 손을 내젓자 가이바라가 원망스러운 얼굴로 물러났다.

"미나미 씨, 물어볼 게 있는데 자네가 창업한 계기는 뭐지?"

갑작스러운 질문에도 당황하지 않고 마이는 대답했다.

"제가 의약품에 처음 관심을 가지게 된 건 초등학교 5학년 때였어요."

마이는 화단과 그 너머로 내려다보이는 주택가에 시선을 고정했다. 높은 언덕 위에서 바라보는 전망은 감탄사가 나올 만큼 아름다웠다. 아마 병마에 시달리는 사람들의 마음을 편안하게 만들어주는 광경이리라.

"그해에 엄마가 돌아가셨지요."

생각지도 못한 이야기였지만 쇼는 말없이 들었다.

"위암이었어요. 병마와 싸우며 몸과 마음이 너덜너덜해지면서도 엄마는 조금이라도 더 오래 살기 위해 이를 악물었지요.

저와 남동생을 위해 1분이라도, 1초라도 더 오래 살기 위해서 말이에요. 그런 엄마를 도와주기 위해 아버지도 온 힘을 다했어요. 암에 효과가 있다는 말만 들으면 어디라도 쫓아가고, 값비싼 건강식품도 닥치는 대로 사들이고……. 그런 와중에 엄마의 증상에 좋은 신약이 미국에 있다는 걸 알게 됐어요. 이제 우리 엄마도 살 수 있다고 좋아하며 의학 잡지를 들고 의사 선생님을 찾아갔는데, 미승인 약품이라서 사용할 수 없다고 하더라고요. 만약 그 약을 사용하고 싶으면 미국에 가라고 하면서요. 하지만 저의 집에는 그럴 만한 돈이 없었어요."

쇼는 입을 다문 채 뒷말을 재촉했다.

"그때 생각했어요. 엄마나 저희 같은 사람들을 어떻게든 도와주고 싶다, 그런 일을 할 수 있으면 얼마나 좋을까, 하고요. 그 해답이 의약품을 취급하는 일이었어요. 사람들이 의뢰한 의약품을 외국에서 사주는 대행 서비스지요. 지금 제가 취급하는 약품은 일본에서는 아직 승인 나지 않은 약품이지만, 이런 대행 업무 자체는 약사법에 저촉되지 않아요. 법률 규제로 인해 광고를 할 수 없는 게 단점이지만, 그래도 입소문을 타고 고객이 점점 늘어났지요. 한편으로 일반적인 의약품도 인터넷에서 판매하기 시작했어요."

"그리고 지금은 약뿐만 아니라 롯폰기에 클럽을 만드는 등 사업을 확장하고 있는 거군."

오후의 햇살을 반사하는 꽃들을 바라보며 쇼가 말했다. 그 말을 듣고 마이는 쓸쓸하게 웃었다.

"이렇게 말씀드리긴 좀 그렇지만 그건 돈을 벌기 위해서예요. 역시 돈이 없으면 안 되겠더라고요. 그것도 제가 얻은 교훈 중 하나죠. 저희가 파는 의약품은 소비자에게 최대한 싸게 전해주기 때문에 이익은 거의 없어요. 의약품을 통해 좋은 평판을 얻어 건강식품이나 다른 사업으로 돈을 버는 게 제 비즈니스 모델이죠."

"정말로 힘든 사람에게서는 돈을 벌지 않겠다는 건가? 아주 멋진 신념이군. 거기엔 누구나 경의를 표할 거야. 그런데……."

쇼는 진지한 눈길로 마이를 쳐다보며 덧붙였다.

"자네는 거기에 한계를 느끼고 있었던 게 아닌가?"

마이가 의아한 표정을 지었다.

"총리님, 그게 무슨 뜻이죠?"

"중병에 걸린 환자를 구하는 데 지금의 법 제도로는 한계가 있지. 그걸 해결하기 위해서는 의약품 승인 제도부터 개혁하지 않으면 안 돼."

순간, 마이의 얼굴이 굳어졌다. 마이의 표정을 차분히 관찰하면서 쇼는 말을 이었다.

"자네는 그 승인 제도를 바꾸기 위해 공화당에 협조한 게 아닌가?"

"무슨 말씀이신지 잘 모르겠어요."

"공화당의 후유지마와는 언제부터 알았지?"

"공화당······? 그런 분은 전혀······."

마이가 부정하려고 하는 걸 보고, 쇼는 양복 주머니에 몰래 넣어두었던 걸 꺼내 그녀에게 내밀었다.

"이거 받아."

두 손으로 받은 마이의 눈이 크게 벌어진 채 그대로 굳어졌다.

"마이, 이제 연극은 그만둬."

"이걸 어떻게······."

"의원회관의 후유지마 방을 수색했을 때, 책상 위에 있는 서류함에서 나왔어. 그리고 그날 밤, 우리가 후유지마 집무실에 몰래 들어간다는 사실을 알고 있었던 사람은 관계자 말곤 너뿐이야. 에리카에게 들었겠지."

어느새 평소의 쇼의 말투로 돌아와 있었다. 에리카는 자신들에게 어떤 일이 일어났는지, 마이에게만은 털어놓았다. 그날 밤, 후유지마 집무실에 몰래 들어간다는 사실도.

"후유지마는 메디시스와의 관계가 드러나지 않도록 철저하게 은폐했는데, 너에 관해서만은 깜빡한 것 같아."

쇼는 그렇게 말하고 마이를 보았다. 지금 그녀의 손바닥에는 작은 주머니가 놓여 있었다. '돔 페리뇽의 원료'였다.

"알고 있었지? 우리가 바뀌었다는 걸."

마이의 얼굴에서 감정이 빠져나갔다.

"민정당도 참 한심하군. 이렇게까지 무시당하고 있었다

니……. 난 이번 국회에 의약품 인허가를 완화하는 법안을 낼 거야. 공화당이 아니더라도 그 정도는 개혁할 수 있어."

마이가 고개를 옆으로 휙 돌리며 말했다.

"난 안 믿어. 지금의 민정당은 그렇게 할 수 있을 리가 없으니까."

"여기저기 얽힌 게 많기 때문이야? 그건 나하고 관계없어. 아버지, 안 그래요?"

뒷말은 옆에서 듣고 있던 다이잔에게 한 말이다.

"그게 말이야, 이 건에 관해서는 저기……."

갑작스러운 말을 듣고 당황하는 다이잔을 향해 쇼의 비난이 날아왔다.

"아버지, 좀 제대로 하세요! 돈이 그렇게 중요해요?"

다이잔은 평소와 달리 진지하게 말하는 아들의 얼굴을 보았다. 자신의 얼굴에 망설임이 떠오르는 게 느껴졌다. 옆에서 아야가 질책하듯 말했다.

"여보, 진지하게 대답해. 저 애들은 진심이야."

다이잔은 입술을 꼭 다물고 고개를 숙였다. 그렇게 얼마나 있었을까? 그는 천천히 고개를 들고 눈을 가늘게 뜬 뒤, 눈앞에 펼쳐진 푸른 하늘과 끝없이 이어지는 주택가를 바라보았다.

이윽고 그의 입에서 무거운 말이 흘러나왔다.

"알았어. 이 광경에서 무엇을 느낄지는 사람에 따라 다를지도 모르지. 하지만 나에겐 사람의 삶이 느껴져. 이 집들 하나하나는 작지만 그곳에는 존엄한 생명들이, 무엇과도 바꿀 수 없는 소중한 오늘을 살고 있지. 누가 뭐라고 말하든 소중한 생명 앞에서는 그 어떤 것도 의미가 없을 거야. 괴로워하는 사람들을 구할 수 있다면 이 무토 다이잔, 어떤 역경이 닥치더라도 의약품 인허가 문제를 반드시 해결하도록 하겠어!"

"민정당은 제약업계와 유착 관계에 있지 않나요?"

비난을 담아 물은 마이를 바라보며 다이잔은 단호하게 선언했다.

"적폐는 어둠속에 파묻겠네!"

"아버지, 정말이죠?"

"이 무토 다이잔, 한 입으로 두말 안 해."

다이잔의 말에서 자신감이 흘러넘쳤다. 아야는 눈을 가늘게 뜬 채 늠름하게 서 있는 정치가인 무토 다이잔을 바라보았다.

"마이, 너도 들었지? 그러니까 이제 안심하고 우리에게 맡겨."

쇼가 벤치에서 일어나며 덧붙였다.

"그리고 오늘은 고마웠어. 좀 오글거리긴 표현이긴 하지만, 뭐랄까 덕분에 생명을 세탁했다고나 할까?"

마이도 따라 일어나면서 쓸쓸한 미소를 지었다.

"나야말로 고마워. 그리고 무토, 와줘서 기뻤어."

"그럼 그만 가볼게. 기대하고 기다려."

"네. 총리님, 고맙습니다."

쇼는 가볍게 오른손을 들고 느긋한 발걸음으로 돌아갔다.

그 모습이 병원의 건물 안으로 들어가 보이지 않을 때까지 바라본 뒤, 마이는 그곳에 혼자 남은 남자에게 말했다.

"할 말이 있어요."

닛타는 주머니에 두 손을 쑤셔 넣은 채, 약간 고개 숙인 얼굴을 마이에게 향했다.

"네, 말씀하세요."

그러곤 마이에게 가까운 벤치를 권하고 자신도 앉더니, 마이가 말을 시작할 때까지 푸르른 하늘을 올려다보며 눈이 부신 듯 연신 눈을 깜빡였다.

9

그날 밤, 쇼가 다이잔에게 참석해달라고 요구한 것은 친구인 마키하라가 주최하는 미팅이었다.

다이잔은 마음이 내키지 않는 표정을 지었다.

"그런 곳에 꼭 가야 돼? 그런데 마키하라가 누구더라?"

"예전에 아버지가 위험에 처했을 때 구해준 애잖아요?"

그러자 대번에 생각이 났다.

"아하, 그 애냐? 합기도 2단이라고 했던…….""

"꼭 참석해달라고 했어요. 내가 파티의 중심이라면서요."

"네가 중심이라면 나머지 면면은 미루어 짐작할 수 있겠군."

"아버지가 눈에 팍 띌 거예요."

쇼는 그렇게 말하더니 히죽거리면서 덧붙였다.

"여대생들도 많이 온대요. 엄마에게는 비밀로 해줄게요."

다이잔의 마음이 흔들린 것은 한순간 반짝인 눈빛이 말해주었다. 하지만 그는 귀찮은 표정으로 자신의 마음을 위장했다.

"하여간 성가신 놈이라니까. 귀찮긴 하지만 네 체면을 봐서 참석하기로 할까?"

쇼가 공저의 시계를 보면서 말했다.

"저녁 7시부터니까 서두르세요. 내 대역이니까 창피한 짓은 하지 말고요. 알았죠? 그리고 내 아르마니 정장은 더럽히지 말아요."

"그건 내가 할 말이야. 너야말로 실수하지 마."

"걱정 붙들어 매세요. 큰 배를 타고 있다고 생각하고 마음껏 즐기고 오세요."

"큰 배 좋아하시네. 나는 지금 진흙 배를 타고 노 젓고 있는 심정이거든."

이날 밤, 미국 정부의 전용기를 타고 미국 대통령이 일본에 오기로 되어 있었다. 그 이후에는 만찬을 비롯해 내일은 미일 정상회의, 주요국 정상회담 등 중요한 정치 일정이 빼곡히 들어서 있었다. 가리야와 가이바라가 밀착해서 도와준다곤 하지만, 이 일정을 전부 처리하는 건 쉬운 일이 아니다.

"그건 내가 알아서 할 테니까 걱정하지 말아요."

닛타로부터는 아직 연락이 없다. 닛타가 마이로부터 어떤 정보를 알아냈는지는 모른다. 일부러 말해주지 않는 것이다. 테러리스트가 다이잔과 쇼의 뇌파를 해독할 수도 있기 때문이다.

"아무튼 잘 부탁해요. 마키하라 녀석이 굉장히 기대하고 있거든요."

쇼는 그 말을 남긴 채 가이바라의 재촉을 받고 총리 관저로 향했다. 그리고 다이잔은 지금 미나미아오야마에 있는 다이닝 바의 계단을 내려가다 잠시 걸음을 멈추고 한숨을 내쉬었다.

이제 한 시간도 지나지 않아 미국 대통령 전용기가 하네다 공항에 도착할 것이다. 그런 다음에 어떤 소동이 벌어질지 생각하니 눈앞이 캄캄하다.

"젠장! 할 수 없어. 이제 케 세라 세라야!"

다이잔이 자포자기한 심정으로 다시 다이닝 바의 계단을 내려가려고 했을 때, 귀에 익은 목소리가 들렸다.

"다이잔, 너도 오기로 되어 있었냐?"

다이잔은 무의식중에 뒤를 돌아보았다.

"여어, 구라모토! 너도 왔냐?"

"기왕 이렇게 된 거, 이런 거라도 즐겨야지."

구라모토는 히죽거리면서 계단을 내려와 다이잔에게 팔짱을 꼈다. 내면은 구라모토지만 외면은 섹시한 이브닝드레스 차림의 에리카다.

"소름 끼치니까 이러지 마."

말은 그렇게 하면서도 다이잔은 싫지 않은 표정으로 다이닝 바의 문을 밀었다.

　공항으로 가는 공용차의 뒷자리에서 가리야는 연신 안절부절못한 표정을 지었다.

　"쇼짱, 그동안 정치를 오래했지만 오늘만큼 불안한 날은 없었어. 각국 정상을 대학생 총리와 장관이 맞이해야 하다니."

　"가리야 아저씨는 걱정이 너무 많아서 탈이에요. 아무리 대통령이라도 똑같은 인간이잖아요?"

　"쇼짱은 어떻게 이토록 여유가 있지? 배짱이 두둑한 거물이야? 아니면 아무 생각도 없는 바보야?"

　가리야의 말투에는 비난이 담겨 있었다. 쇼 대신 대답한 사람은 조수석에 있던 가이바라였다.

　"전 후자라고 생각합니다. 아무튼 쇼짱, 대본대로 부탁해. 쓸데없는 말은 하지 말고."

　가이바라도 온몸에 긴장이 넘치는 모습으로, 대략 30초마다 시계를 보았다.

　그 모습을 보고 쇼가 빈정거렸다.

　"가이바라 씨는 그릇이 너무 작아요. 그런 식이면 좋은 정치가가 될 수 없어요."

　"나한테 신경 꺼. 바보보다는 나으니까."

　가리야가 두 사람을 번갈아 보면서 타일렀다.

"이렇게 중요한 때에 우리끼리 분열하면 어떡해? 지금은 어떻게든 힘을 내서 위기를 극복해야지!"

가이바라가 조바심 나는 목소리로 물었다.

"장관님, 닛타 형사에게는 아직 연락이 없습니까?"

가리야는 평소와 달리 엄격하게 대답했다.

"없어. 이런 상황까지 닛타에게 기대는 건 위험해. 지금은 어떻게든 우리끼리 극복하는 수밖에 없어."

조수석에서 절망의 탄식이 들린 순간, 수도고속도로인 완간선을 달리던 공용차는 하네다 공항의 출입구로 천천히 들어가기 시작했다.

10

처음 만난 계기는 와인 시음회였다. 주최 측의 초대로 와인 시음회에 참석한 후유지마는 그곳에서 화제의 학생 창업가라고 마이를 소개받았다. 마이는 자신의 사업에 대해 뜨겁게 설명했는데, 후유지마가 관심을 보인 것은 그녀가 무토 다이잔의 아들과 친구라고 말했을 때였다.

"참, 저는 무토 다이잔 총리님의 아들과 친구예요. 같은 학교에 다니고 있죠."

그러자 그때까지 관심 없는 얼굴로 흘려들었던 후유지마의 태도가 급변했다.

"민정당이 여당으로 군림하는 한, 현재의 의료제도는 개혁할 수 없네."

그런 후유지마의 주장에 공감한 마이에게 협조하겠다는 약속을 받아낼 때까지는 그렇게 시간이 걸리지 않았다.

"물론 단지 이용당했을 뿐일지도 몰라요. 하지만 그렇게 해서라도 의약품 인허가 제도가 개선된다면, 전 그래도 좋다고 생각했어요."

호스피스 병원에서 마이의 이야기를 들으며 닛타의 마음속에서는 후유지마에 대한 분노가 부글부글 끓어올랐다. 제약회사에서 부정한 정치 헌금을 받는 정치가 따위가 진정한 의료개혁을 할 수 있을 리가 없기 때문이다. 후유지마의 목적은 어차피 돈과 명예일 뿐이다.

"메디시스는 분명히 일본 내에 거점을 가지고 있을 거야. 알고 있다면 가르쳐주지 않겠나?"

"그런 건 저에게 말해주지 않았어요."

마이의 대답에 닛타는 실망을 금할 수 없었다. 잠시 생각하고 나서 닛타가 다시 물었다.

"후유지마에게서는 어떤 식으로 연락이 오지?"

"보좌관을 통해서요."

"착신 이력을 봐도 되겠나?"

마이는 후유지마 관계자들의 전화번호를 하나로 정리해두었다. 전부 네 군데였다.

후유지마 보좌관의 휴대폰 번호, 개인 사무실 전화번호, 의원
회관 집무실 전화번호……. 세 곳의 전화번호는 닛타의 머릿속
에 들어 있었지만 나머지 한 곳은 닛타가 처음 보는 전화번호
였다.

저녁 7시. 닛타는 요요기에 있는 신축 아파트 로비에 있었다.
정면 현관과 지하 주차장으로 통하는 통로는 다 지키고 있었
다. 타깃인 507호는 이 아파트의 최상층이고, 임차인인 하시구
치 마사히로는 37세의 남자였다.

하시구치는 마이의 휴대폰에 저장된 네 번째 전화번호의 주
인이다. 세타가야의 자택을 압수수색한 결과, 미국 제약회사인
메디시스 관계자와 주고받은 메일의 송수신 기록에서 이 아파
트의 존재가 드러났다. 하시구치의 개인 명의로 빌린 고급 아
파트의 임대료는 한 달에 150만 엔. 일본 엔화로 환산해 매달
수백만 엔의 자금이 하시구치의 계좌에 들어오는데, 그 돈에서
이 아파트의 임대료를 내고 있다는 건 이미 밝혀냈다.

하시구치는 지금 5층 집에 있다. 거실에는 하시구치 이외에
외국인으로 보이는 남자가 몇 명 있었다. 안주머니에 있는 영
장의 딱딱한 감촉을 손끝에 느끼면서, 닛타는 손목시계로 시간
을 확인하고 나서 마이크에 대고 속삭였다.

"지금부터 압수수색에 들어간다."

형사 일곱 명이 비상계단을 뛰어올라갔다. 그들의 뒷모습을

보면서 닛타가 향한 곳은 엘리베이터 홀이었다. 엘리베이터 중량 초과에 걸리지 않도록 일곱 명을 이끌고 5층으로 올라간 뒤, 507호 앞에서 인터폰을 눌렀다.

응답이 있을 때까지 약간 시간이 걸렸다. 보안장치가 완벽한 신축 아파트인 만큼, 방문자가 직접 문의 인터폰을 누르는 일은 거의 없다.

"네."

남자의 목소리가 들렸다.

"경찰입니다. 잠시 문을 열어주시겠습니까?"

잠시 침묵이 자리했다.

등 뒤에서 대기하고 있는 동료 형사와 시선을 나누고 닛타가 다시 말했다.

"여보세요……. 문을 열어주시지 않겠습니까?"

안에서 농성할 경우를 대비해 전문 열쇠업자도 대동했다.

"끊었어."

인터폰 수화기를 내려놓는 소리를 듣고, 형사 한 명이 말했다. 전원이 문을 바라보았지만 열릴 기척은 없다.

"부탁합니다."

대동한 열쇠업자가 눈 깜짝할 사이에 문을 연 뒤, 열린 문틈으로 커터를 끼우고 체인을 끊었다. 증거를 인멸할 시간은 거의 없으리라.

"안으로 들어간다."

헤드마이크에 대고 속삭인 닛타를 선두로, 형사들이 우르르 안으로 들어갔다.

11

저녁 7시부터 시작된 파티는 한 시간도 지나기 전에 상당히 혼란스러워졌다.

"무토, 너 총리님 아들이라면서?"

아까부터 옆에 앉은 여자가 애교 섞인 목소리로 계속 말을 걸었다. 머리는 나빠 보이지만 몸매는 나쁘지 않다.

다이잔은 겸손하게 말했다.

"그래. 그렇게 대단하진 않지만."

"대단하지 않긴! 네가 아빠 뒤를 이어 총리가 되는 거잖아?"

아무래도 이 여자는 총리를 세습제라고 착각하는 모양이다. 그 말을 듣고 이미 상당히 취한 구라모토가 주위가 떠나가라 웃음을 터트렸다.

"이 녀석이 총리가 된다고? 말도 안 돼! 그런 일은 절대로 있을 수 없어. 더구나 민정당 따위는 다음 선거에서 헌민당에게 질 게 뻔하거든."

그는 그렇게 말하면서 파리라도 쫓듯 얼굴 앞에서 손을 휘휘 내저었다.

"멍청하긴! 우리가 질 것 같아?"

"멍청하긴 누가 멍청해? 그리고 너희가 우리한테 이길 것 같아?"

테이블을 사이에 두고 노려본 것도 잠시, 구라모토가 먼저 이죽거리는 미소를 지었다.

"민의가 두려워서 중의원도 해산 못 하는 겁쟁이 내각이 어디서 큰소리야?"

"지금 우리더러 겁쟁이라고 했냐?"

벌떡 일어서려고 한 순간, 다이잔이 갑자기 얼굴을 찡그렸다.

아야야.

그동안 잊고 있었던 치통이다. 염병할 치과의사 놈. 쓸데없는 칩을 박아 넣기만 하고, 치료는 제대로 하지 않은 모양이다.

구라모토가 다이잔을 똑바로 바라보며 도발했다.

"그렇다면 한번 해산해보시지. 헌민당에도 하마하타의 여자 스캔들은 있지만, 민정당의 바나나 관방장관보다는 낫잖아? 더구나 민정당 총리는 한자도 못 읽고 말이야. 지금 중의원을 해산하고 총선거를 하면 헌민당뿐만 아니라 공화당에게도 지는 거 아닌가? 여당에서 제3정당으로, 사상 최대의 패배를 기록하다!"

"뭣이라고라!"

다이잔은 어금니를 악물고 일어섰지만 "아이참, 싸우지 마"라는 여자의 한마디에 다시 자리에 앉았다. 구라모토가 비열한 미소를 지으며 그 모습을 바라보았다.

여자가 다이잔의 마음을 풀어주기 위해 애교 섞인 콧소리로 말했다.

"무토는 참 차가운 사람이구나. 내 이름도 안 물어봐?"

다이잔은 억지로 구라모토에게서 시선을 돌리며 물었다.

"참, 그렇지. 미안해. 이름이 뭐야?"

"시호랍니~다."

"이름 참 좋다. 학생이야?"

룸살롱에라도 있는 듯한 기분으로 다이잔은 물었다.

"당연하지. 게이힌여자대학, 3학년이랍니~다."

"아직 어리군."

그동안 긴자의 룸살롱에서 마담을 많이 본 탓인지, 시호는 너무나 사랑스럽고 천진난만해 보였다. 혀 짧은 소리로 어린애처럼 말하지만, 블라우스 안에 있는 목덜미는 눈부실 만큼 하였다. 무심코 시선이 갈 만큼 풍만한 가슴이 동안과 대비되면서 다이잔의 가슴은 마구 쿵쾅거렸다.

"남자친구 있어?"

"얼마 전에 헤어졌어."

이따가 이 여자애를 데리고 어느 술집에 갈까, 하고 다이잔은 시뮬레이션을 시작했다. 기나긴 밤의 마무리는 당연히 호텔이다.

"그럼 요즘 외롭겠군. 어때? 나중에 얘네들이랑 헤어져서 우리 둘이서만 한잔할까?"

다이잔은 어느새 완전히 아저씨 말투가 되어 있었다.

"노래방 가고 싶어! 넌 십팔번이 뭐야?"

다이잔은 마음속으로 실망했지만 재빨리 마음을 추슬렀다.

"제 십팔번은 「마이웨이」랍니다. 하지만 아가씨, 영어 노래지요."

시호가 눈을 반짝이며 졸랐다.

"불러줘! 불러줘! 무토의 「마이웨이」 듣고 싶어!"

"정 듣고 싶다면……."

시호의 눈을 지그시 바라보면서 다이잔은 서툰 영어로 노래를 시작했다.

"And now the end is here……."

어설픈 발음을 듣고 시호가 배를 잡고 웃었다.

"얘들아! 쇼가 「마이웨이」를 부르고 있어. 마이크 줘, 마이크!"

장난기가 발동한 친구들이 다이잔에게 마이크를 넘기자 클럽 안에 박자가 맞지 않는 「마이웨이」가 흐르기 시작했다. 다이잔은 원래 마이크를 잡으면 놓지 않기로 유명한 사람이다.

"으아, 촌스러워!"라는 수군거림도, "아재 같아!"라는 독설도 그의 귀에는 들어오지 않았다. 그런데…….

이때 클럽에 있는 누구 한 사람, 아니, 다이잔 자신도 알아차리지 못했지만 그의 머릿속에서 은밀한 변화가 일어나기 시작했다.

"And more much more than this I did it······ my way."

그 자리에 있는 모든 사람들이 열창하는 다이잔의 노래에 귀를 기울였다. 시호를 향해 미소를 지은 다이잔의 귀에 생각지도 못한 목소리가 겹쳐진 것은 그때였다.

"······쇼짱, 와, 왔어!"

2절로 들어가려고 했던 다이잔이 주변을 두리번거렸다.

어? 가리양?

방금 들었던 목소리의 주인공은 분명히 가리양이다. 하지만 맹우의 모습은 어디에도 보이지 않았다.

내가 잘못 들었나······?

"Regrets······ I've had a few. But then again······."

다이잔은 다시 노래를 시작했지만······.

가리양이 흥분한 목소리로 귓가에서 속삭였다.

"악수, 악수! 쇼짱, 뭐 하는 거야? 지금 노래를 부를 때가 아니야!"

가리······양? 학생들의 얼굴이 희미해지기 시작했다. 황홀한 눈길로 자신을 바라보는 시호의 모습이 멀어진다. 그 대신, 어디선가 본 적이 있는 외국인의 웃는 얼굴이 눈앞에 나타났다.

어? 누구더라?

"······이렇게 만나 뵙게 되어서 대단히 영광입니다. 무토 총리님."

외국인 옆에 있는 수수한 양복 차림의 남자가 말했다. 통역이다.

"쇼, 쇼짱!"

가리양의 절규 같은 목소리를 듣고 다이잔은 흠칫 제정신이 들었다. 지금 그는 공항에 깔린 새빨간 카펫 위에 있었다. 여기에는 클럽의 소란스러움도, 보라색 담배 연기도, 의미심장하게 오가는 시선도 없었다.

미국 대통령 전용기인 에어포스 원의 제트엔진 소리가 주변의 공기를 떨게 만들었다. 10월의 상쾌한 바람이 그의 목덜미를 어루만졌다.

다이잔은 상대의 손을 꽉 잡은 채, 입안을 맴돌던 선율을 조용히 집어삼켰다. 주변 사람들이 숨을 들이마시고 그를 지켜보고 있었다.

당연하다. 미국 대통령을 맞이하면서 인사도 하지 않고 다짜고짜 「마이웨이」를 부르는 건 너무 심하지 않은가!

"쇼짱, 이러면 곤란해."

가리양은 절망적인 목소리로 말하며 두 손으로 얼굴을 가렸다.

다이잔은 누구에게도 들리지 않을 만큼 작은 목소리로 말했다.

"가리양, 걱정 마. 나야, 나, 다이잔이야."

가리야가 퍼뜩 놀라며 얼굴을 들었다.

"뭐? 다, 다이 씨라고?"

깜짝 놀란 가리야에게서 얼굴을 돌리고, 다이잔은 오른손에 힘을 꽉 주었다.

"만나 뵙게 되어서 영광입니다, 커티스 대통령님. 제…… 어설픈 노래는 잊어주십시오."

커티스의 얼굴 안에서 환한 웃음이 퍼져나간 것은 그때였다.

"내가 제일 좋아하는 「마이웨이」 노래로 맞이해주셔서 감사합니다."

커티스는 그렇게 말하더니, 다이잔이 부른 다음 부분을 부르기 시작했다.

"같이 불러주시기 바랍니다, 무토 총리님."

통역의 일본어가 어딘지 모르게 딱딱하게 들렸다.

"물론입니다."

두 사람은 어깨동무를 하고 노래를 부르며 붉은 카펫 위를 걸어갔다.

여기저기서 끊임없는 박수가 솟구쳤다. 두 국가원수의 노랫소리는 하늘하늘 춤을 추면서 미세먼지가 묵직하게 내려앉은 도쿄의 하늘로 올라갔다.

새로운 외교의 개막을 알리는 그 장면은 TV를 통해 전국에 생중계되었다.

모래그림의 모래가 바람에 날리듯 커티스의 얼굴이 천천히 사라지고, 쇼가 정신이 들었을 때는 어두컴컴한 클럽 안에 있

었다. 더구나 오른손에는 마이크가 쥐어져 있었다. 모든 사람
들이 자신을 쳐다보는 걸 보면 인사라도 하고 있었던 걸까?

그때 눈앞에 있는 낯선 여자가 물었다.

"무토, 끝났어?"

"끝나다니, 뭐가? 인사 말이야?"

"노래 말이야, 노래."

"뭐? 노래? 내가 노래를 불렀다고?"

쇼는 너무나 놀라서 자기도 모르게 휘청거렸다. 클럽 안은
찬물이라도 끼얹은 듯 조용했다. 그렇다면 아카펠라인가? 다음
순간, 그는 깨달았다. 이것은 아버지의 취향이다.

쇼가 멈칫거리면서 물었다.

"무슨 노래였는데?"

"벌써 잊어버렸어? 「마이웨이」야."

여자의 대답에 경악하면서 쇼는 그 자리에 그대로 무너져내
렸다.

"그, 그렇게 촌스러운 노래를 부르다니…… 아버지는 왜 그
런 노래를 불러서 날 창피하게 만드는 거야……."

너무나 충격을 받아 일어설 기력을 잃어버린 쇼가 제정신을
차린 것은 그때였다. 쇼는 자신의 손을 바라보고 자신의 몸을
내려다보았다.

돌아왔다…… 원래의 자신으로.

"그렇구나……!"

고개를 든 쇼는 사람들 사이에서 에리카를 발견하고 눈으로 물었다. 에리카는 엄지를 치켜세우는 것으로 대답을 대신했다. 닛타가 해낸 것이다.

"나는, 나야……."

마키하라가 쇼를 바라보며 히쭉히쭉 웃었다.

"쇼, 뭘 그렇게 중얼거리는 거야? 「마이웨이」는 이제 안 불러? 꽤 괜찮았는데?"

"내가 그런 노래를 부를 것 같아? 그보다 다들 한잔하자. 축하하는 거야!"

친구들이 멍한 얼굴로 쇼를 보았다.

"축하? 뭘 축하하는데? 쇼, 취직됐어?"

"그건 아직이지만. 내가 나인 것에 대한 축하라고나 할까?"

"네가 웬일로 철학적인 말을 다 하냐?"

마키하라가 눈을 동그랗게 뜨고는 재빨리 덧붙였다.

"뭐, 살다 보면 이런저런 일이 있는 법이니까."

마키하라가 클럽 안쪽으로 샴페인을 가지러 가자 에리카가 쇼를 향해 휴대폰 화면을 내밀었다.

"이것 봐."

화면 안에서는 어깨동무를 하고 노래를 부르는 다이잔과 커티스의 모습이 생중계되고 있었다.

"아버지는 참 태평도 하군."

"좀 전에 연락이 왔는데, 공안이 메디시스의 거점을 압수수색했대. 마이는 괜찮을까?"

"마이는 닛타 형사가 지켜주고 있어."

쇼는 닛타가 마이를 조사한 뒤에 해준 말을 에리카에게 전했다. 그때 닛타는 "마이 씨는 나에게 맡겨주십시오"라고 했던 것이다.

닛타의 부루퉁한 얼굴을 떠올렸는지, 에리카가 개구쟁이처럼 웃었다.

"그 형사, 얼굴에 어울리지 않게 뜨거운 면이 있더라. 마이는 원래 쿨한 사람이니까 지금쯤 다 잊어버리고, 새로운 비즈니스라도 생각하고 있을지 모르지."

그때 클럽 안쪽에서 건배용 샴페인이 나왔다.

"그럼 다 같이 다시 건배하자!"

마키하라가 쇼에게 술잔을 주면서 덧붙였다.

"그럼 쇼, 건배사를 부탁해."

"살다 보면 이런 일도 있고 저런 일도 있지만……."

쇼의 입에서 나온 뜻밖의 말을 듣고 여기저기에서 야유가 쏟아졌다. 쇼는 그런 반응을 무시하고 말을 이었다.

"인생에 꼭 나쁜 일만 있는 건 아니야. 너무나 힘들어서 도망치고 싶을 때도, 어딘가에는 다음 행복으로 이어지는 조각이 있을 거야. 나는 오늘 그 조각을 하나 주웠어. 자아, 우리가 우리이기 위해서 건배하자. ……건배!"

음악이 울려 퍼지는 가운데 쇼는 술잔을 들고 에리카를 돌아보았다.

"일본이라는 나라에……."

그 즉시 에리카가 받아쳤다.

"한심한 정치에."

두 사람은 가볍게 술잔을 들었다.

"이따 둘이 한잔하러 안 갈래? 좋은 바를 알고 있어."

"좋아. 지금 건배사가 좋았으니까 그렇게 해주지. 역시 총리
야."

에리카가 장난스럽게 웃으면서 덧붙였다.

"총리 일을 더 하고 싶었던 거 아니야?"

쇼도 장난스럽게 웃었다.

"말도 안 돼! 이제 정치는 지긋지긋해. 난 역시 나로 있을 때
가 제일 잘 어울려."

"동감이야. 쇼, 다시 건배하자. 우리가 우리인 것에."

두 사람이 부딪친 술잔 소리는 주변의 소란스러움 속에서 희
미하면서도 확실한 여운을 남기고 사라졌다.

에필로그

"여보, 1억 엔 줘야지?"

닛타의 활약으로 사건이 해결된 지 일주일이 지난 날 아침, 아야가 다이잔을 지그시 바라보며 말했다.

그동안 미국에 있는 메디시스 본사를 압수수색해, 범행을 계획하고 관여한 혐의로 사장 이하 임원들을 모두 체포했다. 단, 미국과 일본의 국방과 군사적 이유로 다이잔을 비롯해 몇 명이 '어린애로 변했다'는 사실은 밝히지 않았다. 그런 기술이 실용화했다는 사실 자체가 군사기밀인 만큼, 미국과 일본 모두 공공연히 밝힐 수 없어서였다.

그런 사정을 감안하여 일본에서도 공화당의 후유지마 당대표를 비롯해 일본 내에 잠복했던 메디시스 관계자, 도주한 곳에서 신병을 확보한 마루야마 치과의사의 혐의는 상해 미수와

공갈로 처리되었다.

"1억? 알았어. 조만간 줄게."

오늘도 적당히 얼버무리려고 한 다이잔은 그 후에 이어진 아야의 말을 듣고 깜짝 놀라 고개를 들었다.

"사용할 곳이 생겼어."

"사용할 곳? 1억 엔을?"

아야는 당연하다는 듯이 말했다.

"그래. 그 돈을 투자하기로 했어."

"투자? 그만둬. 공돈이 생겼다고 아마추어가 투자에 손을 대면 백발백중 실패할 게 뻔해. 지금까지 주식도 한 적이 없으면서."

"마이 씨 회사에 투자하기로 했거든."

"마이 씨 회사에?"

다이잔은 읽고 있던 신문에서 얼굴을 들었다.

"미국 제약회사에서 암에 효과가 있는 신약을 개발했는데, 마이 씨가 국내 판매대행권을 취득하려고 하고 있어. 그러기 위해선 1억 엔이 필요하대. 그래서 마이 씨 회사에 투자하기로 했어."

"오호!"

다이잔의 뇌리에 호스피스 병원에서 자신의 과거를 말하던 마이의 얼굴이 되살아났다. 그녀의 순수한 마음은 그 이후 다이잔이 추진하고 있는 신약 인허가 법안의 원동력이 되었다.

"그게 있으면 사람의 생명을 구할 수 있잖아."

다이잔은 읽던 신문을 내리고 진지한 얼굴로 생각했다.

"언제까지 필요한데?"

"다음 주쯤에 마이 씨 회사에 투자하면, 상대 회사와 계약할 수 있나 봐."

"알았어."

다이잔은 고개를 끄덕이고 나서 새삼스레 아야를 바라보았다.

"그런데 당신이 웬일로 다른 사람을 도와주지?"

"실은 1억 엔으로 아파트라도 살까 했는데, 생각을 바꿨어. 마이 씨 얘기를 듣고 세상을 위해, 사람들을 위해 사용하는 것도 멋진 일이라고, 돈이라는 건 본래 그렇게 사용해야 한다고 말이야."

다이잔은 눈을 크게 뜨고 아야를 바라본 뒤, 편안한 미소를 지었다.

"돈을 그렇게 쓰다니, 당신 참 멋진데?"

다이잔은 그렇게 말하며 신문 든 손을 올려 얼굴을 감추었다. 1면에서 '신약 인허가 법안 가결인가'라는 표제가 춤을 추는 신문을 향해 아야가 말했다.

"무토 다이잔의 아내니까."

신문을 넘기는 다이잔의 손이 멈추었다.

"내가 사랑한 정치가의 아내이니까."

대답은 돌아오지 않았다.

그렇게 얼마나 있었을까. 다이잔이 손을 움직여 조용히 신문을 넘겼다.

아야는 빙긋이 미소를 지으며, 다이잔이 마신 찻잔에 새로 차를 따라주었다.

* * *

"무토 쇼 씨."

직원이 이름을 불렀을 때, 쇼는 긴장한 얼굴로 대기실 의자에 앉아 있었다.

면접에서 떨어졌다고 여겼던 애그리시스템에서 최종 면접을 보러 오라는 안내문이 도착한 것은 지난주 말의 일이다.

인터넷으로 도착한 메일을 읽었을 때, 쇼는 처음에 자신의 눈을 의심했다. 하지만 그것은 틀림없는 사실이었고, 몇 번을 보아도 본사의 접수처로 오라는 내용과 시간이 적혀 있었다.

쇼의 가슴속에서 기쁨이 솟구쳤지만, 그 기쁨은 지금 최종 면접이라는 압박감 속에서 긴장감으로 화학 변화를 이루고 있었다.

"내가 왜 이러지?"

걸음걸이도 어색해졌다. 하지만 어쩔 수 없다. 회사에 대한 기대가 큰 만큼, 지금 볼 면접이 자신의 일생을 좌우하게 된다는 생각이 머릿속에서 점점 더 팽창했다.

"이봐, 어깨의 힘을 빼."

면접장인 임원 회의실로 안내해준 남자가 그렇게 말했다. 안경을 쓴 40세쯤으로 보이는 남자였다. 예민해 보였지만 쇼를 바라보는 눈에는 어딘지 모르게 따뜻함이 배어 있었다.

"아! 고맙습니다."

긴장으로 인해 딱딱하게 대답한 쇼를 바라보면서 남자는 고개를 끄덕였다.

"어깨의 힘을 빼고 평소처럼 행동해. 하고 싶은 말을 전부 하는 거야. 요전에 내게 말했던 것처럼."

그때 아버지가 무슨 말을 한 거지? 국회 답변으로 착각해 거만하게 연설이라도 했겠지만, 최종 면접까지 온 걸 보면 제대로 대답한 게 아닐까?

아버지가 했는데, 내가 못할 리가 없다. 그렇게 생각한 순간, 쇼는 자신을 칭칭 얽매고 있던 긴장감이 풀리는 것을 느꼈다.

쇼는 지금 회의실 문 앞에 서 있었다.

"행운을 빌겠네."

남자는 그렇게 말하고는 그 자리를 떠났다.

"고맙습니다……."

쇼는 오른쪽 주먹을 가볍게 쥔 채 잠시 움직임을 멈추고 심호흡을 한 번 했다. 그리고 마음을 가라앉히고 노크를 한 뒤, 손잡이를 밀고 안으로 들어갔다.

중후한 타원형 테이블 너머에 중역처럼 보이는 사람이 세

명, 오른쪽에 진행 역할을 맡은 사람이 한 명 앉아 있었다.

"게이세이대학의 무토 쇼입니다. 잘 부탁드립니다."

깊숙이 고개를 숙인 쇼에게 "앉으십시오"라고 말한 사람은 진행 역할을 맡은 사람이었다. 아마 인사부 직원이리라.

"지원 동기부터 간단히 말씀해주십시오."

집에서 몇 번이나 연습한 지원 동기는 긴장한 와중에도 입에서 매끄럽게 흘러나와 쇼를 안심하게 만들었다.

"수고했어요. 장래가 유망한 학생 같군요."

인사부 직원의 말을 듣고 한가운데에 앉아 있는 초로의 남자가 말했다.

"우리 회사에는 없는 타입이군."

검은 테 안경을 쓴 중후해 보이는 중년 남자였다.

"자네, 총리님 아들이라며? 정치할 생각은 없나?"

예상한 질문을 던진 사람은 오른쪽에 있는 남자였다. 한가운데에 있는 검은 테 안경의 남자보다는 젊어 보이지만 머리칼은 한 올도 보이지 않았다.

"아버지는 타고난 정치가입니다. 아마 정치가 집안이 아닌 곳에서 태어났어도 정치가가 되었을 겁니다."

그것은 쇼가 오랫동안 오해했던 일이기도 하다. 이번 사건을 통해 아버지의 가슴속에 숨어 있던, 정치에 대한 열정을 깨달은 것이다.

"아버지는 진심으로 세상을 좋게 만들기 위해 정치의 길을 선택했습니다. 세상을 좋게 만들고 싶다는 마음은 저도 똑같습니다만, 그러기 위해 제가 선택한 것은 정치가 아니라 귀사입니다. 저는 사람들의 생활과 가까운 곳에서 사회에 공헌하고 싶습니다."

"정치적 기반을 이어받으라는 이야기는 없었나?"

이것은 왼쪽 남자의 질문이었다. 젊은 시절에 운동을 했는지 체격이 상당히 탄탄해 보였다.

쇼는 솔직하게 대답했다.

"물론 있었습니다. 하지만 아버지는 식품을 통해 세상에 공헌하고 싶다는 제 꿈을 이해해주었습니다. 정치든 식품 사업이든, 똑같이 존엄하기 때문입니다."

"지난번 면접에서 면접관과 꽤 옥신각신한 것 같더군."

검은 테 안경의 남자 입에서 심술궂은 말이 튀어나왔다. 어떤 말다툼이 있었는지는 모른다. 다이잔은 쇼에게 아무 말도 하지 않았다. 그런데 "죄송합니다"라고 말하며 고개를 숙인 쇼에게 뜻밖의 말이 돌아왔다.

"사과할 필요는 없네. 자네 말이 맞으니까."

검은 테 안경의 남자가 잠시 말을 끊었다가 덧붙였다.

"하지만 유감스럽지만 우리 회사의 현재 상황과는 맞지 않아."

갑자기 분위기가 이상해졌다.

"자네가 조금 전에 말한 지원 동기는 훌륭해. 하지만 지금 우리 회사에 수익을 안겨주는 건 평범한 채소지. 자네 말에 따르면 농약으로 뒤범벅이 된 채소라고나 할까? 만약 자네가 우리 회사에 들어오면 자네 뜻에 맞지 않는 채소를 다뤄야 하네. 그건 자네의 지원 동기로 보면 견딜 수 없는 일이 아니겠나?"

"그럴지도 모르지요. 그래도 무농약 채소로 풍요로운 식탁을 만들고 싶다는 꿈을 실현할 수 있는 곳은 귀사밖에 없습니다. 귀사에 그런 의향이 털끝만큼도 없다면 포기하겠습니다. 하지만 안전하고 맛있는 식품을 가정에 전하고 싶다는 의향이 조금이라도 있다면 저를 채용해주시기 바랍니다."

검은 테 안경의 남자가 빙긋이 웃으면서 양쪽의 면접관과 시선을 교환했다.

"자네처럼 이상론만 말하는 젊은이는 참 골치 아파. 하지만 이상론조차 말하지 않는 젊은이는 더 골치 아프지. 지금 자네가 말한 꿈과 이상을 잊지 말게. 이제 됐지?"

대머리 남자가 그렇게 말하며 인사부 직원에게 눈짓을 했다. 그러자 한가운데에 있는 검은 테 안경의 남자가 일어나서 테이블 너머로 오른손을 내밀었다.

"애그리시스템에 온 걸 환영하네. 자네와 같이 일할 수 있어서 영광이네."

너무나 갑작스러워서 쇼는 지금 눈앞에서 일어난 일을 믿을 수 없었다. 한순간 늦게 기쁨이 온몸에 흘러넘쳤다. 무의식중에 벌떡 일어나 테이블 너머로 내민 상대의 손을 꽉 잡는 것이

고작이었다.

따뜻하고 강력한 악수였다. 쇼는 기쁨으로 떨리는 목소리로 대답했다.

"저야말로 영광입니다. 아직 여러모로 미숙하지만 앞으로 잘 부탁합니다."

그 말을 듣고 임원들이 일제히 웃음을 터트렸다.

시로야마는 몸을 앞으로 조금 숙인 채, 진지한 표정으로 다이잔을 노려보았다.

"다이잔, 잘 듣게. 한자를 잘못 읽은 일도 있었고, 지저분한 스캔들도 있었고, 그동안 여러 문제들이 있었네. 하지만 가증스러운 공화당은 자멸하고, 이번 정상회담이 성공하면서 여론은 다시 민정당으로 기울고 있어. 다이잔, 이 기회를 놓치지 말고 중의원을 해산하게. 지금 당장!"

다이잔은 얼굴을 똑바로 들고 말했다.

"그럴 순 없습니다."

"왜지? 설마 신약 인허가 법안에 집착하는 건 아니겠지? 그 법안을 통과시켜서 민정당에 무슨 이득이 있는지 생각해보게. 국내 제약업계의 반발도 생각해야지. 그 법안은 폐기해도 되지 않나?"

하지만 다이잔은 한 발짝도 물러서지 않았다.

"아닙니다, 그 법안은 꼭 통과시키겠습니다. 이건 당리당략의 문제가 아닙니다."

시로야마는 팔짱을 끼고 어이없는 표정을 지었다.

"정말 고집불통이군. 다이잔, 모든 일에서 가장 중요한 건 타이밍일세. 이렇게 좋은 타이밍을 놓치고 언제 해산하려고 그러나?"

"그 시기는 이 다이잔에게 맡겨주십시오."

다이잔이 깊숙이 고개를 숙이자 불도저처럼 밀어붙이던 시로야마도 할 말이 궁한 듯했다. 다이잔의 굳은 의지를 확인한 시로야마는 혀를 차면서 크게 한숨을 내쉬었다.

"다이잔, 자네는 총리이기 전에 민정당 총재야. 그건 알고 있지?"

다이잔이 눈을 부릅뜨고 반박했다.

"아니요. 저는 민정당 총재이기 전에 일본의 총리입니다. 제 이익을 따지기 전에 국민의 이익을 따져야 한다고 생각합니다."

시로야마의 얼굴에 조바심이 배어나왔다

"이거야 원, 말이 안 통하는군. 그런 식으로 해서 정국을 운영할 수 있다고 생각하나?"

"옳은 일을 하는데 정국을 운영할 수 없다면, 그건 옳은 정국이 아니라고 생각합니다. 이 다이잔, 정치 생명을 걸고 신약 인허가 법안을 추진할 생각입니다. 부디 이해해주십시오."

다시 고개를 숙인 다이잔의 머리 위로 시로야마의 날벼락이 떨어졌다.

"한 나라의 총리는 그렇게 고개를 숙이는 게 아닐세!"

신약 인허가 법안의 앞날은 결코 밝다고 할 수 없다. 중의원에서 가결된 것도 잠시, 여야당이 역전된 참의원에서는 헌민당의 반대로 부결되었다. 오늘 중의원에서 다시 재가결에 붙이지만, 통과하려면 3분의 2 이상의 찬성이 필요하다.

가이바라의 예측에 따르면 가결될지 말지 아슬아슬하다고한다. 이 법안의 내용을 선거공약으로 내걸었던 공화당 소속의원들은 찬성에 표를 던지겠지만, 여당인 민정당 안에서 이탈표의 움직임이 있기 때문이다. 더구나 나이 많은 의원이 컨디션 난조로 불참하기라도 하면 찬성표가 줄면서 법안의 행방은더욱 불투명해진다.

"다이 씨, 정의는 우리에게 있습니다."

운명의 국회가 열리기 직전에 가리야가 그렇게 말한 것은 어제 여론조사에서 법안에 대한 찬성 의견이 전체의 70퍼센트를차지한다고 나왔기 때문이다. "어느 쪽이라고도 할 수 없다", "잘 모르겠다"라는 중도적인 대답이 20퍼센트. 반대 의견은 10퍼센트에 불과했다.

지금 다이잔은 본회의장에서 법안의 취지를 설명하는 국무장관의 말에 귀를 기울이고 있었다. 국무장관의 설명이 끝나고가와다 중의원 의장의 졸린 듯한 목소리가 이어졌다.

"지금 있었던 취지 설명에 대해 논의하자는 이야기가 있습니다. 순차적인 논의를 허락하겠습니다."

토론이 시작되었다. 다이잔은 눈을 감은 채 미동도 하지 않고 찬성과 반대 주장을 들었다. 단상에 오른 사람은 여야당 의원 여섯 명이었다. 이윽고 마지막 토론자가 연단에서 내려왔을 때, 회의장에는 숨이 막힐 듯한 긴장감이 감돌기 시작했다.

가와다의 목소리가 마이크를 통해 본회의장에 울려 퍼졌다.

"이것으로 토론을 마치겠습니다. 지금부터 본 안건을 채결하겠습니다. 본 채결은 기명 투표로 하겠습니다. 찬성하시는 분은 하얀색 표, 반대하시는 분은 파란색 표를 지참하시기 바랍니다. 회의장 폐쇄."

등 뒤의 문이 닫힌 순간, 회의장에는 기이한 분위기가 떠다니기 시작했다.

다이잔은 아직도 눈을 감은 채, 순서대로 표를 던지는 여야당 의원들의 기척을 살폈다. 모든 의원의 투표가 끝나고 장내의 웅성거림이 퍼져 나갔다.

"투표하지 않으신 분은 없습니까?"

가와다가 그렇게 말하며 회의장을 둘러보았다.

"……모두 투표한 것 같습니다. 투표함 폐쇄. 개표! 회의장 폐쇄. 참사관이 표를 계산하겠습니다."

납덩이가 내려앉은 듯 무거운 집계 시간이 지나갔다.

"그럼 사무총장이 투표 결과를 보고하겠습니다."

사무총장이 일어섰다.

"투표 총수 461표. 찬성 309표, 반대 152표."

우레와 같은 박수소리와 함께 다이잔이 일어서서 깊숙이 고개를 숙였다. 회의장에서 커다란 술렁거림이 물결친 것은 그때였다. "오오!" 하는 경악의 목소리가 회의장의 공기를 뒤흔들었다. 관방장관인 가리야가 보라색 보자기로 싼 것을 사무총장에게 건네주는 참이었다.

국회의원이라면 그 보자기 안에 있는 것이 무엇인지 모르는 사람은 없으리라. 주변이 소란스러워지면서 공기마저 떨릴 만큼 뜨거운 흥분이 회의장을 뒤덮었다.

자리에서 가장 먼저 일어난 사람은 시로야마였다.

"다이잔, 어떻게 이런 일이! 이런 식으로 연출할 줄은 꿈에도 몰랐네! 이렇게 하다니!"

보라색 보자기가 사무총장의 손에서 가와다의 손으로 넘어갔다.

"지금 내각 총리대신으로부터 조서가 왔다는 소식을 전해받았으므로 이것을 낭독하겠습니다."

가와이의 목소리는 회의장에 날아다니는 환호성과 분노의 목소리에 파묻힐 것 같았다.

"일본국 헌법 제7조에 의해 중의원을 해산하겠다! 어명어새! 내각 총리대신, 무토 다이잔!"

민정당 의원들이 일제히 일어서서 "만세! 만세!"라고 외치기 시작했다.

그 소동의 한가운데에서 다이잔은 홀로 냉정하고 침착한 얼굴로 서 있었다. 이때 그의 마음속을 차지하고 있는 것은 한 치도 흔들림이 없는 굳은 결의였다.

일본은 내가 내 손으로 바꾸겠다. 그러니까…….

그러니까 일본 국민이여, 나를 반드시 이 본회의장으로 돌려보내다오.

이 나라의 미래는 결코 안정되지도 편안하지도 않다. 때문에 지금 일본에 필요한 사람은 바로 나다.

구라모토, 넌 이제 바람 앞의 등불이다! 고나카 녀석, 각오해라!

나는 한 정치가로서 지금 다시…… 민의를 묻겠다.

당신이 선택할 사람은 정치가인가?
정치꾼인가?

엔터테인먼트 소설의 대가인 이케이도 준, 이번에는 정치 엔터테인먼트다!

전임 총리가 갑자기 그만두고 민정당에 대한 지지율이 급락하는 상황에서 총리가 된 다이잔. 그에게 주어진 임무는 적당한 기회에 중의원을 해산하고 총선거를 치르는 일이다. 그런데 국회에서 답변을 하던 도중, 돌연 대학생 아들과 의식이 바뀌는 사건이 발생한다.

국민들을 위한 정치가가 되겠다는 꿈을 가지고 정치에 들어섰지만, 정쟁과 파벌에 시달리는 사이에 정치꾼으로 전락한 다이잔. 요즘 대학생들답게 놀기를 좋아하고 공부를 싫어하지만 아직 젊은 탓에 나름대로 순수함과 정의감을 가지고 있는 쇼. 두 사람이 의식이 바뀌면서 쇼는 국회에서 답변을 하며 한자를 못 읽는 실수를 저지르고, 다이잔은 쇼 대신에 참석한 취직 면접에서 면접관에게 호통을 치는 사고를 저지른다.

두 사람의 운명은 어떻게 될 것인가……!

실제로 일본의 92대 총리였던 아소 다로는 한자를 못 읽는 실수를 여러 번 저질렀다고 한다. 그것을 보면서 "일본에는 1억 수천만 명이나 되는 사람이 있는데, 왜 한자도 못 읽는 사람이 총리가 되어야 하는가!"라고 생각한 것이 이 책의 집필 동기가 되었다고 한다.

『민왕』은 언뜻 보면 아버지와 아들의 의식이 바뀌면서 이런 저런 말썽이 일어났다는 황당무계한 이야기처럼 보인다. 하지만 자세히 들여다보면 수많은 문제의식이 숨어 있는 정치 풍자 소설이자 사회 고발 소설이다.

아버지의 표밭을 그대로 물려받아 정계에 들어선 무능한 2세 정치인.

'국민을 위해서'란 말을 입에 달고 다니면서, 실제로는 당리당략만 생각하는 노회한 정치인.

여러 기업으로부터 정치 헌금을 받고 그들에게 유리하도록 법안을 수정하는 교활한 정치인.

경력에 흠집 날 것을 두려워하여 국민들의 생명을 외면한 채 신약 인허가에 미온적인 공무원.

취직하기 위해 애쓰는 대학생을 상대로, 거만한 모습으로 갑질하는 기업의 면접관.

매스컴에 나와서 자신의 이익에 따라 현실을 왜곡하는 정치평론가.

사태의 본질은 외면한 채, 오직 자극적인 기사로 사람들의 관심을 끌려는 기자.

이것은 과연 일본에만 있는 현상일까?

『민왕』의 작가인 이케이도 준은 1963년생으로, 게이오기주쿠대학 졸업하고, 대형 은행에 들어갔다. 8년 후, 은행을 그만두고 권위 있는 미스터리 신인상인 에도가와 란포상을 목표로 집필에 몰두한 끝에, 1998년에 『끝없는 바닥』으로 제44회 에도가와 란포상을 수상하며 소설가로 데뷔했다. 이후 『변두리 로켓』으로 145회 나오키상을 수상했는데, 『한자와 나오키』가 엄청난 인기를 끌면서 일본의 국민작가로 떠오른다.

그의 작품에는 몇 가지 특징이 있는데, 『민왕』을 비롯해 『한자와 나오키』, 『변두리 로켓』 등 드라마로 만들어지는 작품이 많다는 것도 그중 하나다. 이유는 단 하나, 잠시도 숨을 쉴 수 없을 만큼 재미있기 때문이다.

특히 그는 캐릭터를 흑이냐 백이냐로 단순하게 구별하지 않는다. 주인공이라고 선하게만 그리지 않고, 선과 악을 모두 겸비한 캐릭터를 내놓는 것이다. 그래서 더 매력적이다.

또한 그는 독자의 감정을 최대한 끌어올린 뒤에 통쾌한 카타

르시스를 안겨주는 걸로 유명한데, 그런 모습은 『민왕』에서도 유감없이 발휘된다. 이야기가 진행될수록 연신 한숨을 내쉬며 안절부절못한 끝에, 통쾌한 웃음을 터트리며 기분 좋게 책장을 덮게 만드는 것이다.

예전에 일본에서 시민운동을 하는 일본인에게 이런 말을 들은 적이 있다.

"난 한국이 참 부러워요. 일본 젊은이들은 무엇에도 관심이 없는데, 한국 젊은이들은 눈빛이 살아 있고 정치에 관심이 많지요. 정치에 관심이 없으면 아무것도 바꿀 수 없거든요. 그래서 한국의 미래가 기대돼요."

정치만큼 사람들의 삶에 깊숙이 영향을 끼치는 게 또 있을까? 정치는 사람들의 삶을 바꾸고, 삶의 수준을 바꾼다. 그럼에도 많은 사람들이 정치를 외면하고 있는 게 현실이다.

그래서일까, 그는 이 작품을 통해 정면으로 묻고 있다.

정치란 무엇인가!

정치가는 국민을 위해서 무엇을 해야 하는가!

그들은 이 책의 제목처럼 입으론 국민을 왕이라고 하면서, 정작 뒤에서 무슨 짓을 하고 있는가!

그걸 알기 위해서는 국민들이 정치에 관심을 가져야 하지 않을까? 그런 면에서 볼 때, 이 책은 유권자들의 필독서라고도 할 수 있으리라.

이제 선택은 당신의 몫이다. 당신은 앞으로 정치꾼을 선택할 것인가, 정치가를 선택할 것인가!

이선희

민왕 정치꾼 총리와 바보 아들

2021년 3월 31일 1판 1쇄 발행

저   자 이케이도 준
옮 긴 이 이선희
발 행 인 유재옥

본 부 장 조병권
담당편집 이준환
편 집 1 팀 이준환 정현희
편 집 2 팀 정영길 김민지 조찬희
편 집 3 팀 오준영 곽혜민 김혜주
편 집 4 팀 성명신
디 자 인 김보라 서정원
라 이 츠 김슬비 한주원
디 지 털 박상섭 이성호 최서윤
발 행 처 (주)소미미디어
발행등록 제2015-000008호
주   소 서울시 마포구 토정로 222, 403호(신수동, 한국출판콘텐츠센터)
판   매 (주)소미미디어
제 작 처 코리아피앤피
마 케 팅 한민지 이주희 박소연 최정연
물   류 허석용 백철기
전   화 편집부 (070)4260-1393, (070)4405-6528 기획실 (02)567-3388
              판매 및 마케팅 (070)4165-6888, Fax (02)322-7665

ISBN 979-11-6611-763-3 (03830)